데카메론 프로젝트

데카메론 프로젝트

팬데믹 시대를 건너는 29개의 이야기

마거릿 애트우드 외 28인 지음 | 정해영 옮김

INFLUENTIAL
인 플 루 엔 셜

차례

서문
우리 시대의 《데카메론》 케이틀린 로퍼 **8**

들어가는 글
생명을 구하는 이야기들 리브카 갈첸 **11**

알아보다 빅터 라발 **19**

이처럼 푸른 하늘 모나 아와드 **31**

산책 카밀라 삼지 **47**

LA강 이야기 콜럼 토빈 **53**

임상 기록 리즈 무어 **67**

더 팀 토미 오렌지 **79**

돌멩이 레일라 슬리마니 **89**

참을성 없는 그리젤다 마거릿 애트우드 **97**

목련 나무 아래	이윤 리	111
바깥	에트가르 케레트	119
유품	앤드루 오헤이건	125
빨간 가방을 든 여인	레이철 쿠시너	139
모닝사이드	테이아 오브레트	157
스크린 타임	알레한드로 삼브라	169
그 시절	디노 멘게츄	183
마지막 버스 클럽	캐런 러셀	191
바란다고 해서	데이비드 미첼	209
시스템	찰스 유	225
완벽한 여행 친구	파올로 조르다노	239

친절한 강도   미아 쿠토   **253**

잠   우조딘마 이웰라   **261**

지하 저장실   디나 나예리   **275**

내 남동생의 결혼식   라일라 랄라미   **291**

죽음의 시간, 시간의 죽음   줄리언 푸크스   **299**

분별 있는 여자들   리버스 솔로몬   **307**

기원 이야기   매튜 베이커   **321**

성벽 앞에서   에시 에두잔   **331**

열린 도시 바르셀로나   존 레이   **339**

한 가지   에드위지 당티카   **351**

감사의 글   **362**

우리 시대의 《데카메론》

2020년 3월, 갑자기 14세기에 쓰인 어떤 책이 서점에서 팔려나가기 시작했다. 그것은 바로 조반니 보카치오의 《데카메론》―흑사병이 피렌체를 황폐화시키고 있을 때 그 도시 밖으로 피신한 한 무리의 남녀가 서로를 위해 들려주는 이야기를 액자소설 형태로 모은 선집―이었다. 당시 미국에서 우리는 막 자가격리를 시작하면서 격리된다는 것이 어떤 의미인지를 배우는 중이었고, 많은 독자가 이 오래된 책에서 지침을 찾고 있었다. 코로나바이러스가 전 세계에 확산되기 시작하자, 소설가 리브카 갈첸이 《뉴욕타임스》에 연락하여 독자들이 현재 순간을 이해하는 데 도움을 주기 위하여 《데카메론》 리뷰를 쓰고 싶다고 말했다. 우리는 그녀의 구상이 마음에 들었지만, 문득 그보다 격리 중에 쓰인 신작 단편소설들을 모아 우리 시대의 《데카메론》을 만들면 어떨까 생각했다.

우리는 작가들에게 연락을 취해 풀어놓고 싶은 이야기의 개요를 보내달라고 요청했다. 몇 명은 소설 작업 중이어서 시간이 없었다. 한 작가는 어린아이들을 돌보고 있다며, 그런 상황에서 과연 집필을 할 수 있을지 모르겠다고 했다. 또 다른 작가는 "아쉽게도 제 뇌에서 소설 쓰기를 담당하는 부분이 현재의 위기로부터 어떤 영감도 찾지 못하고 있습니다"라는 답장을 보내왔다. 우리는 이해했고, 우리의 구상이 과연 성공할 가능성이 있을지 확신할 수 없었다.

그런데 바이러스가 뉴욕시를 강타하면서 우리가 두려움과 슬픔에 빠져 있는 동안, 뭔가 다른 이야기, 희망찬 이야기가 들려오기 시작했다. 흥미롭고 구미가 당기는 구상들이었다. 소설가 존 레이는 "사람들이 애완동물을 산책시키는 척하면서 통행금지령을 교묘히 피하도록 개를 대여해주는 스페인의 한 젊은이에 대해" 쓰고 싶다고 했다. 모나 아와드의 구상은 이렇게 시작했다. "마흔 번째 생일에, 한 여자가 스스로를 위한 특별한 선물로 얼굴 마사지를 받기 위해 고급 스파를 찾습니다. 그곳에서는 그녀에게 피부를 진정으로 생기 있고 탱탱하고 매끈하게 만들기 위해 나쁜 기억을 지워주는 매우 실험적인 치료를 제공하죠……." 찰스 유는 몇 가지 구상이 있는데, "그중에 나를 가장 흥분시키는 것은 두 가지 시점— 바이러스와 구글 검색 알고리즘—에서 하는 이야기입니다"라고 했다. 마거릿 애트우드가 쓰고 싶은 이야기는 이랬다. "격리 중인 지구인들에게 행성 간 원조 패키지의 일환으로 지구에 보내진 먼 행성의 외계인이 들려주는 이야기입니다." 이것이 소개 글의 전부

였지만, 어떻게 마다할 수 있겠는가? 우리는 이 모든 소설을 읽고
싶었다. 그러나 사실 잡지 한 권에 다 싣기에 너무 많은 작품을
의뢰했다. 안타깝지만 작가들에게 그만 연락해야 한다는 사실을
깨달았다.

　삶의 가장 무서운 경험 중 하나에 깊이 빠져들었던 순간에 쓰여
진 단편소설들이 밀려들어왔을 때, 우리는 이 작가들이 예술을 창
조하고 있음을 느꼈다. 현재 겪고 있는 공포를 그토록 강력한 것
으로 바꿔놓을 수 있으리라고 기대하지 못했다. 그리고 최고의 소
설은 우리를 우리 자신으로부터 멀리 데려갈 뿐 아니라 그 자신이
정확히 어디에 있는지 이해하는 데 도움을 준다는 사실을 상기시
켜주었다.

　이 단편들은 미국에서 바이러스가 다시 급증하고 있던 7월 12일
에 게재되었다. 독자들의 반응은 빠르고 열정적이었다. 우리의 메일
함은 이런 소설들이 준 위안에 대해 편집자에게 쓴 편지들로 가득
찼다. 이 프로젝트를 통해 우리는, 원래의 형태로든 또는 지금 여러
분의 손에 있는 책으로든, 암울하고 불안정한 시기에 독자들에게
즐거움과 위안을 제공하는 것보다 더 큰 야망은 생각할 수 없다.

《뉴욕타임스》 책임 프로듀서
케이틀린 로퍼

생명을 구하는 이야기들
리브카 갈첸

LIFESAVING
TALES AN INTRODUCTION BY RIVKA GALCHEN

어려운 시기에 소설을 읽는 것은
그 시기를 이해하는 방식이자
그 시기를 끈기 있게 버텨내는 방식이기도 하다.

리브카 갈첸

캐나다 출신의 미국 소설가. 첫 소설 《대기 불안정과 그 밖의 슬픈 기상 현상들》(2008)
로 크게 주목받았고, 이후 《쥐 규칙 79(Rat Rule 79)》(2019) 등 다수의 장편과 단편 소설
을 발표했다.

열 명의 젊은이가 피렌체 외곽에서 격리 생활을 결정했다. 1348년, 흑사병이 덮쳤을 때였다. 감염자는 사타구니나 겨드랑이에 멍울이 생기고, 그런 다음 팔다리에 검은 반점이 생긴다. 어떤 사람들은 아침을 먹을 때 건강해 보였다가 저녁에는 저세상의 조상님들을 만날 뻔했다고 한다. 멧돼지가 쿵쿵대며 누더기가 된 시신을 헤집어 놓고는 경련을 일으키며 죽는다. 말할 수 없는 고통과 공포에서 도망친 후에 이 젊은이들은 무엇을 할까? 그들은 먹고 노래하고, 돌아가며 이야기를 들려준다. 그중 한 이야기에서 한 수녀는 실수로 두건 대신 내연남의 바지를 뒤집어쓴다. 또 다른 이야기에서 상심한 한 여인은 연인의 잘린 머리를 넣은 항아리에 바질을 키운다. 이야기는 대부분 우스꽝스럽고, 어떤 이야기는 슬프지만, 전염병에 집중한 이야기는 하나도 없다. 이것이 거의 700년 동안 찬사를 받아온 책, 《데카메론》의 구조다.

피렌체 출신이었던 보카치오는 아버지가 (짐작건대 흑사병으로) 사망한 1349년에 《데카메론》을 쓰기 시작했을 가능성이 크다. 그 후, 2~3년 이내에 책을 끝마쳤다. 그 책이 처음 나왔을 때 동료 시민의 거의 절반이 죽어나가는 것을 지켜본 사람들에게 제일 먼저 읽히고 사랑을 받았다. 책 속의 이야기들은 대체로 새롭다기보다는 말하자면 익숙한 옛날이야기의 환생이었다. 보카치오는 일부 독자들이 자신을 가벼운 사람으로 여길 수도 있겠지만, 사실 자신은 무게 있는 사람이라는 농담으로 《데카메론》을 끝맺는다. 그 순간 그의 모든 장난스러움을 어떻게 받아들여야 했을까?

다른 많은 사람과 마찬가지로, 나는 3월 중순에 시카고의 셰드 아쿠아리움에서 자유롭게 뒤뚱거리며 돌아다니는 두 마리의 바위뛰기펭귄의 동영상을 보았다. 웰링턴이라는 펭귄은 벨루가에게 반했다. 그때까지 나는 이미 신종 바이러스에 대한 기사를 수십 건이나 읽었지만, 나를 팬데믹에 감정적으로 가닿게 한 것은 바로 이 신기하고 고립된 펭귄들이었다. 심지어 그 동영상은 나를 미소 짓게 하고 '뉴스'로부터 한숨 돌리게 해주었다. 5월에는 훔볼트펭귄 세 마리가 기이한 느낌을 줄 정도로 텅 빈 캔자스시티의 넬슨−애트킨스 미술관의 홀을 방문하여 카라바조의 그림들 앞에서 한동안 머물렀다.♦ 이 펭귄들 자체가 예술의 놀라운 측면을 가지고 있었다. 다시 말해 항상 존재하지만 역설적이게도 정보에 의해 가려

♦ 2020년 5월 코로나로 폐쇄된 넬슨−애킨스 미술관과 캔자스시티 동물원의 합동 행사.

져 있던 현실을 드러내주는 것이다.

현실은 놓치기 쉽다. 아마도 우리가 그것을 항상 보고 있기 때문일 것이다. 여섯 살짜리 내 딸은 팬데믹에 대해 할 말도 거의 없고 물어볼 것도 많지 않다. 다만 이따금씩 계획을 제시하는데, 코로나바이러스를 수백만 조각으로 찢어서 땅속에 묻자는 것이다. 그 아이는 코로나를 직접적으로 떠올리는 것은 너무 속상한 '이야기'라고 했다. 그러나 개인용 보호장비에 대한 뉴스가 나왔을 때, 딸은 피규어들에게 알루미늄 포일 초콜릿 포장지와 노끈, 테이프로 만든 갑옷을 입히기 시작했다. 나중에는 탈지면으로 꽁꽁 감싸기도 했다. 그 피규어들은 내가 이해하지 못한 나름의 전투에 임하고 있었다. 조용한 독서 시간에 딸은 '윙스 오브 파이어' 시리즈에 집착하게 되었다. 젊은 용들이 자신들이 전쟁을 끝낼 것이라는 예언을 실현하기 위해 애쓰는 내용이다.

매 순간 일어나는 근본적이고 중요한 진짜 이야기가 있는데, 우리는 왜 상상해낸 이야기에 눈을 돌리는가? "예술은 삶을 예술보다 더 흥미롭게 만드는 것이다." 프랑스 전위 예술가 로베르 필리우는 자신의 작품에서 이렇게 지적하며, 삶은 우리가 첫눈에 알아볼 수 없음을 넌지시 표현했다. 한스 홀바인의 그림 〈대사들〉에서 옆으로 비껴서 비스듬히 보아야 비로소 보이고 똑바로 보면 그냥 굴러다니는 통나무로 보이거나 아예 보이지 않는 해골처럼, 삶은 마치 복잡한 눈속임 이미지인지 모른다. 보카치오가 사용한 이탈리아어 '노벨레(novelle)'는 소식과 이야기 둘 다를 뜻한다. 《데카메론》

의 이야기들은 그곳에 모인 사람들이 접할 수 있는 형태의 소식이다(이 젊은이들의 격리 규칙은 '피렌체 소식은 금지!'였다). 첫 번째 이야기는 죽음을 눈앞에 둔 어떤 사람을 상대하는 방식에 관한 코믹한 이야기다. 희극은 너무 익숙해서 오히려 이해하기 힘든 불행에 대한 감정적 보호막을 제공한다.

그러나 시간이 흐르면서, 젊은이들이 서로에게 들려주는 이야기의 어조와 내용이 바뀐다. 처음 며칠은 대부분 농담과 불경스러운 이야기다. 그리고 나흘째에는 비극적인 사랑을 주제로 한 열 개의 이야기다. 닷새째는 끔찍한 사고나 불행 이후에 행복을 찾는 연인들의 이야기다. 보카치오는 흑사병 시대에 피렌체 사람들이 죽은 자들에 대한 애도와 울음을 멈추었다고 쓴다. 그리고 며칠이 지난 뒤, 그의 이야기 속 젊은 이야기꾼들은 마침내 울 수 있었다. 명목상으로는 비극적인 사랑에 대한 가상의 이야기 때문이었지만, 그것은 아마도 그들 자신의 마음에서 우러나온 눈물이었을 것이다.

보카치오의 현실도피성 이야기의 역설은 그것이 궁극적으로 등장인물과 독자들을 그들이 도망쳤던 곳으로 복귀시킨다는 것이다. 초반의 이야기들은 그 배경이 시간과 공간을 넘나들지만, 후반으로 가면서 토스카나 지방, 또는 구체적으로 피렌체를 배경으로 하는 이야기가 종종 등장한다. 이야기 속 등장인물들은 좀 더 동시대적이고 쉽게 알아볼 수 있는 궁지에 빠져 있다. 부패한 피렌체 판사는 장난꾸러기들에게 바지가 벗겨진다. 모두 웃는다. 칼란드리노라는 얼간이는 반복적으로 속고 모욕당한다. 우리가 웃어야 할까? 열흘째에 이를 무렵, 우리는 명백하게 잔인하고 불공정한 세상에 직면하여 상상하기 힘들 만큼 고귀하게 행동하는 사람들의 이야기를 듣는다. 등장인물들은 감정적 보호막 속에서 (이것은 이야기일 뿐이므로) 희망을 경험한다.

하나의 액자 속에서 여러 이야기를 들려준 보카치오의 방식 자체가 오래된 구조를 새롭게 만든 것이었다. 《천일야화》에서 그 액자는 세헤라자데가 남편인 왕에게 이야기를 들려주는 방식이다. 왕은 지루해지면, 이전의 아내들에게 그런 것처럼 그녀를 죽일 것이다. 《판차탄트라》◆라는 액자 소설은 어려움과 진퇴양난과 전쟁을 헤쳐나가는 등장인물들—종종 동물, 때로는 사람—을 보여준다. 이 모든 경우, 이야기들은 어떤 식으로든 생명을 구하는 내용이다. 인물들이 상대를 즐겁게 하는 것도 생명을 살릴 수 있는 주된 방식 중 하나다. 어려운 시기에 소설을 읽는 것은 그 시기를 이해하는 방식이자 그 시기를 끈기 있게 버텨내는 방식이기도 하다.

《데카메론》의 젊은이들은 그들의 도시를 그리 오래 떠나 있지 않았다. 2주 후 그들은 돌아가기로 결심한다. 페스트가 끝났기 때문이 아니었다. 페스트가 끝났다고 믿을 만한 이유는 없었다. 그들이 돌아간 것은 웃고 울며 함께 살아가기 위한 새로운 규칙을 상상함으로써, 마침내 현재를 보고 미래에 대해 생각할 수 있게 되었기 때문이다. 그들이 떠나 있었을 때의 이야기는 그들의 세계에 대

◆ 고대 인도의 설화집.

한 이야기를 적어도 얼마간은 다시 생생하게 만들었다. 메멘토 모리(Memento mori)—너는 죽어야 할 운명임을 기억하라—는 당신이 잊을지도 모르는 평범한 시간들을 위한 가치 있고 꼭 필요한 메시지다. 메멘토 비베레(Memento vivere)—너는 살아야 할 운명임을 기억하라—는 《데카메론》의 메시지다.

RECOGNITION
BY VICTOR LAVALLE

"우리는 버려졌어. 왜 아닌 척하지?"

빅터 라발

미국 뉴욕 출생의 소설가. 《블랙 톰의 발라드》(2016)로 셜리 잭슨 상, 영국환상문학상을 수상했으며, 가장 최근작으로 《엿보는 자들의 밤》(2017)이 있다. 컬럼비아 대학교에서 교편을 잡고 있다.

뉴욕에서 좋은 아파트를 찾기란 쉽지 않다. 그러니 좋은 건물을 찾는다고 상상하자. 아, 이건 나의 부동산 구입기가 아니다. 물론 나는 지금 사람들에 대해 이야기하고 있다. 나는 워싱턴 하이츠에서 좋은 아파트, 훌륭한 건물을 찾았다. 포트 워싱턴 애비뉴 180번가의 모퉁이에 있는 6층짜리 공동주택, 내가 살기에 충분한 원룸 아파트였다. 나는 2019년 12월에 이사해 들어갔다. 어쩌면 당신은 이미 이 이야기가 어디로 흘러갈지 짐작했을지도 모르겠다. 바이러스가 덮쳤고, 그로부터 4개월 반 만에 건물은 텅 비었다. 이웃들 중 일부는 별장으로 떠났거나 도심 외곽에 사는 부모님과 함께 지내러 갔고, 늙고 가난한 다른 사람들은 열두 블록 떨어진 병원으로 사라졌다. 북적이는 건물로 이사를 왔는데, 졸지에 썰렁한 건물에 살게 되었다.

그리고 그때 필라를 만났다.

"전생을 믿나요?"

우리는 로비에서 엘리베이터를 기다리고 있었다. 봉쇄조치가 시작된 직후였다. 그녀가 물었지만 난 아무 말도 하지 않았다. 그렇다고 아무 반응도 하지 않은 것은 아니다. 나는 발을 내려다보며 살짝 딱딱한 미소를 지었다. 무례해서가 아니라 내가 그저 심하게 부끄러움을 타는 성격이기 때문이다. 그런 성격은, 심지어 팬데믹 중에도 없어지지 않는다. 사람들은 나 같은 흑인 여자도 어색해할 수있다는 것을 알고는 놀란 듯이 행동한다.

"여기 다른 사람은 없어요. 그러니까 난 그쪽한테 말하는 거예요." 필라가 말했다.

그녀의 말투는 단도직입적인 동시에 어쩐지 장난스럽기도 했다. 엘리베이터가 도착하자 나는 그녀가 있는 쪽을 보았다. 내가 그녀의 신발을 본 것은 그때였다. 검정과 흰색으로 이루어진 앞코가 뾰족한 옥스퍼드화는 마치 피아노 건반처럼 보이도록 염색되어 있었다. 봉쇄조치 중에도 필라는 그렇게 멋진 신발을 신는 수고로움을 마다하지 않았다. 나는 낡아빠진 슬리퍼를 신고 슈퍼마켓에서 돌아오는 길이었는데 말이다.

나는 엘리베이터 문을 열고 마침내 그녀의 얼굴을 보았다.

"이제야 보네." 필라는 마치 자신의 손에 앉은 수줍은 새를 칭찬하는 듯한 말투로 말했다.

필라는 나보다 스무 살쯤은 더 많아 보였다. 나는 이 건물로 이사 온 달에 마흔 살이 되었다. 아버지와 어머니는 피츠버그에서 전화를 걸어 생일 축하 노래를 불러주었다. 봉쇄조치 뉴스에도, 부모님은 내게 집으로 오라고 하지 않았다. 나 역시 요청하지 않았다. 우리가 함께 있을 때면 부모님은 나의 인생과 계획에 대해 묻곤 하는데, 그러면 나는 다시 불평 많은 십대 소녀로 되돌아간다. 그러나 아버지는 나를 위해 생필품을 주문해서 부쳐주었다. 그것이 항상 아버지가 나를 사랑하는 방식이다. 풍족하게 채워주는 것.

"화장지를 좀 사려고 했는데." 엘리베이터에서 필라가 말했다. "슈퍼마켓이 난리 통이어서 하나도 못 구했네요. 다들 깨끗한 엉덩이가 자신을 바이러스에서 구해줄 거라고 믿는 걸까요?"

필라가 나를 쳐다봤고, 엘리베이터가 4층에 이르렀다. 그녀는 밖으로 나가서 문이 닫히지 않도록 붙들고 말했다.

"내 농담에 웃지 않는군요. 이름도 말해주지 않을 건가요?"

나는 미소 지었다. 이제 그것은 게임이 되어버렸기 때문이다.

"그럼 도전." 그녀가 말했다. "또 봅시다." 그녀는 복도를 가리켰다. "난 41호에 살아요."

그녀는 엘리베이터를 놔주었고, 나는 6층으로 올라가서 사 온 물건들을 풀어놓았다. 그때까지만 해도 난 모든 것이 곧 끝날 줄 알았다. 지금 생각하면 웃기는 일이지만. 나는 욕실로 갔다. 아버지가 보낸 물건들 중에는 32개들이 두루마리 화장지도 있었다. 나는 다시 4층으로 내려가서 필라의 집 문 앞에 세 개를 두고 왔다.

한 달 만에 나는 '원격 사무실'로 로그인하는 것이 익숙해졌다. 원격 사무실이란 우리가 한때 일했던 개방형 사무실처럼 보이는

격자형 화면이었는데, 각 칸을 우리의 작은 머리가 차지하고 있었다. 이제 직장 동료들과 예전만큼 많은 말을 나누는 것 같았다. 초인종이 울렸을 때, 나는 잠시 노트북 컴퓨터에서 벗어날 기회를 덥석 붙잡았다. 아마 필라일 것이다. 나는 버클 달린 로퍼를 신었다. 이것 역시 낡아빠졌지만, 그래도 그녀가 나를 마지막으로 보았을 때 신었던 슬리퍼보다는 나았다.

그런데 그녀가 아니었다.

건물 관리인 안드레스였다. 예순쯤 되어 보이는 푸에르토리코 출신의 이 남자는 목을 타고 올라가는 듯한 표범 문신을 했다.

"아직 여기 있었군요." 그가 파란 마스크를 쓰고 반가운 목소리로 말했다.

"갈 데가 없어서요."

그가 고개를 끄덕이고는 코를 힝힝거렸다. 웃음과 기침이 섞인 소리였다. "시에서 이제 모든 아파트를 점검하랍디다. 매일."

그는 마치 꿈틀대는 금속 뱀들을 넣은 자루처럼 달가닥거리는 봉지를 손에 들고 있었다. 내가 쳐다보니 그가 봉지를 열었다. 은색 스프레이 페인트 깡통들이었다. "대답이 없으면, 이걸 사용해야 해요."

안드레스가 옆으로 한 발 비켜섰다. 복도 저쪽에 66호가 보였다. 큼지막한 은빛 'V'자 때문에 녹색 문이 볼썽사나웠다. 방금 뿌려서 글자에서 아직 페인트가 흘러내렸다.

"'V'는 '바이러스'인가요?"

안드레스의 눈썹이 올라갔다가 내려왔다.

"비었다(Vacant)는 거지." 그가 말했다.

"그 편이 더 낫네요." 우리는 조용히 서 있었다. 그는 복도에, 나는 집 안에. 나는 문을 열러 나올 때 마스크를 쓰지 않았다는 사실을 깨닫고, 말할 때 입을 가렸다.

"시에서 이렇게 하라고 시켰나요?" 내가 물었다.

"몇몇 지역에서는요." 안드레스가 대답했다. "브롱크스, 퀸, 할렘. 그리고 우리. 감염 취약 지구들이죠." 그는 깡통 하나를 꺼내서 흔들었다. 깡통 안에서 볼베어링이 달그락거렸다. "내일도 문을 두드릴 겁니다." 그가 말했다. "대답하지 않으면…… 내게 열쇠가 있어요."

나는 그가 걸어가는 것을 지켜보았다.

"몇 사람이나 남아 있죠? 이 건물에요." 내가 소리쳤다.

그는 이미 계단에 이르러 내려가기 시작했다. 만일 그가 대답했다면, 내가 듣지 못한 것이다. 나는 층계참으로 걸어갔다. 우리 층에는 여섯 가구가 있었는데, 다섯 개의 문에 'V'자가 표시되어 있었다. 여기에 나 말고 아무도 없는 것이다.

당신은 내가 필라의 집으로 달려갈 거라고 생각할지도 모르지만, 나는 일자리를 잃어도 될 형편이 아니었다. 집주인은 임대료 감면에 대해 일언반구도 없었다. 나는 다시 컴퓨터로 돌아가서 퇴근 시간까지 자리를 지켰다. 나는 41호에 페인트가 칠해지지 않은 것을 보고 큰 안도감을 느꼈고, 필라가 문을 열 때까지 문을 두드렸다. 그녀는 나와 마찬가지로 마스크를 쓰고 있었지만, 그녀가 미소 짓고 있음을 알 수 있었다. 그녀는 나를 얼굴부터 발까지 훑어 보았다.

"그 신발은 좋은 날 신는 거잖아." 그녀가 말하고는 즐겁게 웃었 다. 민망함도 잊게 하는 유쾌한 웃음이었다.

필라와 나는 매주 두 번씩 함께 슈퍼마켓에 갔다. 우리는 일정 한 거리를 두고 나란히 걸었고 다른 사람들과 마주칠 때는 한 줄 로 행군하듯 걸었다. 내가 옆에 있건 뒤에 있건, 필라는 오가는 내 내 말을 했다. 어떤 사람들은 수다스러운 사람들을 안 좋게 생각 하지만, 그녀의 수다는 내게 자양분을 주는 단비처럼 느껴졌다.

필라는 콜롬비아에서 뉴욕으로 왔고, 그사이에 플로리다의 키 웨스트에 잠시 체류했다. 그녀는 맨해튼에서 밑바닥부터 최상류의 삶까지 경험했다. 그녀는 피아노를 연주했고 페루친♦을 우상시했 으며 추초 발데스♦♦와 연주하기도 했다. 그리고 지금은 아파트에 서 아이들에게 시간당 35달러에 레슨을 하고 있다. 적어도 바이러 스로 인해 그들의 방문이 위험한 것이 되기 전까지는 그랬다. 4주 가 6주가 되고, 6주가 12주가 되면서, 우리가 이야기를 나눌 때마 다 필라는 학생들이 그립다고 말했다. 과연 학생들과 그 부모들을 다시 만날 수 있을지 모르겠다고 했다.

나는 원격 피아노 수업을 준비하는 것을 도와주겠다고 제안했 다. 내가 일할 때 쓰는 계정을 이용해서 그녀를 위해 무료 채팅창

♦ 1913~1977, 쿠바 출신의 재즈 피아니스트.
♦♦ 1941~ , 쿠바 출신의 재즈 피아니스트.

을 준비할 생각이었다. 그러나 이때는 이미 봉쇄는 3개월째 접어들었고, 필라는 특유의 장난기를 잃어버렸다.

그녀는 말했다. "화면은 우리 모두가 연결되어 있다는 환상을 갖게 하지만 그건 사실이 아니야. 떠날 수 있는 사람들은 다 떠났지. 나머지 우리는? 우리는 버려졌어."

그녀가 엘리베이터에서 내렸다.

"왜 아닌 척하는 거야?"

나는 그녀가 무서웠다. 지금은 그것을 안다. 그러나 그때는 바빠진 것뿐이라고 스스로에게 말했다. 마치 내 상황이 완전히 바뀌기라도 한 것처럼. 그러나 사실 나는 그녀에게서 달아난 것이었다. 우리는 모두 절망의 문턱에서 살고 있었고, 그래서 그녀가 "우리는 버려졌어. 왜 아닌 척하지?"라고 말했을 때, 마치 그 구렁텅이에서 하는 말 같았다. 이미 내가 충분히 자주 미끄러지고 있는 곳. 그래서 나는 상점에 혼자 갔고, 엘리베이터가 4층을 지나칠 때마다 숨을 죽였다.

한편 안드레스는 계속해서 작업을 했다. 그를 직접 보지는 못했다. 매일 아침 그가 문을 두드리면, 나는 반대편에서 문을 두드렸다. 그러나 나는 그가 한 작업의 증거를 보았다. 한 주는 1층에 있는 세 집에 'V'자가 표시되었다. 그다음에 내가 상점에 갈 때는 나머지 세 집에 페인트가 칠해졌다.

2층에는 네 집.

3층에는 다섯 집.

어느 날 오후, 그가 4층에서 문을 걷어차는 소리가 들렸다. 입마개, 그러니까 마스크를 통해 거의 알아듣기 힘든 이름을 외치는 소리도. 나는 문밖으로 나가서 재빨리 계단을 내려갔다. 안드레스가 겁먹은 얼굴로 41호 문을 쳐다보고 있었다. 그는 필사적으로 문을 찼다.

"필라!" 그가 또다시 소리쳤다.

내가 나타나자 그는 깜짝 놀라 돌아보았다. 그의 눈이 빨갛게 충혈되어 있었다. 그의 오른손 손가락은 이제 완전히 은색이 되어 있었고, 영원히 지워지지 않을 것만 같았다. 과연 그가 스프레이 페인트를 씻어낼 수 있을지 궁금했다. 하지만 그 작업이 결코 끝나지 않는다면, 어떻게 그럴 수 있을까?

"내가 열쇠를 두고 왔네." 그가 말했다. "가지러 가야 되는데."

"제가 있을게요." 내가 말했다.

그는 후다닥 계단을 뛰어 내려갔다. 나는 굳이 문을 두드리지 않고 문가에 서 있었다. 만일 내가 문을 두드려서 필라가 깨어나면, 내가 뭘 할 수 있지?

"안드레스는 갔어?"

나는 거의 쓰러질 뻔했다.

"필라! 안드레스를 골탕 먹이려던 거였어요?"

"아니." 그녀가 문을 통해 말했다. "하지만 그 사람을 기다린 건 아니야. 난 너를 기다렸어."

나는 내 머리가 그녀의 목소리와 비슷한 높이에 오도록 바닥에 앉았다. 문을 통해 그녀의 힘겨운 숨소리가 들렸다. "제법 오래되었지." 그녀가 마침내 말했다.

나는 관자놀이를 시원한 문에 댔다. "미안해요."

그녀가 코를 훌쩍였다. "우리 같은 여자들조차 우리 같은 여자들을 무서워하지."

나는 마스크를 내렸다. 마치 그것이 정말로 해야 할 말을 방해하고 있는 것처럼. 그러나 여전히 마땅한 말을 찾을 수 없었다.

"전생을 믿어?"

"당신이 내게 처음 물어본 말이네요."

"엘리베이터에서 널 처음 봤을 때, 난 우리가 전에 만난 적이 있다는 걸 알았어. 알아본 거지. 가족을 만난 것 같았어."

엘리베이터가 도착했다. 안드레스가 내렸다. 나는 마스크를 올려 쓰고 일어섰다. 그는 열쇠로 문을 열었다.

"조심하세요. 필라가 바로 앞에 있어요." 내가 말했다.

그러나 그가 문을 밀어서 열었을 때, 현관은 비어 있었다.

안드레스는 그녀를 침대에서 발견했다. 죽어 있는 그녀를. 그는 내 이름이 적힌 봉지를 들고 나왔다. 그 안에는 검정색과 흰색이 섞인 옥스퍼드화가 있었다. 왼쪽 신발에 메모도 남겨져 있었다. 다음에 나를 다시 보거든 그때 돌려줘.

신발에 발을 맞추려면 양말을 한 켤레 더 껴 신어야 하지만, 나는 어딜 가건 그 신발을 신고 다닌다.

이처럼 푸른 하늘

모나 아와드

A BLUE SKY LIKE THIS
BY MONA AWAD

"힘든 한 해를 보내셨군요. 안 그런가요?"
"우리 모두 그랬잖아요?"

모나 아와드

캐나다 퀘백 출신의 소설가. 2016년 《뚱뚱한 여자를 보는 13가지 방법(13 Ways of Looking at a Fat Girl)》으로 데뷔했고, 2019년 두 번째 소설 《버니(Bunny)》를 출간했다.

그리고 설상가상으로 오늘은 당신의 생일이다. 당신은 이런 상황을 두려워했다. 며칠 동안 친구들에게 그런 문자메시지를 보냈다. 난 두려워. 괴로워하는 이모티콘 얼굴도 덧붙였다. 눈은 X자, 벌린 입은 O자. 당신 자신과 당신의 어리석은 두려움을 조롱하는 듯한. 그러나 두려움은 실재한다. 그것이 바로 당신이 결국 이곳에 오게 된 이유다. 다크웹◆에서 당신이 찾은 장소. 봉쇄조치에도 불구하고 문을 여는 곳. 시내 중심가 펜트하우스의 스위트룸. 뿌연 증기와 유칼립투스 향이 가득한 치료실의 어두운 자궁. 조명은 무척 어둑하고 다정하다. 당신은 벌거벗은 채 따뜻하게 데워진 침상 위에 누워 있다. 한 여자가 염소 태반 같은 것으로 당신의 얼굴을 주무른다. 그녀의 손마디가 당신의 뺨을 깊이 파고들며 림프액을

◆ 일반적인 웹 브라우저로는 접근이 불가능한 암호화된 네트워크에 존재하는 웹사이트 집합체로, 범죄에 활용되는 경우도 많다.

배출시키는 것이 느껴진다. 충분히 배출시켰다고 그녀가 부드럽게 말한다. "확실히 느껴져요. 빠져나가는 게." 당신이 속삭인다.

검은 정장에 머리를 뒤로 넘겨 바짝 틀어 올린 여자는 영원히 늙지 않을 존재처럼 보였다.

자, 세 번 깊게 심호흡할 겁니다. 그녀가 말했다. 나도 함께할게요. 함께할까요? 그녀가 손에 에센셜오일을 바른 뒤 당신의 코와 입 위쪽으로 가져갔다. 걱정 마세요. 그녀가 말한다. 당신의 두려움, 당신의 망설임을 감지한 것처럼. 우리는 최대한 조심하고 있답니다. 그럼 된 거지. 당신은 한 번 더 심호흡을 했다. 가슴이 오르락내리락하는 것이 느껴졌다.

보세요. 한결 나아졌죠? 그녀가 말했다.

멀리서 분수식 식수대 소리가 들렸다. 당신이 인지할 수 있는 어떤 악기로도 구성되지 않은 부드러운 음악. 어떤 끔찍한 종소리가 끝없이 울리는 것 같은. 그러나 아름다웠다.

그녀가 말한다. "이제 불을 켜고 당신의 피부 상태를 평가할 겁니다. 불빛이 너무 밝으니 눈을 가려드릴게요." 그녀가 촉촉한 화장 솜을 당신의 감은 양쪽 눈에 하나씩 대고 누른다. 당신은 죽은 자들의 눈에 올려 주는 동전을 떠올린다. 빛이 워낙 밝아서 화장 솜을 통해 고스란히 느껴진다. 불타는 붉은 빛. 얼굴이 화끈거린다. 그리고 그녀의 눈이 당신을 지켜보고 있다는 사실.

"음, 판결이 어떻게 났나요?" 마침내 그녀의 침묵을 더 이상 견디지 못해 당신이 먼저 입을 연다.

"힘든 한 해를 보내셨군요. 안 그런가요?"

당신은 아파트에서 혼자 두려움에 떨고 있는 자신의 모습을 그려본다. 섬처럼 고립된 소파에 누워 몸을 떠는 모습. 불덩이 같은 몸. 눈에서 눈물이 솟구칠 때 마치 익사하는 사람처럼 숨을 헐떡이는 모습.

"우리 모두 그랬잖아요?" 당신이 조용히 대답한다.

"안타깝게도 모두 여기에 있는 거 같아요." 마침내 그녀가 말한다. 그녀의 손끝이 당신의 눈썹 사이에 깊이 팬 이마 주름을 따라 움직인다. 코 주변의 힘줄, 입가의 주름. 코 입술 주름. 당신은 그것이 그렇게 불리는 걸 이번에 알게 되었다. 흔히들 말하는 팔자주름 말이다. 그 모든 주름에 닿는 그녀의 부드러운 손길에 당신의 눈에서 눈물이 흘러나온다. 그녀가 눈꺼풀에서 화장 솜을 떼고 당신의 얼굴 위로 거울을 든다.

"기억과 피부는 함께 갑니다." 그녀가 말한다. "기억이 좋으면 피부도 좋죠. 불행한 기억은—" 그리고 여기서 말끝을 흐린다. 거울을 보면 자명해지기 때문이다. 그렇지 않은가?

"우리가 뭔가를 좀 해보면 어떨까요?" 그녀가 어루만지는 듯한 목소리로 말한다.

당신이 말한다. "뭘 말이죠?"

그녀가 말한다. "우선 당신에게 물어야 할 것 같아요. 당신은 기억에 얼마나 애착을 가지고 있나요?"

당신은 거울을 들여다본다. 삶의 고통이 피부에 고스란히 새겨져 있다. 땀구멍이 마치 조용히 비명을 지르는 입처럼 당신을 향해 크게 벌어져 있다. 지난해에 치른 희생 하나만으로 얼굴에 회색빛이 드리워졌고, 그것은 결코 사라지지 않을지 모른다.

당신은 거울의 비친 당신의 모습을 보며 말한다. "애착이 없어요. 전혀 없죠."

이제 당신은 늦여름 오후의 밝은 햇살 속에 있다. 태양이 여전히 사랑스럽게 금빛으로 하늘에 높이 떠 있다. 건물에서 나갈 때 당신의 발걸음이 통통 튄다. 당신은 깡충깡충 뛰고 있다. 그러면 안 될 이유라도 있는가? 따지고 보면 오늘은 당신의 생일이지 않은가? 그것을 잊지 않았다. 당신은 무엇을 잊었는지 생각한다. 당신의 얼굴 전체를 매끈한 검은 원반들로 문지르던 여성을 생각한다. 원반은 전선을 통해 다이얼이 있는 기계에 연결되어 있다. 그 여자가 마치 음량 조절 스위치처럼 다이얼을 돌렸다. 당신은 치아 깊은 곳에서 금속의 맛을 느꼈다. 두개골을 따라 전기가 치직거리는 것을 느끼고 얼마나 비명을 질렀는지 생각하니 좀 웃긴 기분이 든다.

건물 로비에 있는 상점은 문이 닫혀 있다. 그냥 닫혀 있는 것 이상이다. 누군가 유리에 벽돌이라도 던진 것처럼 앞 창문이 산산조각 나 있다. 안에는 하얀 대머리 마네킹이 벌거벗은 채 서 있다. 마치 아무것도 입지 않은 채 파티에 가려는 것처럼, 번쩍이는 백조 지갑이 허리에 매달려 있다. 그녀는 반짝이는 눈으로 당신을 응시한다. 살짝 미소 짓는 붉은 입술. 어둠이 당신의 내장을 채운다. 두려움이 당신의 사지로 퍼진다. 그러나 그때 당신은 산산조각 난 유리창에 비친 자신의 모습을 본다. 광채가 난다. 제거했다. 뿌리 뽑았다. '뿌리 뽑았다.' 그것이 가장 강력하게 마음에 떠오르는 단어다. 이상한 일이다. '뿌리 뽑다'는 파괴를 의미하지 않는가? 당신의 얼굴은 파괴된 것과는 정반대로 보인다. 검은 옷을 입고 있으면 어떨까? 당신의 얼굴은 당신이 필요로 하는 모든 밝음과 생기와 혈색을 가지고 있다. 여기에 색을 더한다면 너무 지나칠 것이다. 아예 딴 사람처럼 보이는 건 별로다.

집으로 돌아오는 택시 안에서 당신은 창문과 백미러에 비친 당신에게, 그리고 택시기사에게 미소 짓는다. 그러나 그는 미소로 화답하지 않는다.

"오늘 바쁜 하루였나요?" 당신이 묻는다.

"아니요." 그가 마치 미친 사람을 본 듯한 얼굴로 말한다. 그가 당신을 노려보고 있는가? 입과 코에 스카프를 두르고 있어서 어떤지 알기 힘들다. 그는 아픈 것일까? 그렇다면 무엇 때문에 아픈 건지 궁금해진다. 당신은 그 불쌍한 남자의 행복을 빈다. 그리고 얼굴 표정으로 이런 선의를 전달하려 한다. 그가 거울 속의 당신을 차갑게 응시한다. 마침내 당신이 눈을 돌려 창문을 내다볼 때까지. 도시가 놀랍도록 한산하고 더러워 보인다. 그때 당신의 무릎 위에서 휴대전화가 윙윙거린다. '어둠의 군주'라는 누군가에게서 온 문자메시지다.

그가 말한다. 좋아, 당신을 만나지.

따지고 보면 당신 생일이잖아.

6시 공원, 백조들 옆에 있는 벤치에서.

당신은 손가락으로 화면을 밀어 올려 이전 문자메시지들을 확인한다. 당신을 꼭 봐야 해. 불과 두 시간 전에 당신이 어둠의 군주에게 메시지를 보낸 모양이었다. 제발. 당신은 세 번 간청했다. 흥미롭군.

음. 당신이 그를 보고 싶어 했다면, 그가 그렇게 끔찍한 사람일 수 있을까? 심지어 꼭 봐야 한다고 했잖은가. 그리고 그는 오늘이 당신의 생일인 것을 알 만큼 당신을 잘 아는 사람이다. 그러니까…….

와인 바에서 만나면 어때요? 당신이 답장 메시지를 보낸다.

"와인 바?!" 그가 답한다. "그래, 좋아. 일단 공원에서 봐."

어둠의 군주와의 데이트라. 두렵지만 동시에 짜릿하지 않은가? 당신은 투명 격벽에 비친 당신의 얼굴을 본다. 당신 자신의 모습을 보자 즉시 마음이 차분해진다. 회색 구름 사이로 환하게 비추는 햇살을 그려본다. 당신은 놀라운 마음의 빛 속에 서 있고, 그것은 아름답고 눈부시다.

공원에서 당신은 택시기사에게 현금을 건네려 했지만, 그가 머리를 격렬하게 흔든다. 그는 빌어먹을 현금을 원치 않는다. 제발 카드로만 계산해달라고 한다. 택시가 텅 빈 도로에서 끼익 소리를 내며 출발하는 것을 지켜보며 서 있는 동안, 당신은 보도 역시 텅비어 있는 것을 알아차린다. 공원 안으로 들어가 보니 마지막으로 이곳에 왔을 때보다 풀들이 더 덥수룩하고 제멋대로 자란 것처럼 보인다. 고개를 숙인 채 연못가 산책로를 따라 빠르게 걷고 있는 한 쌍의 남녀가 보인다.

백조들 옆에 있는 벤치에 혼자 앉아 있는 검정색 후드 티 차림의 남자가 보인다. 어둠의 군주로군. 틀림없어. 물론 당신은 두렵지만, 설레는 마음이 더 크다. 모험이다! 당신은 지금 당장 기꺼이 모험을 하려 한다. 자갈길을 따라 깡충깡충 뛰어가서 예의 그 남녀를 지나친다. 그들을 그렇게 가까이서 보니 안도감이 들었다. 사람들이군! 그러나 당신이 미소를 지으며 다가가서 '안녕하세요? 오늘 참 조용하네요. 그렇죠? 우리가 공원을 전세 낸 것 같아요. 하하하!'라고 말하려는 순간, 남녀는 자갈 깔린 산책로를 벗어나 덥수룩한 풀밭으로 들어간다. 그들은 당신을 피하기 위해 수양버들을 돌아서 걸어간다. 그러면서 당신을 노려본다. 당신이 '염병, 뭐야?'라고 말하려는 순간 당신의 이름을 부르는 목소리가 들린다.

당신은 그쪽을 본다. 당신의 전남편 벤이다. 그는 벤치 가장자리에 앉아 슬픈 눈으로 당신을 응시하고 있다. 손에는 휴대용 술병이 들려 있다. 그는 끔찍한 몰골이다. 얼굴이 부어 있는 동시에 수척하다.

"벤?" 당신이 말한다. "정말 당신이야?" 물론 그다. 당신은 그저 어둠의 군주가 벤이라는 사실이 믿기지 않을 뿐이다. 어쩌면 하룻

밤의 재미를 위한 작은 장난일지도 모른다. 당신이 술에 취해 연락처에 입력할 바보 같은 이름들을 만들어낸 것이다. 너무 웃기다. 그를 마지막으로 본 게 언제였더라? 당신은 기억을 더듬어보지만, 아무것도 없다. 돌담에 가로막힌 기분이다.

"줄리아. 당신을 보니 좋군." 그가 말한다.

하지만 그는 좋아 보이지 않는다. 그는 당신을 보며 인상을 찌푸린다. 당신이 얼마나 놀라워 보이는지를 생각하면, 참 이상한 반응이다. 솔직히 말하면 전남편을 만나기에 이보다 더 좋은 날을 택하기도 힘들었을 것이다.

"나도 당신을 보니 좋아." 당신이 벤에게 말한다. 그는 전혀 웃지 않는다.

"내가 이 벤치를 택한 건, 길이가 가장 길어서야." 그가 말한다. "그래야 우리가 양쪽 끝에 떨어져 앉을 수 있지." 그가 손짓으로 벤치를 길이 방향으로 한번 훑는다. 반대쪽에 그가 가져다 놓은 트위스트캡 와인 한 병과 작은 흰색 상자가 보인다. "당신 생일이라서 준비했어." 그가 말한다. "생일 축하해."

"고마워." 당신이 말하고는 이내 벤이 얼마나 이상한 사람이었는지를 떠올린다. 여전한 것 같군.

"걱정 마. 내가 술병을 말끔히 닦아뒀으니까. 벤치도 그렇고." 그가 조심스럽게 미소 짓는다. 당신은 그의 목에 마스크가 매달려 있는 것을 눈치챈다. 꽃무늬 천으로 만든 것이었다. 재봉틀과 테이블보에서 찢은 천으로 그가 손수 만든 것처럼 보였다. 어쩌면 당신이 쓰던 옛날 테이블보였을지도 모른다.

마스크를 보니 갑자기 한기가 든다. 하지만 이내 사라진다. 그의 세균공포증이 점점 심해지는 것 같다. 사람들은 나이가 들면서 점점 이상해진다. 정말이지 슬픈 일이다. 그 생각을 하니 벤에게 연민이 느껴진다.

당신은 벤과 함께 벤치에 앉는다. 와인을 홀짝이며 흰색 상자를 연다. 안에는 호스티스 컵케이크가 들어 있다. 그는 당신에게 케이크에 아무도 손대지 않았다고 안심시킨다. 멋지네. 당신이 말한다. 당신은 미소 지으며 그가 당신의 모습에 엄청난 충격을 받게 될 순간을 기다린다. 그러나 그는 두려운 듯 계속 주변을 둘러볼 뿐이다.

"이봐, 사실 여기 오래 있을 수가 없어." 그가 말한다.

"괜찮아." 괜찮다. 그녀는 깨닫는다. 완전히 괜찮다. 이것을 깨달으니 조금 힘이 난다. 당신은 컵케이크를 한 입 베어 문다. 벤은 긴장이 풀린 것처럼 보인다. 너무나 그렇게 보여서, 당신이 방금 뭔가 끔찍한 것에 동의한 것만 같은 기분이 든다.

당신이 벤에게 미소 짓는다. "이게 다 무슨 일이야?"

그가 정말로 심각한 얼굴로 쳐다본다. "당신이 보자고 했잖아. 기억 안 나?"

당신을 꼭 봐야 해. 제발.

"어, 그래. 음. 그동안 어떻게 지냈는지 얘기라도 하면 좋을 것 같았어." 틀림없다. 참 당신다운 말이다.

벤이 당신을 미친 사람 보듯 쳐다본다. 그러고는 무겁게 한숨을 쉰다. "이봐, 줄리아. 내가 당신을 좋아하는 거 알잖아."

"나도 당신을 좋아해, 벤." 답례로 그렇게 말하니 좋다. 진심처럼 느껴진다.

"하지만 선을 지켜야 해." 그가 빠르게 덧붙인다. 그는 벤치의 다른 쪽 끝에서 당신을 의미심장한 눈으로 바라본다.

"물론이야." 당신이 동의한다. "선은 좋은 거지." 그는 대체 무슨 말을 하고 있는 걸까?

"나 만나는 사람 있어. 당신도 알잖아."

그는 이발이 필요해. 당신은 지금 알아차린다. 그의 머리는 풀처럼 길고 덥수룩하다.

"그럼 알지. 축하해." 당신이 고개를 끄덕이며 말한다.

그는 기겁한 것처럼 보인다. "할 말이 그것뿐이야?"

그의 눈이 갑자기 낯설게 느껴진다. 원래 파란색 아니었나? 지금은 그냥 희미한 회색 부분과 붉은 핏줄이 가득한 흰자위가 보인다.

"나한테 무슨 말이 듣고 싶은 건데?"

"이봐, 줄리아. 요전날 밤 그건 완전 개판이었어, 맞지? 나도 개판으로 만들었지. 그건 인정할게. 하지만 당신이 그렇게 울면서 전화했는데 대체 내가 어떻게 해야 했겠어? 내게 어떤 선택의 여지가 있었겠냐는 얘기야."

당신은 요전날 밤에 대한 기억을 더듬는다. 어디에서도 어떤 밤도 찾을 수 없다. 당신은 벤에게 전화 거는 당신의 모습을 그려본다. 전화번호를 찍을 때 눈에서 눈물이 와락 쏟아진다. 사방이 온통 푸른 하늘이다. 가장 기분 좋은 색이다.

"난 그냥 당신에게 식료품을 가져다주러 간 것뿐이야." 그가 말한다. "그냥 식료품을 전해주러 가겠다고 당신에게 얘기도 했고, 친구가 아프다고 하면 누구에게라도 그렇게 했을 거야."

그의 입에서 나온 '아프다'는 표현에 비난조가 섞여 있다. "아프다고?" 지금 당신의 기분을 보면, 그 단어는 당신에게 전혀 적절해 보이지 않는다. 벤도 아니고, 내가 왜? 이렇게 당신을 괴롭히려는 그를 좀 보라. 아픈 사람은 벤이다. 그는 천 살은 돼 보인다.

"난 그냥 문밖에 두고 가려 했어." 벤이 슬프게 말했다. "하지만 그때 그 소리." 이제 그는 눈을 감는다. 우스꽝스러울 만큼 고통스러워 보이는 모습이다.

"무슨 소리?" 당신은 치료실에서 들었던 끔찍하면서도 아름다운 종소리를 생각한다. 지금도 당신의 머릿속을 가득 채우고 있는 끝없는 종소리.

"당신이 내는 소리." 벤이 말한다. "문을 통해 들리는 울부짖고 흐느끼고 숨을 헐떡이는 소리. 혼자서 외롭게. 내게 들어오라고 애원하고 또 애원했어."

당신은 그가 고개를 가로젓는 것을 지켜본다. "솔직히 말하면 아직도 그 기억이 뇌리에서 떠나지 않아." 벤이 당신을 보며 말한다. 당신이 이날 밤 당신의 절망적인 모습에 대한 수치심으로 충격을 받기를 기다리는 것처럼. 당신이 슬픔 때문에 그에게 결코 잊히지 않을 소리를 냈고, 그가 그 소리에 거부할 수 없었던 것으로 보이는 이날 밤. 그리고 그 순간 당신은 당신과 벤이 동침한 것이 분명하다는 사실을 깨닫는다. 분명 당신은 어둠의 군주와 동침했다. 어쩌면 그래서 그가 어둠의 군주인지도 모른다.

"우리가 무모했어." 벤이 거의 울부짖듯 말했다. "내가 무모했어."

그의 목소리는 벽돌 같다. 당신을 깨부수려는 벽돌. 마치 당신이 그렇게 깨지기 쉬운 존재인 것처럼. 한때는 그랬을지도 모른다. 당신은 마치 아주 아주 먼 곳에서 일어나는 슬픈 사건을 관찰하듯 이 상황을 관찰한다. 그러나 이제 절대 부서지지 않는다. 한기가 스멀스멀 기어들어도, 당신은 마네킹의 붉은 입술을 가졌다. 이제 그 입술이 가벼운 미소를 머금어 살짝 곡선이 되었음을 느낀다. 당신은 반짝이는 눈으로 벤을 본다. 벤은 눈을 돌려 백조들을 응시한다.

"아마 그냥 고초열이었던 모양이야. 정말 다행이지." 그가 말한다. "매년 이맘때면 걸리곤 했잖아. 그런데 당신은 항상 그걸 잊어버리고 뭔가 더 불길한 병일 거라고 상상하지. 항상 자신이 죽어가고 있다고 생각하잖아, 줄리아. 전에도. 이 모든 일이 일어나기 전에도 말이야." 그리고 여기서 그는 세상을 향해 손을 내젓는다. 백조와 하늘과 수양버들과 풀이 덥수룩하게 덮인 공원과 지나가는 한 무리의 사람들을 향해. 당신은 그 사람들이 모두 집에서 만든 벤의 마스크나 택시기사의 스카프 같은 마스크를 쓰고 있다는 것을 알아차린다. 그들은 가던 길을 멈추고 당신을 돌아본다. 당신의 광채 나는 민얼굴을 노려본다. 이게 다 당신이 뭔가를, 그것이 뭐가 됐건, 잊어버렸기 때문이다. 뿌리째 뽑혔기 때문이다. 검은 정장의 여자에 의해 제거되었기 때문이다.

갑자기 벤의 손을 잡아 당신의 얼굴에 대고 싶다. 그의 손은 군데군데 못이 박혀 있지만 다른 곳은 부드러웠고, 당신의 손을 잡을 때는 항상 따뜻하고 건조했다. 이제 기억난다. 당신은 긴 벤치를 가로질러 손을 뻗는다. 벤의 낯빛이 어두워진다. 그는 마치 뱀을 보듯 당신의 손을 쳐다보다가 이제 가봐야겠다고 웅얼거린다. 그가 일어서자 당신은 잘 가라고 손을 흔든다. 그러고 나서 당신을 쳐다보는 사람들에게도 손을 흔든다. 기왕에 손을 흔들고 있으니 그렇게 하는 편이 낫기 때문이다. 그들은 깜짝 놀라서 입을 떡 벌리고 당신을 본다. 정말 비극적인 일이다. 이런 날 대체 두려워할 것이 뭐가 있는가? 이처럼 푸른 하늘 아래서? 그토록 아름다운 날. 당신의 생일에 말이다.

산책
카밀라 샴지

THE WALK
BY KAMILA SHAMSIE

······이 상황이 모두 끝나면,
우리는 가끔 여기서 산책을 할 수 있겠지.

카밀라 샴지

파키스탄 출신 영국 소설가. 1998년 《바닷가 옆 도시에서(In The City by the Sea)》로 데
뷔하며 크게 주목받았고, 2009년 발표한 《불타버린 그림자(Burnt Shadows)》로 '블랙 퓰
리처상'이라고 불리는 '애니스필드 울프 도서상'을 수상했다.

아즈라는 대문을 활짝 열고 집 앞 도로로 발을 내디뎠다. 확실해? 그녀의 어머니가 마당을 계속 돌며 말했다. 마당을 한 바퀴 도는 데 45초가 걸렸다.

모두 그렇게 하고 있어. 여자들도 혼자서 말이야. 아즈라는 말은 그렇게 하면서도 문을 열어둔 채 핸드백을 움켜쥐고 밖에 서 있었다. 핸드백에는 그녀에게 안도감과 목표 의식을 동시에 느끼게 해주는 휴대전화 말고는 아무것도 들어 있지 않았다. 5분! 조흐라가 소리치며 평소의 활기찬 보폭으로 아즈라를 향해 걸어왔다. 그녀의 목소리는 분명 길 한가운데에서도 들렸을 것이다. 너희 집까지 걸어가는 데 5분 걸렸어. 아니 그것도 안 걸려.

두 집이 자동차로도 거의 그 정도 걸리는 거리임을 감안할 때 믿기 힘든 얘기였지만, 조흐라는 사실이라고 우겼다. 자동차로 가면 교통 정체와 일방통행로 때문에 시간이 그렇게 걸린다는 것이었다. 아즈라는 문을 닫고, 어머니가 마당을 쳇바퀴 돌듯 도는 것을 멈추고 입구 쪽으로 걸어와 안에서 대문 빗장을 지르는 소리를 들었다. 손 잘 씻어. 아즈라가 대문과 담벼락 사이의 좁은 틈 사이로 말했다. 그래, 그래, 알았어, 미스 피해망상. 그녀의 어머니가 말했다.

그들이 출발했다. 옆으로 두어 발 정도의 간격을 두고, 조흐라가 한발 앞서 걸었다. 인도가 따로 없어서 차도로 걷고 있지만, 평상시에도 이 주택가에는 차량 통행이 별로 없었다. 몇 집 아래쪽 발코니에 서 있는 한 여인이 두 사람에게 손을 들어 인사했다. 그 여인은 아즈라가 대학을 졸업하고 집으로 돌아온 직후였던 거의 25년 전 그 집이 지어진 이래로 내내 거기에 살았다. 아즈라가 손을 들어 답했다. 첫 번째 상호작용이다.

4월 초였고, 카라치*에서 겨울은 벌써 추억이 되었다. 아즈라는 높은 습도 때문에 살에 착 달라붙은 카미즈를 휙 잡아당겨 떼어 냈다. 조흐라는 공원에서 산책을 할 때와 같은 차림─요가 팬츠와 티셔츠─이었다. 두 사람이 마지막으로 공원 산책을 한 지 3주가 넘었다. 그러나 조흐라는 여전히 날마다 차를 몰고 와서 공원 고양이들에게 먹이를 주었다. 그녀처럼 동물을 사랑하는 경비원이 그녀를 위해 문을 열어주었다.

대화의 주제는 하나뿐이었지만, 그와 관련한 다양한 부분집합

---

* 아라비아해 연안에 위치한 파키스탄의 도시.

들이 많았다. 그들은 일상적인 얘기와 종말론적 얘기 사이를 두서 없이 오가며, 일직선으로 탁 트인 썰렁할 만큼 조용한 간선도로를 따라 걸었다. 그러다가 바다 냄새에 입을 다물었다. 냄새는 한동안 그들 앞에서 어른거렸고, 마침내 그들은 그곳에 다다랐다. 드넓게 펼쳐진 오염되지 않은 낙타색 모래사장과 그 너머로 보이는 비둘 기색 물. 먹을 것을 파는 행상과 모래사장용 사륜 오토바이, 연을 파는 사람들, 방파제에 앉아 있는 연인들, 카라치에서 도시의 으 르렁거림이 미소로 바뀌는 유일한 곳을 찾아온 자동차 몇 대를 가 득 채울 만큼의 가족들. 그런 것들은 모두 사라졌다. 마스크를 쓴, 말을 탄 경찰이 그들에게 다가왔다.

경찰이 그들에게 떠나라고 지시했다. 두 사람은 다른 경로를 택 해 집으로 돌아가기로 했다. 조금 전에 걸어온 길보다 좁은 가로수 길들을 굽이굽이 걷다가 중간중간 멈춰서 눈에 띄는 집들의 건축 에 대해 이야기하곤 했다. 그들이 거의 평생을 이 대도시, 그것도 이 몇 평방마일 범위 안에 살았음에도 전에는 한 번도 눈여겨볼 생각을 하지 않았던 집들이었다. 아주 우연히, 그들은 산책하는 사람들이 가득한 도로에 접어들게 되었다. 그중 몇 명은 아는 얼 굴이었다. 모두 손을 흔들었고, 모두 서로를 만나게 된 것을 반가 워하며 능숙하게 거리를 유지했다. 심지어 두 사람이 얼떨떨해서 아무런 반응도 못 할 때도 그랬다. 어른을 동반하지 않은 열 살 전 후의 아이들이 자전거를 타고 쌩 하고 지나갔다. 그것은 이 동네 사람들이 항상 알았던 거리 축제에 가까웠다. 아즈라는 옛날 학교 친구에게 소리 높여 인사했다. 목소리가 너무 높다던가, 그로 인해 사람들의 이목을 끌 수 있다는 걱정 따위는 접어두었다. 그녀의 움켜쥔 손아귀를 벗어난 핸드백이 그녀의 옆구리 부근에서 느슨하게 흔들렸다. 그 순간 세상이 그 어느 때보다 좋은 곳, 관대하고 안전한 곳처럼 느껴졌다.

이 상황이 모두 끝나면, 우리는 가끔 여기서 산책을 할 수 있겠지. 공원에서 끝없이 트랙을 도는 대신 말이야. 조흐라가 말했다. 아마도. 아즈라가 말했다.

LA강 이야기

콜럼 토빈

인간은 두 부류로 나뉜다.
십대 시절에 바흐와 베토벤을 듣기 시작한 부류와
그렇지 않은 부류.

콜럼 토빈

아일랜드의 소설가. 1990년 《남쪽(The South)》으로 데뷔한 후, 10여 편의 소설을 썼다.
영화화되었던 《브루클린》은 2009년 코스타상 최우수 소설을 수상했고, 같은 해 맨부
커상 후보작에 오르기도 했다.

봉쇄조치 기간 동안 일기를 썼다. 나 자신의 개인적 봉쇄 날짜
와 장소—2020년 3월 11일, 로스앤젤레스 하이랜드 파크—를 쓰
는 것으로 시작했다. 첫째 날은 그날 아침에 본 캠퍼 밴에 붙어 있
던 경고 표지 문구를 옮겨 적었다. "미소 지으세요. 카메라가 당신
을 찍고 있습니다."

　그 첫 줄을 입력하고 나니 나는 다른 쓸 거리를 생각해낼 수 없
었다. 그 뒤로 별다른 일이 일어나지 않았던 것이다.

　매일 아침 일어나서 새로운 장을 썼다고 말할 수 있으면 좋겠지
만, 나는 침대에서 게으름을 피웠다. 나중에 날이 저물어갈 즈음
에는 남자친구 H의 음악 취향을 개탄하느라 정신없었다. 예전에
는 희미하게 쾅쾅거리던 것이 H가 구입한 새 스피커 때문에 선명
하게 쾅쾅거리게 되자 더욱 끔직해졌다.

　인간은 두 부류로 나뉜다. 십대 시절에 바흐와 베토벤을 듣기 시

작한 부류와 그렇지 않은 부류. H는 후자다. 그는 대신 엄청난 양의 레코드판을 소장하고 있는데, 그중 클래식은 거의 없고 내가 좋아하는 음반도 많지 않았다.

그리고 H와 나는 단 한 권도 같은 책을 읽은 적이 없었다. 그의 제1언어는 프랑스어고 그의 정신세계는 사변적이었다. 따라서 어떤 방에서 H가 자크 데리다와 질 들뢰즈를 읽느라 바쁜 동안, 나는 다른 방에서 제인 오스틴과 에밀리 브론테를 읽었다.

그는 해리 도지를 읽었고, 나는 데이비드 로지를 읽었다.

작은 중서부 도시에 사는 작가가 한 명 있었다. 나는 그의 책 두 권을 탐독했는데, 그가 자신의 소설에서 감정을 노출하는 방식이 좋았다. 그를 만난 적은 없지만, 그가 행복하기를 진심으로 바랐다. 나는 이 작가에게 남자친구가 있다는 사실을 온라인을 통해 알게 되었고 그들이 살아가는 행복한 일상을 담은 게시물을 보며 기뻐했다. H는 실제로 그를 만난 적이 있었고, 그 작가가 사랑하는 누군가와 정착했다는 사실에 그 역시 기뻐했다.

우리는 곧 그 작가의 게시물을 유심히 지켜보기 시작했다. 한번은 그가 집으로 돌아올 때 남자친구가 꽃을 들고 기다리고 있었다. 우리는 꽃 사진을 보았다.

그리고 그 소설가는 쿠키를 만들었다. 그의 게시물이 그렇게 말했다. 그와 그의 남자친구는 매일 밤 두 사람 모두에게 계시와도 같은 영화를 보았다.

누구에게나 그림자 사람과 그림자 장소, 그림자 일화가 있다. 가끔 그것들은 실제 일어나는 일들의 창백함보다 더 많은 공간을 차지한다.

창백함은 나를 떨게 만들지만, 그림자는 나를 궁금하게 만든다. 나는 그림자 소설가와 그 남자친구에 대해 생각하는 것이 좋았다. 그리고 공간과 음악, 소설과 영화를 온라인으로 공유하고 우리의 사랑을 게시하는 행복한 가정생활의 서사를 상상하려 했다.

그러나 내가 아무리 꿈꿔도, 현실의 우리는 밤에 어떤 영화를 볼지에 대해 합의를 이룰 수 없었다. 봉쇄 1주차에 우리가 로스앤젤레스를 배경으로 하는 영화를 보기로 결정하고 〈멀홀랜드 드라이브〉와 〈침실의 표적〉을 보았을 때, 첫 번째 것은 내게 너무 진행이 더뎠고 두 번째 것은 문자 그대로 너무 기분 나빴다. H는 두 영화를 모두 좋아했을 뿐 아니라 영화에 대한 지식이 많았기 때문에 한 영화의 이미지들이 어떻게 다른 영화로 번질 수 있는지, 영화가 얼마나 많은 숨겨진 암시와 비밀스러운 제스처를 담고 있는지에 대해 토론하고 싶어 했다.

내 경우는 늘 순전히 즐기기 위해 극장에 갔다. 잠자리에 들기 전 시간은 항상 긴장된 분위기였는데, H가 나를 졸졸 따라다니며 이 영화들이 진정으로 의미하는 것이 무엇인지에 대한 정보를 전하려 했기 때문이다.

그 순간이 내가 그를 가장 사랑하는 때였다. H가 영화와 화면 속에 담긴 개념과 이미지에 경도되어 대화를 진지한 수준으로 유지하기를 간절히 바랐기 때문이다.

그러나 기분이 안 좋은 날 밤에는 나도 나를 어쩌지 못하고, 고다르와 고도, 기 드보르에 대한 그의 상세하고 적절한 인용에 "그 영화는 쓰레기야! 내 지성에 대한 모욕이라고!"라고 대꾸하면서 반응할 수밖에 없었다.

나는 벤자민 브리튼과 피터 피어스, 거트루드 스타인과 앨리스 B. 토클라스, 크리스토퍼 이셔우드와 돈 바카디 같은 역사적으로 중요한 동성 커플의 이름을 살펴보았다. 왜 그들은 항상 요리를 함께하거나 서로의 그림을 그리거나 어느 한쪽이 다른 한쪽이 부를 노래를 썼을까?

왜 우리 같은 커플은 우리뿐인 걸까?

어쩌면 그때가 나와 H가 변화를 위해 서로 어른스럽게 행동하고 서로 좋아하는 책을 기꺼이 읽기 시작하기에 좋은 때였을 것이다.

그런데 우리는 오히려 더 자신이 좋아하는 책을 읽었다. 문화에 관한 한, 그는 비계를 먹지 못하는 잭 스프랫이고, 나는 살코기를 먹지 못하는 그의 아내였다.◆

내가 가장 즐기는 순간은 내가 진지하게 받아들이는 무언가를 다른 사람이 웃어넘기거나 내가 우스꽝스럽다고 생각하는 것을

◆ 영국의 전래 동요 〈잭 스프랫〉의 내용.

다른 모든 사람이 진지하게 받아들일 때다.

봉쇄조치가 시작되었을 때, 나는 LA강과 그 모든 지류가 웃기다고 생각했다. 나는 곧 진실을 알게 된다. 그리고 사회적 거리두기가 절반쯤 끝났을 무렵, 나는 H가 아주 좋아해서 크게 틀어놓곤 했던 슈퍼피처의 〈리틀 레이버〉라는 노래의 음을(음이라는 표현이 적절하다면) 더 이상 듣지 않게 되기를 바랐다.

나는 운전을 못하고 요리도 못한다. 춤도 못 춘다. 문서를 스캔하거나 사진을 이메일로 보내지도 못한다. 나는 한 번도 기꺼운 마음으로 진공청소기를 사용하거나 의도적으로 잠자리를 정돈한 적이 없다.

같은 집에 사는 누군가에게 이 모든 것을 정당화하기는 어렵다. 나는 이런 내 모든 문제가 어린 시절의 신체적 장애에서 비롯되었다는 암시를 주었고, 그것이 통하지 않을 때는 딱히 증거를 제시하지도 않고 그저 깔끔하지 못한 것은 깊이 사색하는 사람들, 세상을 바꾸려는 사람들의 특징이라고 주장했다. 마르크스는 깔끔하지 못했다. 헨리 제임스는 게으름뱅이였다. 제임스 조이스가 뒷정리를 했다는 증거가 없다. 트로츠키는 말할 것도 없고, 로자 룩셈부르크도 정말 지저분했다.

나도 나름 잘해보려고 노력했다. 예를 들어 매일 식기세척기를 비웠다. 그리고 매일 두어 차례 H를 위해 커피를 만들었다.

그러나 어느 날 H가 진공청소기로 집 청소를 할 때라고 말했을 때, 나는 내가 독서를 하거나 학생을 가르치러 어디론가 갈 때까지 그 작업을 보류하는 게 좋겠다고 대답했다.

"신문 좀 읽어." H가 말했다. "어디론가 간다는 건 이제 옛일이라고."

그 말은 처음에는 비난처럼 들리더니, H가 프랑스인 특유의 눈빛으로 나를 응시하자 위협처럼 들렸다.

곧 진공청소기가 집안 전체를 우르릉거리며 질주했다.

나는 우리에게 딱히 할 일이 없고 매일 그날이 그날 같던 나날들, 우리가 온화하고 현명해져서 말하지 않아도 서로의 마음을 아는 노부부 같은 나날들을 좋아했다. 우리의 유일한 문제는 우리가 어떤 것에도 별로 합의를 이루지 못했다는 것이다.

우리는 봉쇄조치 기간에 행복했다. 적어도 그 직전의 나날들보다는 더 행복했다. 하지만 나는 우리가 그 소설가와 그의 남자친구가 행복한 것처럼, 다른 동성 커플들이 행복한 것처럼, 편안하고 만족스러운 방식으로 행복할 수 있기를 바랐다.

나는 마당에서 책을 읽을 만한 공간을 찾았다. 종종 안에서 음악이 시끄럽게 쿵쿵거릴 때면 나는 바깥에 머물렀다. 사람들은 그것을 하우스뮤직이라고 부를 수 있겠지만, 그것은 시끄러운 음악이기도 했다.

하루는 내가 안으로 들어가자 H가 레코드에서 바늘을 들어 올렸다. 그는 그 음악으로 나를 거슬리게 하고 싶지 않아서 그런다고 말했다. 나는 너무 미안해져서 그 음악이 전혀 거슬리지 않은 척하려 했다.

"그냥 바늘 도로 내려놓지 그래?" 내가 말했다.

잠깐 동안 나는 그 음악이 신난다는 것을 알게 되었다. 내 안에 잠자고 있던 십대 소년이 잠시 깨어났다. 그 음악은 크라프트베르크의 곡이었다. 나는 멈춰 서서 음악을 듣기 시작했다. 그리고 H 에게 인정하는 미소를 보냈다. 이제 그 음악이 좋아지다시피 하더니 급기야 나는 그 리듬에 맞추어 춤을 추려고 시도하는 실수까지 범했다.

내가 춤에 대해 아는 것은 1978년 더블린에서 스페인 학생들을 담당하게 되었을 때 억지로 봐야 했던 영화 〈토요일 밤의 열기〉에서 본 것이 전부였다. 나는 그 영화가 싫었고, 암호-기호학자 동료가 내게 느릿한 영어로 그 영화의 숨겨진 의미에 대해 설명하자 혐오감이 더 심해졌다.

그러나 내가 춤에 대해 아는 모든 것은 전부 그 영화에서 나왔다. 사실 그 시절의 나는 디스코장에서 많은 시간을 보냈지만, 춤에 대한 세부사항보다는 뒤쪽 룸과 곁눈질과 본격적인 음주에 관심이 더 많았다.

그럼에도 H가 지켜보자 나는 시도했다. 음악의 리듬에 맞춰 몸을 움직이고 팔을 이리저리 흔들었다.

그는 움찔하지 않으려 애썼다.

나는 마치 죄지은 사람처럼 조용히 살금살금 멀어졌다. 마치 그 노래 속의 존스 씨가 된 기분이었다. "여기서 뭔가 일어나고 있지만 당신은 그게 뭔지 알지 못하죠. 그렇죠, 존스 씨?"

지금까지 내가 크라프트베르크를 조롱한 게 아니라, 크라프트베르크가 나를 조롱하고 있었음을 나는 이해했다.

"당신은 우리 음악을 들을 만큼 멋지지 않아." 크라프트베르크가 속삭였다.

나는 마당으로 나가서 석류나무에 매달아놓은 해먹에 누워 헨리 제임스의 책에 깊이 빠져들었다.

...

우리는 온라인으로 자전거를 주문했다. 나는 우리가 교외의 거리를 씽씽 누비면서 목조단층집들을 지나치는 것을 꿈꾸었다. 그 안에서 사람들은 잔뜩 움츠러들어서 TV 채널을 이리저리 돌리고 구원을 바라며 기도하는 마음으로 열심히 손을 씻고 있을 것이다.

우리가 마치 추억 속에 희미하게 남은 레코드판의 표지 이미지처럼 페달을 밟지 않고 관성으로 달려서 지나치는 모습을 그들이 창문을 통해 볼 수 있을 거라고 나는 상상했다.

예상했던 것보다 며칠 빨리 자전거 두 대가 도착했다. 유일한 문제는 조립이 필요하다는 것이었다.

H가 사용설명서를 연구하기 시작하자, 나는 슬그머니 빠지려 했다. 그가 이제 어마어마한 작업을 시작할 테니 내가 옆에 있어야 한다고 못 박았을 때, 나는 급히 보낼 이메일이 있다고 핑계를 댔

다. 그러나 소용없었다. 그는 자신이 바닥에 누워 땀 흘리고 욕을 하며 하늘에 계신 하나님께 왜 제조업체가 엉뚱한 볼트와 너트를 보냈고 나사를 충분히 보내지 않았는지를 물을 때, 내가 걱정스러운 모습으로 거기 서 있어야 한다고 요구했다.

나는 그 행복한 온라인 소설가가 이 작업을 남자친구와 함께하는 모습을 상상했다. 두 사람이 협조하여 적절한 나사를 찾고, (나처럼, 그리고 H와 달리) H가 실수로 왔다고 말하는 가느다란 금속 봉이 사실은 앞바퀴를 고정시키기 위해 제공된 것임을 깨닫는 모습을. 나는 벤자민 브리튼과 거트루드 스타인과 크리스토퍼 이셔우드와 그들의 파트너들을 생각했다. 그들이라면 방관자처럼 보이지 않는 방법을 알 것이다.

H가 자전거 자체와 그것을 만든 공장뿐 아니라 애초에 이 모든 것을 구상한 나에 대해서도 불평했기 때문에, 나는 학창 시절 왜 x와 y가 같은지를 몰랐을 때 마지막으로 써먹은 또 다른 나를 소환하는 게 최선이라고 판단했다.

나는 멍청하지만 동시에 겸손하고 슬퍼하는 것처럼, 조용하지만 깊이 몰두하는 것처럼 보이려고 애썼다.

잠시 후 많은 몸부림과 한숨 끝에 자전거가 작동했다. 우리는 헬멧과 마스크를 쓰고 밖으로 나가서 고급 비누 광고 속의 두 남자처럼 기쁨과 환희와 통제된 자유분방함 속에 신나게 달려 언덕을 내려가기 시작했다.

나로서는 몇 년 만에 타본 자전거였다. 아델란테 애비뉴를 미끄러지듯 달려 아름다운 이름을 가진 이지 스트리트로, 이어서 요크로, 이어서 마르미온 웨이로, 아로요세코 공원으로 질주할 때, 움츠려 있던 나의 정신에 뭔가가 일어났다. 내리막이 아닐 때는 평지였다. 차량도 없었고 보도에는 마스크를 쓴 어리둥절한 표정의 보행자 몇 명뿐이었다.

나는 LA강의 한 지류가 공원을 통과해 흐르는 것도, 강둑 중하나에 자전거 길이 있는 것도 몰랐다. 이 강이라고 불리는 것을 일반적인 단어로 표현하기는 힘들다. 그것의 이름은 아로요세코였는데, '마른 개울'을 의미했다. 그것은 실제로 말라 있었고(적어도 그이름에 걸맞을 만큼 충분히 말라 있었다), 사실 강둑 따위는 없었다. 그도 그럴 것이 실제로 강이 아니기 때문이다.

차라리 그것이 아예 없어지면 로스앤젤레스가 더 매력적일지도 모르겠다.

최근에 비가 왔음에도 불구하고, 그 거창한 이름을 가진 강에 곧 합류하게 될 이 울타리 친 배수로에는 여전히 물이 없었다. LA강과 그 작은 지류는 고통스러워하며 자비를 구하고 있다고 나는 항상 믿었다.

그러나 이제 나는 자전거를 살살 밀며 산책로에 오르면서 그동안 나에게 숨겨졌던 LA의 어떤 요소를 발견했다고 느꼈다. 자동차는 이곳에 올 수 없었다. 이 낯설고 슬픈 광경의 어떤 이미지도 세상으로 내보내지지 않을 것이다. "LA로 오세요! 강가에서 자전거를 타세요!" 같은 광고 문구 따위는 더 이상 없을 것이다. 제정신인 사람이라면 이곳에 오지 않을 것이다.

그러나 그것은 아름답다고 할 수 있었다. LA강을 비웃지 말았어야 했다.

내가 이런 한가로운 상념에 잠겨 있는데, H가 나를 빠르게 지나쳤다. 뒤돌아보니 그 소설가와 파트너—그 행복한 커플, 온라인 커플—가 최선을 다해 자전거를 타는 모습이 환영의 형태로 보이고, 이어서 역사 속의 행복한 동성 커플들이 뒤따른다. 나는 기어를 바꾸고 뒤에 오는 그들과 거리를 벌리며 H를 따라간다. 최선을 다해 그를 따라잡으려고 노력하면서.

임상 기록
리즈 무어

CLINICAL NOTES
BY LIZ MOORE

아기들은 자주 열이 난다. (……) 아기들의 열은 대부분 최근에
인간 개체군으로 들어온 바이러스에 의한 것은 아니다.

리즈 무어

미국의 소설가로, 2007년 첫 번째 소설 《모든 노래의 가사(The Words of Every Song)》로
데뷔했다. 이후 《보이지 않는 세계》 《길고 빛나는 강》 등을 펴냈고, 현재 필라델피아에
살며 템플 대학에서 창의적인 글쓰기에 대해 가르치고 있다.

2020년 3월 12일

팩트: 아기가 열이 있다.

　근거: 두 개의 체온계에서 연속으로 걱정스러운 판독치가 나온다. 39.9℃, 40.1℃, 40.4℃

　근거: 아기의 몸이 뜨겁다. 아기의 뺨이 빨갛다. 아기가 떨고 있다. 아기가 젖을 먹는 모습이 좀 이상하다. 느슨하게 풀린 입술이 비정상적으로 파르르 떨리고 손과 팔이 축 늘어져 있다. 아기가 우는 대신 고양이 소리를 낸다.

팩트: 아기들은 자주 열이 난다.

근거: 집에는 아기가 둘이 있고, 둘 다 그 집에 사는 동안 주기적으로 열이 났다. 아기들이 그 집에 살아온 기간은 3년 9개월이다.

믿음: 45개월 아이는 열이 없다.

근거: 45개월 아이의 이마가 시원하다.

방법: 45개월 아이의 엄마가 숨을 죽이고 까치발로 삐걱대는 마룻장을 피해가며 방으로 들어가서 아이의 피부에 입술을 댄다. 입술은 체온을 측정하는 가장 좋은 도구다.

질문: 체온계 판독치가 몇 도일 때 소아과 응급실로 달려가야 할까?

연구 과정: 아기의 부모가 다음과 같은 문구를 이용해 몇 차례 인터넷 검색을 한다. '소아과 체온 응급실.'
섭씨 40.4도 열 응급실.

답: 인터넷이 두 가지 상반된 조언을 내놓는다.
A. 당장 가세요.
B. 타이레놀을 먹이고, 의사에게 전화하세요.

반응: 아기의 부모가 6초간 서로를 말없이 바라보며 더 많은 사실을 고려한다.

팩트: 세상에 새로운 질병이 나타났다.

팩트: 그것이 인간 개체군으로 들어왔다.

팩트: 아기의 아빠는 어제 세 명의 동료가 이 질병에 걸렸다는 통지를 받았다.

인정: 시기가 좋지 않다.

반박: 아기들은 열이 난다. 아기들은 자주 열이 난다. 그 아기는 열 말고는 다른 증상이 없다. 아기들의 열은 대부분 최근에 인간 개체군으로 들어온 바이러스에 의한 것은 아니다. 아기의 가족 구성원 중 다른 세 명이 지금까지 증상을 보이지 않았다.

알려지지 않은 것들: 바이러스의 감염성. 질병의 진행 과정. 노출에서 증상 발현까지의 시간. 성인과 소아에게 일반적인 질병의 발현. 성인과 소아 모두에게 미치는 단기적, 장기적 영향. 일반적 예후. 치사율.

선언: "여기에는 알려지지 않은 것들이 많아." 아기의 엄마가 말한다.

고려 사항: 새벽 1시 45분이다. 아기의 누나는 잠들어 있다. 아무래도 부모 중 한 명이 아기를 혼자 데리고 소아과에 가야 할 것 같다. 나머지 한 명은—

중단: 아기가 구토를 한다. 격렬하지 않은 평범한 구토다. 짜증스럽게 입을 벌린다. 아기의 위장 속 내용물이 배출된다. 구토 뒤에 아기가 축 처진다. 아기가 잠든다.

고려 사항(계속): 아기의 누나와 함께 집에 머물러야 한다.

추가 고려 사항: 이 아기를 집에서 지켜보는 것보다 의료 시설로 데려가는 것이 더 위험할까? 아기가 걸린 병이 그 새로운 질병이 아니라면, 아기나 부모가 의료 시설에서 새로운 질병에 걸리게 될 수 있을까?

결정: 아기의 부모가 B안을 선택한다. 유아용 타이레놀이 투여된다. 새벽 1시 50분에 의사에게 전화한다.

정정: 의사가 아니다. 전화를 받은 것은 자동응답기다. 의사가 응답 전화를 걸 것이다.

막간: 부모가 바닥을 청소한다. 거실 조명을 어둡게 한다. 아빠는 아기를 가슴에 올려놓고 소파에 누워 있다. 아빠는 아기의 몸에서 열을 감지한다. 마치 주전자처럼, 엔진처럼 믿기지 않는 열이다. 열은 일, 즉 에너지 소비에서 나왔다. 조그만 몸이 전쟁을 치르며 하는 일에서 나왔다. 아빠는 아기가 처음 태어났을 때를 기억하고, 엄청난 노력으로 간신히 뜨고 감았던 퉁퉁 부은 눈꺼풀과 물속에서의 손가락 움직임을 떠올리고, 신생아의 몸이 어떻게 마치 방패처럼 역삼각형 상체에 연약한 팔다리로 이루어져 있는지 생각한다. 이 생각을 하니 안심이 되었다. 신생아들은 생존하게 되어 있어. 아빠가 혼잣말을 한다. 그것은 단언이다. 아기는 이제 생후 10개월이다. 아기는 자랐다. 몸이 제법 퉁퉁해져서 이제 아빠의 가슴을 누르는 무게는 위안인 동시에 놀라움이며, 아기의 몸에 투자된 모든 것(모유 207,376그램과 라즈베리 722알, 요구르트 13,607그램, 바나나 120개, 치즈 84조각, 이 아기가 아주 좋아하는 '요거트 멜츠*'라고 하는 공기처럼 가볍고 작은 식품 15팩, 아기의 누나가 몰래 입에 넣어준 케이크 한 입)을 상기시켜 준다. 그리고 아기의 몸에 물리적으로 투자된 것 말고도, 아기에 대한 사랑이라는 사실도 있다. 아기의 웃음에 대한, 아기의 입, 돋아난 세 개의 이, 아기가 지난주에 배운 뽀뽀하는 방식(입을 벌리고 상대의 빰에 가져다 대는 방식), 그리고 지금 아버지가 만지고 있는, 최근에 손 흔드는 법을 배운 아기의 손

◆ 요구르트를 첨가한 동결 건조 과일.

에 대한 사랑. 아버지의 가슴 위에서, 이제 아기의 모든 신체 부위 가 움직이지 않는다. 아버지의 모든 신체 부위도 움직이지 않는다. 엄마는 그들을 지켜보며 의자에 앉아 있다. 전화기를 지켜보며. 의 사의 전화를 기다리며. 그녀는 혹시 전화기가 무음 모드로 설정된 건 아닌지 세 번이나 확인한다.

관찰: 한 시간이 지난다. 집이 조용하다. 어쩌면 아기의 엄마는—

　중단: 아기가 구토를 한다. 아빠의 가슴 위에. 소파에. 러그에. 아기가 고개를 들어 자신이 해놓은 것을 관찰한다. 그리고 자 신의 몸에서 나온 액체의 웅덩이로 곧장 머리를 박는다. 다시 잠든다.

일시 정지.

명령: "아기 좀 데려가." 아기의 아빠가 조용히 말한다. "어서."

여파: 엄마가 아기를 데려가서 씻긴다. 아빠가 셔츠와 소파, 러그, 그리고 자기 머리카락을 닦는다. 다시 아기를 데려간다.

질문: "지금 몇 시지?" 아기의 아빠가 말한다.

답: 새벽 3시 2분이야.

질문: "빌어먹을 이 전화는 왜 안 오는 거야?" 아기의 아빠가 묻는다.

결정: 모유를 수유하는 어머니가 아기를 병원에 데려가기로 한다. 아빠는 방금 옷을 갈아입고 여전히 담즙 냄새를 풍기며 잠들어 있는 아기를 안고 있다. 엄마가 가방을 싼다.

목록: 가방에 기저귀 여섯 개와 물티슈 한 팩, 갈아입힐 옷 두 벌과 턱받이 두 장—"더 가져가." 아빠는 구토를 떠올리며 말한다—, 수동 유축기, 유축한 모유 두 병(아기와 떨어져 있을 경우에 대비해서), 아이스팩, 작은 소프트쿨러 하나, 엄마가 마실 물, 엄마가 먹을 혼합 견과류, 핸드폰 충전기를 넣는다. 엄마의 핸드폰. 그녀의 지갑. 그녀의 열쇠. 열쇠가 달그락 소리를 내며 바닥에 떨어진다.

중단: 아기가 웃는다.

질문: "얘가 그냥 웃은 걸까?" 엄마가 묻는다.

답: 웃었다. 아기가 고개를 든다. 팔을 벌리고 바닥의 열쇠를 가리키는 제스처를 한다. 저거 갖고 싶어요, 하듯. 아기가 미소 짓는다.

관찰: 아기의 눈이 초롱초롱하다. 안색이 한결 나아졌다. 아기가 방을 둘러보며 입으로 소리를 낸다. "워우, 워우, 워우." 아기가 구호를 외치듯 경외심을 표현한다. 아기가 최근에 배운, 태어나서 처음 한 말이다.

추정: "좀 나아졌네." 엄마가 말한다. "다시 열을 재보자." 아빠가 말한다.

결과: 38.4℃

제안: 아빠가 말한다. "어쩌면 우리가—"

중단: 전화가 울린다. 의사다.

조언: "의사가 아침까지 기다려도 될 것 같대." 엄마가 말한다.

관찰: 아기가 눈을 비빈다. 피곤해 보인다.

결정: 아기의 부모가 기저귀만 남기고 옷을 벗긴다. 누나에게 물려받은 분홍색 테두리로 장식된 슬립색을 아기에게 입힌다. 어머니는 그것을 실내복이라고 부른다. 그녀는 그 옷을 보며 할머니의 실내복과 할머니가 주머니에 넣어두던 사탕, 할머니의 길고 부드러

운 발, 자신이 아플 때 등을 어루만져 주던 손길, 어린 시절 수두에 걸렸을 때 할머니가 와서 〈사운드 오브 뮤직〉을 보고 또 보면서도 불평하거나 지루한 기색 없이 함께 있어준 것을 떠올린다. 그리고 그런 생각에 가슴이 뭉클해진다. 그런 모든 선조, 이 아이에서 저 아이로 전달된 그런 모든 따뜻함, 그리고 그 마지막 아이인, 그녀가 지금 품에 안고 있는 아기. 어머니는 이런저런 것들을 회상하며, 아기를 재우기 위해 젖을 물린다. 아기가 노력을 잠시 중단할 때마다 긴장하고, 아기가 다시 아플 것에 대비하면서.

아기는 아프지 않다. 우선 어머니는 분홍색 실내복을 그대로 입힌 채 아기를 아기침대에 눕히고 잠들 때까지 지켜볼 참이다. 몸을 숙여 한 손을 아기 이마에 대고 다시 또다시 체온을 확인할 것이다. 따뜻하지만 뜨겁지는 않군. 그녀가 혼잣말을 한다. 체온계로 재지 않아 확신할 수는 없지만. 그녀가 아기 옆쪽 바닥에 눕는다. 아기를 바라본다. 아기는 숨 쉬고 있다. 희미한 불빛과 아기의 얼굴에 비친 그림자. 아기침대의 난간 틈새로 손가락 하나를 넣어 아기의 피부를 만진다. 따뜻하지만 뜨겁진 않군. 확신할 수는 없지만, 그녀는 그렇게 생각한다. 그것은 일종의 구호, 일종의 기도다.

더 팀
토미 오렌지

당신의 아버지는 아메리카 원주민인 샤이엔 인디언이고,
어머니는 백인이다. 그리고 두 사람 모두 달리는 사람들이었고,
이것이 애초에 당신이 달리기를 하겠다고 생각한 이유였다.

토미 오렌지

네이티브 아메리칸으로 첫 번째 소설 《거기 거기(There There)》로 2019년 퓰리처상 최종 후보에 올랐고, 같은 해 아메리칸 북어워드를 수상했다. 오클라호마 셰이엔족과 아라 파호족의 등록된 구성원으로 캘리포니아에 살면서 아메리카 인디언 예술학교에서 글쓰기를 가르치고 있다.

당신은 사무실 벽을 응시하고 있었다. 시간이 얼마나 흘렀을까? 확실하지 않다. 최근에는 시간이 그렇게 제멋대로 미끄러졌다. 마치 커튼 뒤에 숨어 있다가 전과 다른 무언가로 불쑥 나타나는 것처럼. 여기서는 시간을 집어삼키는 인터넷 블랙홀로, 저기서는 당신이 끝끝내 도보여행이라고 주장한 아내, 아들과 함께한 산책으로, 여기서는 눈으로는 보고 있지만 이해하지 못하는 책으로, 저기서는 무기력한 우울증으로, 여기서는 공중을 맴돌며 관찰하는 터키콘도르로, 저기서는 언제 닥칠지 모를 불안으로, 여기서는 실패한 줌(Zoom) 화상 통화로, 저기서는 아들의 원격학습 시간으로, 여기서는 이미 지나간 4월, 5월로, 저기서는 동영상 지도 위의 끝없는 그래프에서 치솟는 이름 없는 숫자들로 나타난 사망자 집계에 대한 집착으로 말이다. 시간은 당신의 편도, 그 누구의 편도 아니었다. 시간은 구름 뒤의 태양처럼 숨어 있지만 강렬하게, 당신처럼, 당신과 함께 그저 스스로를 꿈같이 허비하고 있었다. 당신은 마지막으로 사람들 사이에 있던 것이 언제인지 생각했다. 마스크를 쓰고 허겁지겁 일주일에 한 번 식료품점에 다녀오거나 사서함에 아무렇게나 쌓인, 꼭 필요하지도 않은 상자들을 챙겨 돌아오는 것은 셈에 넣지 않았다. 특히 비말이 비처럼 쏟아진다는 역겨운 개념을 소개한 팟캐스트를 들은 뒤로는 보이는 사람마다 최대한 거리를 유지했고, 전파가 두려워 다른 사람들과 눈도 마주치지 않았다.

당신이 참석한 공적인 형식의 마지막 대중 모임은 당신이 난생처음 참가한 하프마라톤이었다. 당신의 사무실에는 그때 받은 메달이 사슴 머리처럼 걸려 있다. 하프마라톤이라고 하니 온전하게 들리지 않을 것이다. 그것은 물론 절반이지만, 21미터를 멈추지 않고 뛴다는 것은 당신에게는 대단한 일이었다. 처음 훈련을 시작했을 때 당신은 돈을 지불하고 달리기 팀에 합류했는데, 이 팀은 함께 모여서 당신에게 마라톤이 얼마나 사람을 녹초로 만드는 일인지에 대해 정신 무장을 시켰다. 당신은 구호를 외쳤고, 팀 지도자들이 그들의 레이스 횟수와 그들이 비닐봉지에 넣어 허리춤에 매달고 다니는 슈퍼푸드와 에너지원에 대해 떠드는 소리를 들었다. 당신은 팀 훈련이 싫었고, 그래서 그만두고 당신의 몸과 건강과 일과와 달리기 음악 플레이리스트를 당신의 팀이라고 생각하기 시작했다. 달리기 위해 아침 일찍 일어났고 가끔은 하루에 두 번 이상 달리기도 했다. 달리기로 계획한 거리만큼 꼭 뛰었고, 훈련을 위해 다운로드한 앱에서 처방한 식단을 엄수했다. 그때는 앱도 팀의 일부였다. 팀은 스스로에 대한 약속을 지켰다. 팀은 당신의 심장을 건강하게 유지해주고 폐를 깨끗하게 해주었으며, 당신이 지금은 기억하지도 못하는 어떤 이유로 꼭 할 필요가 있다고 판단한 이 일을 해내겠다는 각오를 유지시켜 주었다.

달리기는 분명 당신의 다리만큼이나 오래되었고, 당신은 나이와 함께 계속 불어나는 체중의 공격을 피하기 위해 꽤 오래전부터 달리기를 했다. 하지만 레이스를 위해 달리는 것은 새로운 일이었고, 결승선을 통과하기 위해 한 번에 장거리를 달리는 것은 당신이 떠안은 이상한 종류의 의무였고 책임이었으며 결승선이 있는 목표였다. 근대 이전에는 달리기가 심각한 일이었다. 무언가로부터 달아나거나 긴급한 무언가를 향해 달리는 것, 사냥을 하거나 쫓기거나 중대한 메시지를 전달하기 위한 행위였다. 최초의 공식 마라톤은 1896년 올림픽에서 열렸는데, 그리스의 한 우편배달부가 우승을 거머쥐었다. 마라톤 코스의 길이는 승전보를 전하기 위해 달려온 병사가 그 자리에서 쓰러져 죽었다는 고대 그리스 전설을 따랐다. 고대의 달리기에 대한 다른 예들도 수없이 많을 수 있다. 1519년 코르테스가 이베리아 말들을 플로리다에 데려오기 전까지, 인디언들은 분명 아메리카 평원을 사방으로 뛰어다녔을 것이다. 그러나 당신은 말 등에 올라탄 인디언의 이미지에 고착되어 있고, 그 이미지는 원주민의 완벽한 적응력을 보여줘야 마땅하겠지만 사실 그것은 정체된 죽은 인디언이다. 당신은 이 이미지를 항상 알았고, 이는 진실이기도 하고 진실이 아니기도 한 당신의 어떤 측면, 말하자면 일종의 켄타우로스를 연상시키는 진실을 반영한다. 당신의 아버지는 아메리카 원주민인 샤이엔 인디언이고, 어머니는 백인이기 때문이다. 그리고 두 사람 모두 달리는 사람들이었고, 이것이 애초에 당신이 달리기를 하겠다고 생각한 이유였다. 그러나 고대의 달리기와 가문의 유산, 절반의 진실 같은 것들과는 무관하게, 다리가 생긴 이래로 인간이 어떤 종류의 달리기까지 했는지 정말로 알 길은 없다.

레이스를 마친 당신은 5년 전 오클랜드에서의 생활비를 감당할 수 없게 되면서 이주한 산속으로 돌아갔다. 다시 고립 속으로. 도시 사람들은 서로 가까이 지내는 위험을 감수해야 하지만, 당신은 그런 위험으로부터 대체로 안전했다. 그러나 레이스가 끝나면서 달리기도 끝났다. 세상은 날카로운 마찰음을 내며 갑자기 멈췄고, 마라톤이 가치 있는 시도였고 노력할 가치가 있는 무언가라는 느낌도 그렇게 멈췄다. 꼭대기에 있는 늙은 백색 괴물들이 경기부양 지원책이라는 우스꽝스러운 접시에서 부스러기를 흘려가며 실컷 배를 채울 때, 당신은 모든 것을 멈추고, 모든 것이 불타서 사라지는 것을 지켜보고 싶은 욕지기나는 욕구를 느꼈다. TV에 나온 사람들이 알맹이라고는 거의 없는 번지르르한 말들을 늘어놓는 동안, 당신이 할 수 있는 일이라고는 그저 지켜보는 것뿐이었고, 마치 새로운 사망자 이외에 새로운 소식이 나오기라도 할 것처럼 뉴스를 보고 듣고 읽는 것이 당신이 실제로 했고 당신이 할 수 있다고 느낀 전부였다. 물론 그건 아무것도 하지 않는 것이었지만, 마치 뭔가를 하는 것처럼 느껴졌다. 심지어 사망자란 늙은 백색 괴물들을 의미할 수도 있겠다는 당신의 생각과 달리 정당한 몫보다 많은 곡식을 독식하는 돼지들 때문에 항상 고통받아온 똑같은 사람들이라는 사실이 밝혀질 때도 그랬다. 그 돼지들에게 필요한 것 이상의 곡식은 음식물 찌꺼기에 불과하다. 그것은 당신이 개념화할 수 없을 정도로 필요한 것을 넘어서는 수준의 탐욕이다. 그리고 그런 상황은 모두 자유라는 이름으로 이루어졌다. 당신은 학교에서 그렇게 배웠고, 자유시장경제의 독실한 추종자를 자처하는 교과서와 헌법, 그리고 예나 지금이나 인디언을 무자비한 야만인으로 지칭하는 독립선언서에도 그렇게 쓰여 있었다.

새로운 팀은 당신의 가족, 지금 당신의 집에 함께 있는 가족이었다. 멤버는 당신의 아내와 아들과 처제와 그녀의 십대 딸 두 명이었다. 당신이 그 팀에 기대어, 그 팀과 함께한 것은 고립 자체였다. 새로운 팀은 달리기를 하지 않았지만, 함께 끼니를 계획하거나 당신의 고립된 삶 속에서 중저음 블루투스 헤드폰을 통해 듣거나 읽은 바깥세상에 대한 소식을 공유했다. 새로운 팀은 아직 결정되지 않은 새로운 미래였고, 그 새로운 미래는 개별 공동체들과 그들이 사망자 수를 믿는지, 그리고 사망자 수가 그들과 어떤 관계가 있는지에 따라 결정되는 것처럼 보였다. 당신의 새로운 팀은 당신의 식료품을 스캔하고 물건을 배달해주는 일선 근로자들로 이루어졌다. 그리고 너무 오래 떨어져 살아서 다시 모이는 것은 고사하고 정상으로 돌아간다고 생각하는 것조차 어색해 보이는 당신의 옛날 가족으로 이루어졌다. 당신은 아버지에게서 샤이엔 말을 배웠다. 그것은 당신 아버지의 첫 번째 언어였고, 당신의 누나가 유창하게 말한 언어였다. 그리고 당신이 진실의 가닥을 잃어버린 것을 고려하면, 새로운 언어를 이해한다는 것은 당신이 이제 희망에 가까운 무언가를 믿는다고 생각했을 때 다시 어딘가에서 모두가 생각해볼 필요가 있는 무언가처럼 느껴졌다. 오바마 이전이었을까, 오바마 때였을까, 아니면 오바마 이후? 당신이 어떤 처지인지, 당신이 나라의 미래가 어떤 의미라고 생각하는지, 당신이 어느 깃발 아래 서 있는지, 백인이 소수 인종이 되어가고 있다는 것이 어떤 의미인지를 이해하는 데 있어서 중요한 시점이 된 것이? 희망은 고사하고, 번영은 고사하고, 당신은 생존이나 하게 될까? 아니, 당신은 더 이상 달리지 않았다. 그것은 명백해졌다. 당신은 일주일에 한 번쯤 샤워를 했고, 양치질 따위는 잊었다. 술을 너무 많이 마셨고, 어느 때보다 담배를 많이 피웠다. 상황이 나아지면, 당신도 나아질 것이다. 뉴스에서 희망의 빛을 보게 된다면 말이다. 당신은 지켜보고 있다. 뭔가가 나올 것이다. 치료제든, 숫자의 감소든, 기적의 신약이든, 항체든, 다른 뭐가 됐든 말이다.

당신은 다시 벽으로 돌아와 벽을 응시하고 있다. 지켜보는 것 외에는 아무것도 할 수 없어서다. 지켜보며 기다리는 것. 그대로 머물러 있는 것. 그것은 새로운 세계 전체가, 직접 침범되지 않은 모든 이들이 함께하고 있는 팀워크다. 그것은 마라톤이 될 것이다.

이 고립이 될 것이다. 그러나 팀이 해낼 수 있는, 인간들이 빌어먹을 풀코스를 완주할 수 있는 유일한 길이다.

돌멩이
레일라 슬리마니

아프지는 않았다.
마치 공중에 붕 떠 있는 기분이었고,
그런 가벼운 느낌이 영원히 지속되면
좋을 것 같았다.

레일라 슬리마니

모로코 출신의 프랑스 소설가. 2014년 《그녀, 아델》로 데뷔한 후, 두 번째 소설 《달콤한 노래》로 2016년 프랑스 콩쿠르상을 수상했다. 그 밖의 작품으로 《섹스와 거짓말》(2017) 등이 있다.

10월의 어느 날 저녁, 소설가 로베르 브루사르가 신간 출판 기념 강연을 하고 있을 때 누군가 그의 얼굴에 돌멩이를 던졌다. 돌멩이가 공격자의 손을 떠나 공중으로 날아가기 시작한 순간, 그의 이야기는 전에도 여러 차례 말한 적이 있는 일화—톨스토이의 '역겨운 돼지'에 대한 묘사—의 끝부분에 거의 다다랐었다. 작가로서는 실망스럽게도, 그날 밤 청중들의 반응은 의례적인 웃음에 지나지 않았다. 그 순간 그는 마침 옆에 있는 테이블에 놓인 물잔을 향해 상체를 기울였고, 그래서 얼굴 왼쪽 측면에 돌을 맞게 되었다. 그를 인터뷰하고 있던 기자가 놀라서 비명을 질렀고, 곧 청중들도 고함을 질렀다. 모두 공황 상태에 빠져 허둥지둥 방에서 뛰쳐나갔다. 혼자 남겨진 브루사르는 의식을 잃고 이마에 피를 흘리며 무대 위에 누워 있었다.

깨어나보니 얼굴 반쪽을 붕대에 감싼 채 병원 침상에 누워 있었다. 아프지는 않았다. 마치 공중에 붕 떠 있는 기분이었고, 그런 가벼운 느낌이 영원히 지속되면 좋을 것 같았다. 그는 무척 성공한 소설가였지만, 그의 문학적 명성은 판매 실적과 반비례했다. 언론에 무시당하는 그가 스스로를 작가라고 칭하는 것조차 웃기는 일이라고 생각하는 동료들은 그를 경멸 어린 시선으로 바라보았다. 그러나 그는 긴 베스트셀러 출간 목록과 대부분 여성으로 이루어진 열정적인 팬 기반을 가지고 있었다. 브루사르의 책은 결코 종교적으로나 정치적으로 민감하지 않았다. 그는 어떤 것에건 선명한 의견이 없었다. 성이나 인종 문제 같은 이슈에 직면하지 않고 항상 당시의 논란으로부터 거리를 두었다. 그런 그를 누군가 공격하려 했다는 것 자체가 놀라움으로 다가왔다.

경찰관이 그를 조사했다. 그는 브루사르에게 원한 관계가 있는지 알고 싶었다. 혹시 누군가에게 돈을 빚졌나? 다른 남자의 아내와 정을 통했나? 경찰관은 여자와 관련된 많은 질문을 했다. 여자 관계가 복잡했나? 어떤 여자들과 관계를 맺었나? 질투심에 불타거나 거절당한 애인이 청중들 사이에 몰래 숨어들어갔을 수 있을까? 이 모든 질문에 로베르 브루사르는 고개를 저었다. 입이 마르고 갑자기 안구에 끔찍한 통증이 느껴졌지만, 그는 경찰관에게 자신이 어떤 존재인지 설명했다. 그는 아무런 문제도 복잡한 상황도 없이 평온한 삶을 살았다. 한 번도 결혼한 적이 없으며 대부분의 시간을 책상 앞에 앉은 채 보냈다. 가끔 30년 지기 대학동창들과 저녁을 먹고, 일요일이면 어머니 댁에 가서 점심을 먹었다. "아쉽게도, 별로 흥미진진한 일이 없습니다." 그가 결론지었다. 형사는 노트를 닫고 떠났다.

브루사르는 이제 온갖 뉴스에 나왔다. 기자들은 앞다퉈 그와 독점 인터뷰를 따내려 했다. 브루사르는 영웅이었다. 어떤 이들에게 그는 극우 자경단의 희생자였고, 다른 이들에게는 이슬람 극단주의자들의 표적이었다. 어떤 이들은 그날 밤 적개심에 불타는 비자발적 순결주의자가 거짓된 사랑의 환상을 토대로 성공한 이 남자를 벌주려는 의도로 몰래 숨어든 것이 분명하다고 믿었다. 유명한 문학평론가 안톤 라모위치는 자신이 경멸했던 브루사르의 작품에 대한 다섯 페이지짜리 평론을 발표했다. 라모위치는 이 작가의 가벼운 연애 소설의 행간에서 소비사회에 대한 신랄한 비판과 사회적 분열에 대한 날카로운 분석을 읽어냈다고 주장했다. 그는 브루사르를 '은밀한 불온분자'라고 칭했다.

병원에서 퇴원한 뒤, 브루사르는 엘리제궁에 초대되어 여윈 얼굴의 바쁘신 프랑스 대통령으로부터 전쟁 영웅 대접을 받았다. "프랑스는 당신에게 빚을 졌습니다. 프랑스는 당신을 자랑스러워하고 있어요." 대통령은 그를 보호하기 위해 경호원까지 보냈다. 경호원은 브루사르의 아파트를 방문한 뒤 창문을 종이로 가리고 현관 인터폰을 다른 장소로 옮기기로 결정했다. 그는 반짝이는 삭발 머리의 땅딸막한 남자로, 그 소설가에게 자신이 네오나치 팸플릿 집필가를 2개월 동안 경호한 적이 있었는데 그가 자신을 하인처럼 취급하고 세탁소에서 옷을 찾아오라는 심부름까지 보냈다고 말했다.

다음 몇 주 동안 브루사르는 십여 편의 TV 프로그램에 초대되었고, 메이크업 전문가는 그의 이마에 난 흉터가 두드러져 보이도록 신경을 썼다. 자신에 대한 공격을 표현의 자유에 대한 공격이라고 보느냐는 질문을 받았을 때, 그의 어물거리는 대답은 겸손의 증거로 받아들여졌다. 난생 처음으로 로베르 브루사르는 주변의 모든 사람으로부터 사랑받는다는 느낌, 아니 그보다 더 좋은, 존경받고 있다는 느낌이 들었다. 그가 멍든 눈과 부상당한 군인 같은 얼굴로 어떤 방에 들어가면, 경외심에서 우러나는 침묵이 뒤따랐다. 그의 편집자는 입상한 순종 말을 과시하는 사육자만큼이나 으스대며 그의 어깨에 손을 올렸다.

몇 개월 뒤 사건은 종결되었다. 범인은 찾지 못했다. 강연을 할 당시 서점에는 감시 카메라가 없었고 구경꾼들은 상충되는 진술을 내놓았다. 소셜미디어에서는 익명의 범죄자가 신나는 추측의 대상이 되었다. 정치인의 섹스 비디오를 누출하여 명성을 쌓은 한 무정부주의자 기자는 공격자를 보이지 않는, 잊힌 대중들의 아이콘이라며 환영했다. 이름 없는 돌멩이 투척자는 혁명의 전령이었다. 브루사르를 과감하게 공격함으로써, 손쉬운 돈과 과분한 성공, 자본주의 미디어, 중년 백인들의 횡포를 겨냥한 첫발을 쏜 것이다.

소설가의 운이 기울었다. 더 이상 TV 출연 요청은 없었다. 그의 편집자는 그에게 남의 이목을 끌지 말라고 조언하고 새로운 소설의 출판을 연기하기로 결정했다. 브루사르는 더 이상 구글에서 자신의 이름을 검색할 용기가 나지 않았다. 자신에 대한 내용은 증오로 가득해서 숨조차 쉬기 힘들었다. 속이 뒤틀리고 이마에 땀방울이 흘렀다. 그는 평온하고 고독한 삶으로 돌아갔다. 어느 일요일, 어머니와 점심을 먹은 뒤 그는 집까지 걸어가기로 했다. 가는 길에 자신이 쓰고 싶은 책, 모든 것을 해결해줄 책에 대해 생각했다. 시대의 혼란을 말로 옮길 책, 진짜 로베르 브루사르를 세상에 보여줄 책. 이 모든 것에 대해 생각하고 있을 때 첫 번째 돌멩이가 그를 가격했다. 그는 그것이 어디서 날아왔는지도, 뒤따라 날아오는 돌멩이들도 보지 못했다. 심지어 손으로 얼굴을 가릴 시간조차 없었다. 그는 그저 돌멩이가 빗발치는 길 한복판에 쓰러졌다.

◆ 샘 테일러의 프랑스어 영역본을 바탕으로 번역했습니다.

IMPATIENT GRISELDA
BY MARGARET ATWOOD

저에게는 아니지만 여러분에게는 너무 위험할 겁니다.
우리 행성에는 그런 종류의 미생물이 없습니다.

마거릿 애트우드

캐나다의 소설가이자 시인이다. 세계적 베스트셀러 《시녀 이야기》(1985)와 《도둑 신부》
(1993), 《그레이스》(1996), 부커상 수상작 《눈먼 암살자》(2000) 등 수십 편의 소설과 시
를 발표했다. 2019년 출간한 《증언들》로 두 번째 부커상을 수상했다.

무릎 담요는 다 받으셨나요? 우리는 적당한 크기의 담요를 제공하려고 노력했습니다. 그중 어떤 분께는 수건을 드려 죄송합니다. 담요가 다 떨어져서 어쩔 수 없었습니다.

그리고 간식도 받으셨죠? 유감스럽게도 우리는 여러분이 말하는 조리된 음식이라는 것을 준비하지 못했습니다만, 사실 조리하지 않은 음식이 조리한 것보다 영양 면에서는 더 완전합니다. 이 간식을 전부 섭취 기관, 그러니까 여러분이 입이라고 하는 것에 넣으면, 핏물이 바닥에 떨어지지 않을 겁니다. 우리 행성에서는 그렇게 합니다.

유감스럽게도 여러분이 채식주의 간식이라고 부르는 것은 없습니다. 우리는 이 단어를 해석할 수 없었습니다.

드시고 싶지 않다면 꼭 드실 필요 없습니다.

뒤에서 그만 속닥이시기 바랍니다. 그리고 그만 훌쩍이고 엄지

손가락을 입에서 빼세요, 부인−선생님. 당신은 아이들에게 모범을 보여야 합니다.

안돼요, 선생님−부인, 당신은 어린아이가 아닙니다. 42세잖아요. 우리 중에서는 아이일 수 있지만, 우리의 행성, 심지어 우리의 은하계에서는 아니죠. 감사합니다, 선생님 또는 부인.

저는 두 단어를 모두 사용합니다. 솔직히 차이를 구분할 수 없어서죠. 우리의 행성에서는 그런 제한적 구분을 사용하지 않거든요.

그래요. 제가 여러분이 문어라고 부르는 작고 어린 것처럼 보인다는 걸 압니다. 그 우호적인 존재들의 사진을 본 적이 있거든요. 제 생김새가 영 거슬린다면 눈을 감으셔도 좋습니다. 어차피 그러면 이야기에 더 집중이 잘 될 테니 말입니다.

안 됩니다, 여러분은 격리실을 떠날 수 없습니다. 밖에는 전염병이 돌고 있습니다. 저에게는 아니지만 여러분에게 너무 위험할 겁니다. 우리 행성에는 그런 종류의 미생물이 없습니다.

죄송합니다만 여러분이 화장실이라고 부르는 것은 없습니다. 우리는 흡수한 모든 영양분을 활용하기 때문에 그런 용기가 필요 없지요. 여러분을 위해 화장실이라는 것을 하나 주문했지만, 물량 부족이라고 하더군요. 필요하시면 창문 밖으로 시도할 수 있을 것입니다. 하지만 이곳은 꽤 높으니까 뛰어내리지는 마시기 바랍니다.

이건 제게도 재미있는 일이 아닙니다, 부인−선생님. 저는 은하계 간 위기 지원 프로그램의 일환으로 이곳에 보내졌습니다. 저는 선택의 여지가 없는 한낱 연예인일 뿐이고 따라서 지위가 낮습니다.

그리고 제가 받은 이 동시통역 장치는 최고의 품질이 아닙니다. 여러분과 제가 이미 경험한 것처럼, 여러분은 제 농담을 이해하지 못할 겁니다. 하지만 여러분들의 표현을 빌자면, 밀가루로 만든 길쭉한 덩어리 반쪽도 없는 것보다는 낫겠지요.

자. 이제 이야기를 시작하겠습니다.

저는 여러분께 이야기를 들려주라는 지시를 받았고, 지금 그러려고 합니다. 이 이야기는 고대 지구의 이야기입니다. 적어도 저는 그렇게 알고 있습니다. '참을성 없는 그리젤다'◆라고 불리는 이야기죠.

옛날에 쌍둥이 자매가 있었습니다. 그들은 신분이 낮았죠. 그들의 이름은 참을성 있는 그리젤다와 참을성 없는 그리젤다였습니다. 그들은 외모가 준수했고, 선생님이 아니라 부인이었습니다. 그들은 '참있양'과 '참없양'이라고 불렸습니다. 그리젤다는 여러분이 성이라고 부르는 것이지요.

실례지만 뭐하고 하셨죠, 선생님—부인? 선생님이라고요? 네?

아니요. 한 명만 있었던 게 아닙니다. 두 명이 있었습니다. 지금 이야기를 하고 있는 게 누구죠? 바로 저입니다. 그러니 두 명이 맞습니다.

어느 날 지위가 높은 부자가 뭔가를 타고 왔습니다. 그 사람은 선생님이었고 공작이라고 불리는 자였는데, 다리가 충분히 많다면

◆ 그리젤다는 인내심과 복종으로 유명한 유럽 중세 문학 속에 등장하는 정숙한 여자로, 《데카메론》 마지막 이야기의 주인공으로도 등장한다.

굳이 이렇게 뭔가를 탈 필요가 없겠지만 그 선생님은 여러분과 마찬가지로 다리가 두 개뿐이었죠. 그는 '참있양'이 물을 주고 있는, 그러니까 그녀가 사는 오두막에서 뭔가를 하고 있는 것을 보고 이렇게 말합니다. "나와 함께 갑시다, 참있양. 사람들이 말하기를 내가 합법적으로 성교를 하고 어린 공작을 낳으려면 결혼을 해야 한다더군." 아시다시피 그는 그냥 위족(僞足)◆을 나오게 할 수는 없었습니다.

위족이요, 부인. 또는 선생님. 그게 뭔지는 아시겠죠! 당신은 성인이지 않습니까!

그건 제가 나중에 설명드리죠.

공작은 말합니다. "당신이 신분이 낮다는 걸 알고 있소, 참있양. 하지만 그래서 난 지체 높은 누군가보다 당신과 결혼하고 싶소. 지체 높은 부인은 생각이 많지만, 당신은 생각이 없잖소. 난 당신에게 이래라저래라 하고 내키는 대로 굴욕을 줄 수 있소. 그래도 당신은 스스로를 비천하게 여겨서 싫은 소리를 하거나 질질 짜거나 뭐 그런 걸 하지 않을 거요. 그리고 당신이 나를 거절하면 난 당신의 머리를 베겠소."

너무나 두려운 말이었습니다. 그래서 참을성 있는 그리젤다는 그러겠다고 했고, 공작은 그녀를 잽싸게 안아 올려 그의 뭔가에 태웠는데…… 미안하지만 그게 뭔지 표현할 말이 없습니다. 통역

◆ 자식에 대한 통역 장치의 오역.

장치가 도움이 안 되는군요. 간식인가? 다들 왜 웃으시는 거죠? 간식은 간식이 되기 전에 무슨 용도라고 생각하시는 거죠?

이야기를 계속하겠지만, 충고하건대 쓸데없이 저를 짜증나게 하지 말아주세요. 가끔 저는 행그리해집니다. 배고파서 화가 나거나, 화가 나서 배가 고파진다는 뜻이지요. 둘 중 하나예요. 우리말에도 그런 표현이 있죠.

그래서 공작은 참을성 있는 그리젤다가 그의 뭔가에서 떨어지지 않도록 매력적인 배를 꼭 붙잡고 그의 궁전으로 갔습니다.

그런데 참을성 없는 그리젤다가 문 뒤에서 모든 걸 듣고 있었죠. 그녀는 혼잣말을 했습니다. 공작이라는 자는 정말 끔찍한 인간이군. 그리고 내 사랑하는 쌍둥이 자매 참을성 있는 그리젤다에게 나쁜 짓을 하려고 준비하고 있어. 내가 젊은 남자로 변장하고 공작의 대형 조리실에 취직해서 상황을 지켜봐야겠어.

그래서 참을성 없는 그리젤다는 공작의 조리실에서 여러분이 말하는 설거지 소년으로 일했습니다. 거기서 그녀인지 그인지는 온갖 종류의 쓰레기를 목격했죠. 상상할 수 있으시겠어요? 버려진 털이며 발, 그리고 팔팔 끓인 뒤에 내던져진 뼈. 뿐만 아니라 그인지 그녀인지는 온갖 종류의 소문도 들었습니다. 소문의 대부분은 공작이 새로운 공작부인을 얼마나 심하게 대하는지에 관한 것이었지요. 그는 대놓고 그녀에게 무례하게 굴었고, 그녀에게 맞지 않는 옷을 입게 했으며, 그녀를 때리고 자신이 그녀에게 하는 모든 나쁜 짓이 그녀의 잘못 때문이라고 말했습니다. 하지만 참있양은 싫은 소리를 하지 않았죠.

참을성 없는 그리젤다는 이 소식에 경악하는 동시에 화가 났죠. 그녀인지 그인지는 어느 날 정원에서 걸레질을 하고 있을 때 참을성 있는 그리젤다를 만나기로 약속하고 자신의 진짜 정체를 드러냈습니다. 두 사람은 다정하게 인사했고, 참을성 없는 그리젤다가 말했습니다. "어떻게 그 자가 언니를 그렇게 대하도록 내버려둘 수 있어?"

"절반이 차 있는 물잔이 절반이 비어 있는 잔보다 낫잖아." 참있양이 말했습니다. "내게는 두 명의 아름다운 위족이 있어. 어차피 그 사람은 지금 내 인내심을 시험하고 있는 거고."

"달리 말해서 그자는 자기가 어디까지 막 나갈 수 있는지 보고 있는 거야." 참없양이 말했습니다.

참있양이 한숨을 지었습니다. "내게 어떤 선택의 여지가 있겠니? 내가 빌미를 준다면 그 사람은 주저하지 않고 날 죽일 거야. 내가 싫은 소리를 하면, 내 목을 벨 거라고. 그에게는 칼이 있어."

"어떻게 되는지 보자고." 참없양이 말했습니다. "조리실에는 칼이 많고, 나는 칼 쓰는 연습을 많이 했어. 공작에게 오늘 밤 바로 이 정원에서 만나서 저녁 산책을 하는 영광을 베풀어줄 수 있겠느냐고 물어봐."

"난 무서워." 참있양이 말했습니다. "아마 이런 요청이 싫은 소리를 하는 것과 똑같다고 여길 거야."

"그러면 옷을 바꿔 입자. 내가 할게." 참없양이 말했습니다. 그래서 참없양은 공작부인의 옷으로, 참있양은 설거지 소년의 옷으로 갈아입고 궁전 내의 각자의 자리로 돌아갔지요.

저녁 식사 때 공작은 가짜 참있양에게 자신이 그녀의 아름다운 두 위족을 죽였다고 선언했고, 그녀는 아무런 대꾸도 하지 않았습니다. 사실은 위족들이 안전한 장소로 옮겨진 것을 다른 설거지 소년으로부터 들었기 때문에, 그가 허풍을 떨고 있다는 걸 알았던 거죠. 조리실에 있는 사람들은 늘 모르는 게 없었습니다.

이어서 공작은 다음 날 참을성 있는 그리젤다를 궁전에서 벌거벗긴 채 쫓아낼 거라고 했습니다―우리 행성에는 벌거벗긴다는 일 따위는 없지만 이곳에서는 옷을 입지 않은 모습을 사람들 앞에 보이는 것이 수치스러운 일이라는 걸 저도 압니다. 게다가 공작은 모두가 참있양을 조롱하고 썩어가는 간식 찌꺼기로 공격할 것이며, 자신은 참있양보다 젊고 예쁜 다른 누군가와 결혼할 거라고 말했습니다.

"뜻대로 하세요, 주인님." 가짜 참있양이 말했습니다. "하지만 놀라게 해드릴 일이 있어요."

공작은 그저 그녀가 말하는 것만 듣고도 이미 놀랐습니다.

"정말이오?" 그가 얼굴 더듬이를 돌돌 말며 말했지요.

"예, 존경하옵는 항상 올바른 주인님." 참없양이 위족 배설의 서곡을 알리는 목소리 톤으로 말했습니다. "당신께서 우리의, 맙소사, 너무 짧은 동거 기간 동안 제게 베푸신 엄청난 호의에 보답하는 특별한 선물이지요. 부디 오늘 저녁 정원에서 저를 만나서 제가 당신의 빛나는 모습을 영영 잃기 전에 우리가 한 번 더 위안의 성교를 할 수 있는 영광을 주십시오."

공작은 이 제안이 대담하고도 짜릿하다고 생각했습니다.

짜릿하다. 이건 여러분의 단어입니다. 꼬챙이에 뭔가를 꽂는다는 뜻이지요. 죄송하지만 더 이상을 설명할 수가 없군요. 그도 그럴 것이, 그건 지구의 단어이지, 우리말이 아니니까요. 궁금하면 주변 사람들에게 물어보세요.

"그것참 대담하고 짜릿하군." 공작이 말했습니다. "난 항상 당신이 무기력하고 수동적이라고 생각했는데, 이제 보니 당신의 맑은 얼굴 뒤에는 난잡한 년과 화냥년과 창녀와 매춘부와 걸레와 잡년과 왈패와 음탕한 년이 있었군."

그렇습니다, 부인-선생님. 사실 여러분의 언어에는 그런 단어들이 많지요.

"맞는 말씀이십니다, 주인님." 참없양이 말했지요. "저는 당신을 절대 거역하지 않을 거예요."

"해가 진 뒤 정원에서 당신을 만나겠소." 공작이 말했다. 이거 평소보다 재미있겠는걸. 공작은 생각했습니다. 어쩌면 소위 아내라는 여자가 목석같이 그냥 가만히 누워 있는 대신 변화를 위한 작은 행동을 보여줄지도 모른다고 생각했지요.

참없양은 설거지 소년, 즉 참있양을 찾아 갔습니다. 두 사람은 길고 날카로운 칼을 골랐습니다. 참없양은 그것을 양단 소매에 감추었고, 참있양은 덤불 뒤에 몸을 숨겼지요.

"마침 달빛이 우리를 맞이해 주네요, 주인님." 공작이 그림자 속에서 나타났을 때 참없양이 말했습니다. 그는 이미 쾌락의 기관을 숨기고 있던 옷의 단추를 풀고 있었습니다. 저는 이 부분을 잘 이해하지 못했습니다. 우리 행성에서는 쾌락의 기관이 귀 뒤에 있어서 항상 훤히 보이기 때문이지요. 이러면 상황이 훨씬 쉬워집니다. 그러면 우리가 누군가에게 매력을 느끼는지, 상대도 그렇게 느끼는지 직접 볼 수 있으니 말이죠.

"옷을 벗지. 아니면 내가 찢어버리겠어, 이 매춘부." 공작이 말했습니다.

"기꺼이 그러겠어요, 주인님." 참없양이 말했습니다. 미소를 지은 채 그에게 다가가며, 그녀는 화려하게 장식된 소매에서 칼을 뽑아 설거지 소년으로 일하는 동안 많은 간식의 목을 딴 것처럼 그의 목을 땄습니다. 공작은 신음조차 거의 낼 수 없었지요. 두 자매는 온몸으로 애정의 행위를 한 뒤, 공작을 모두 먹어치웠습니다. 뼈며 양단 실내복이며 전부 말입니다.

실례지만 뭐라고요? '지랄 염병'이 무슨 뜻이죠? 죄송하지만 이해할 수 없군요.

그래요, 부인-선생님. 이건 서로 다른 문화가 교차되는 순간이라는 걸 인정합니다. 그저 저는 저라면 그런 상황에서 어떻게 했을까를 말한 것뿐입니다. 하지만 이야기는 우리의 사회적, 역사적, 진화적 차이를 넘어 서로를 이해하는 데 도움이 되죠. 그렇게 생각하지 않으십니까?

그런 다음 쌍둥이 자매는 아름다운 두 위족을 찾았고, 즐거운 재회를 하고 모두 궁전에서 행복하게 살았답니다. 그들을 의심스럽게 여긴 공작의 친척들이 주위를 맴돌았지만, 자매는 그들 역시 먹어버렸죠.

끝입니다.

크게 말씀하세요, 선생님-부인. 결말이 마음에 들지 않으신다고요? 이건 보통의 결말이 아니라고요? 그렇다면 어떤 결말을 선호하시죠?

아, 아니요. 저는 그런 결말은 다른 이야기를 위한 것이라고 생각합니다. 제게는 흥미 없는 이야기죠. 그런 이야기라면 제가 잘하지 못할 겁니다. 하지만 이 이야기는 잘했다고 생각합니다. 여러분의 주의를 집중시킬 만큼은 말이에요. 이 점은 인정하셔야 할 겁니다.

징징거리는 것도 멈추지 않았습니까. 오히려 다행입니다. 징징거리는 건 아주 짜증나거든요. 뭐 식욕이 당기는 건 말할 나위도 없고요. 우리 행성에서는 간식들만 징징거리죠.

이제 여러분께 양해를 구해야 할 것 같습니다. 제 목록에는 다른 격리된 집단이 여럿 있거든요. 여러분이 시간을 보내는 것을 도와드린 것처럼, 그분들이 시간을 보내도록 돕는 것이 제 일입니다. 그래요, 부인-선생님, 이 사태는 결국 지나가겠죠. 하지만 그렇게 빨리 지나가진 않을 겁니다.

이제 저는 문 밑으로 쓱 빠져나갈 겁니다. 두개골이 없으니 아주

편리하죠. 선생님 — 부인, 사실 저도 이 전염병이 곧 끝나기를 바랍니다. 그러면 저도 평범한 일상으로 돌아갈 수 있을 테니까요.

목련 나무 아래

이윤 리

UNDER THE MAGNOLIA
BY YISUN LI

언젠가 문득 그녀는 이 순간을 기억할 것이고,
이 순간 진부한 말 이상의 뭔가를
말했으면 좋았겠다고 생각할 것이다.

이윤 리
중국계 미국인 작가로 2005년 첫 단편집 《천 년의 기도》로 프랭크 오코너상과 펜/헤밍
웨이상을 수상했다. 2010년 《골드 보이, 에메랄드 걸》을 출간했고, 프린스턴 대학에서
교수로 재직하고 있다.

부부는 전쟁기념관 근처에서 크리시를 만나기로 약속했다. 그녀는 그 부부를 5년 전에 한 번 만났다. 당시 그녀는 그들이 집을 살 때 주택 매매계약의 마무리 단계에서 그들의 변호사로 일했다. 그리고 얼마 지나지 않아 아내 쪽에서 그녀에게 유산상속 계획에 관한 문의를 해왔다. 크리시는 그들에게 자료를 보냈지만 아무런 답도 받지 못했다. 아내가 다시 이메일을 보내서 그렇게 사라진 것을 사과할 때까지 그녀는 그들을 까맣게 잊고 살았다. "이번에는 끝까지 마무리하기로 마음을 먹었습니다." 그녀는 이렇게 썼다.

그렇게 미루는 고객이 그들이 처음은 아니었다. 사람들은 크리시에게 어린 자식을 위한 후견인을 지정하는 것의 고충이나 자신의 미래를 위한 판단의 고충에 대해 얘기했다. 그녀 자신도 어떤 의지나 계획 같은 것이 없었으며, 그건 잘못이 아니었다. 의사도 담배를 피우거나, 그녀의 아버지처럼 필름이 끊기도록 술을 마실 수도 있다. 사람이 직업에 의해 정해진 기준에 부합해야 한다고 그 누가 말할 수 있겠는가?

거리에 늘어선 목련 나무는 절정에 올랐다. 크리시는 벤치에서 손바닥 크기의 꽃잎 한 장을 주웠다. 목련은 정말 확신에 찬 꽃이다. 떨어져서도 꽃잎이 살아 있는 것처럼 느껴진다.

오래전 크리시는 절친한 두 친구와 목련 나무 아래 구멍을 파고 봉투를 묻었다. 봉투 안에는 그들이 50세가 되면 다시 읽기로 한 메모를 써 넣었다. 이벤트에 임하는 경건한 자세를 표현하기 위하여, 그들은 각자 귀걸이 한 짝씩을 넣었다. 크리시의 것은 오팔로 만든 유니콘 귀걸이였다.

50세가 되었을 때 그들 중 누구도 그 봉투를 기억하지 못했는데 이제야 크리시에게 그 기억이 떠오른 것이다.

"지니?" 몇 발짝 떨어진 곳에서 한 남자가 주저하며 말을 걸었다. 이 남자는 지니라는 여자와 소개팅을 하려는 것일까? 서로에게 좋은 인상을 주려면 마스크를 벗고 만나야 할 텐데. 그녀는 생각했다. 하지만 마스크를 벗는다면 과연 서로를 신뢰할 수 있을까?

부부는 크리시를 알아보는 데 어려움이 없었고, 그녀도 마찬가지였다. 워싱턴 장군 동상 근처에 사람이라고는 세 명뿐이었다. 부부는 증인 역할을 할 친구 둘이 늦는다며 사과했다.

크리시는 시간을 엄수하는 것을 선호했다. 한담을 나누는 게 싫어서다. 그럼에도 그녀는 봉쇄조치 이후 그들의 삶에 대해 물었다. 남편은 예의 바르게 고개를 끄덕이고는 멀찌감치 떨어졌다. 그도 역시 한담을 싫어하는 모양이었다.

"애들은요? 지금 몇 학년이죠?" 크리시가 물었다.

아내가 남편을 힐끗 보았다. 그는 더 멀리 가서 워싱턴 장군을 살펴보고 있었다. "에단은 6학년이에요." 대답이 나올 때까지 뜸을 들였다.

그들에게 아이가 하나뿐이었나? 5년 전 대화에서 둘이라고 들은 것으로 기억했다. 하지만 유언장에는 에단의 이름만 있었던 게 사실이었다. 어쩌면 그녀가 다른 가족과 혼동하고 있는 것인지도 몰랐다.

"아마도 지금…… 조를 생각하시는군요?" 아내가 낮은 목소리로 말했다.

"맞아요……," 크리시가 말했다. 그 순간 그녀는 아내가 무슨 말을 할지 알았고, 그때 마침 증인들이 도착한 것에 안도했다. 조는 죽었다. 아이들에 대해 물어보지 말 걸 그랬다는 생각이 들었다. 너무나 순진무구한 질문. 그러나 진정으로 순진무구한 질문이란 없었다.

서명하기까지 10분도 채 걸리지 않았다. 부부는 건강했다. 두 사람 다 전에 결혼한 적이 없었고, 혼외 자식도 없었다. 복잡한 문제가 없군. 크리시는 그들과 같은 고객들에 대해 이렇게 생각했다.

그러나 그런 고객들도 모두 저마다의 복잡한 문제를 가지고 있었다. 크리시는 대체로 그런 문제들에 대해 곰곰이 생각하지 않는 편을 선호했다.

부부와 증인들이 발길을 돌려 멀어져갈 때, 크리시가 아내를 불러 세웠다. "카슨 부인."

남편과 증인들은 삼각 대형을 이루어 서로 간에 적당한 거리를 두고 계속 걸어갔다. 크리시는 조에 대해 뭔가 말하고 싶었다. 아내가 그 이름을 언급한 데는 분명 이유가 있었으리라.

아내는 몸짓으로 크리시의 서류철 속에 있는 문서를 가리켰다. "이상하게 쾌활하죠? 이렇게 화창한 날 유언장에 서명했는데 말이에요."

"좋은 일이니까요." 크리시가 자동반사적으로 말했다.

"그래요." 아내가 말하고는 크리시에게 다시 한 번 감사하다고 했다.

이제 두 사람은 헤어질 것이고, 아마 서로를 다시 볼 일이 없을 것이다. 크리시는 이 만남을 잊을 것이다. 십대 때 스스로에게 썼던 메모를 잊어버린 것처럼. 그러나 언젠가 문득 그녀는 이 순간을 기억할 것이고, 이 순간 진부한 말 이상의 뭔가를 말했으면 좋았겠다고 생각할 것이다. 그녀가 스스로에게 남긴 메모를 기억했으면 좋았겠다고 생각한 것처럼. 또는 아버지에게 음주 습관에 대해 뭔가를 말했으면 좋았겠다고 생각한 것처럼.

"조 일은 정말 안됐어요." 크리시가 말했다. 가장 진부한 말이지만, 이런 순간 마땅한 말이란 없다. 그것은 아무 말도 하지 않는 것에 대한 변명일 뿐이다.

아내가 고개를 끄덕였다. "가끔은 조가 좀 덜 단호했으면 좋았을 거라고 생각해요." 그녀가 말했다. "그 아이가 나나 제 아버지와 비슷했다면 좋았을 거라고. 우리는 둘 다 미루는 걸 좋아하거든요."

그렇지만 어떤 교사, 어떤 부모도 아이가 미루거나 망설이는 것을 권장하지는 않는다고 크리스는 생각했다. 어째서 그녀와 친구들은 수십 년이 흐른 뒤에 그들이 아직도 메모를 기억하고 여전히 메모에 관심이 있을 거라고 믿었던 것일까? 젊은이에게 삶의 일관성에 대한 확신은 삶의 불변성에 대한 실망으로 쉽게 변질된다.

"하지만 이번에는 끝까지 마무리하셨잖아요." 크리시가 서류첩을 가리키며 말했다. 이번에도 진부한 말이지만, 진부한 말도 미루기만큼 나름의 의미가 있다.

바깥

에트가르 케레트

OUTSIDE BY ETGAR KERET

120일간의 격리 생활이 끝난 뒤,
당신이 생계를 위해 익숙하게 하던 일을
정확히 떠올리는 것이 그렇게 쉽지는 않았다.

에트가르 케레트

이스라엘 작가로 1992년 소설집 《파이프라인(Pipeline)》으로 데뷔했다. 《신이 되고 싶었던 버스 운전사》(1998), 《갑자기 누군가 문을 두드린다》(2010) 등 10여 편의 작품을 발표했고, 영화 시나리오 집필 및 연출까지 다양한 활동을 하고 있다.

통행금지가 해제되고 3일 뒤, 아무도 집 밖으로 나올 계획이 없다는 것이 분명해졌다. 이유는 모르지만, 사람들은 혼자서, 또는 가족과 함께 집에 머무르기를 원했다. 아마도 단순히 모두에게서 거리를 두는 것에 만족해하는 것 같았다. 하기야 실내에서 워낙 많은 시간을 보냈으니, 지금쯤 익숙해질 때도 된 것이다. 일하러 가지도 않고 쇼핑하러 가지도 않고 친구를 만나 커피를 마시지도, 거리에서 예기치 않게 요가 수업을 함께 듣는 사람에게 원치 않는 포옹을 받지도 않는 것 말이다.

정부는 적응할 시간을 며칠 더 주었지만 상황이 변하지 않을 것이 명백해지자 더 이상 선택의 여지가 없었다. 경찰과 군인들이 문을 두드리며 사람들에게 밖으로 나오라고 명령했다.

120일간의 격리 생활이 끝난 뒤, 당신이 생계를 위해 익숙하게 하던 일이 정확히 뭐였는지 떠올리는 것이 그렇게 쉽지는 않았다.

당신이 노력하지 않은 것은 아니다. 분명 당국과 문제를 겪고 있는 많은 성난 사람과 관련된 것이었다. 어쩌면 학교였나? 아니면 교도소? 이제 막 거뭇거뭇 수염이 돋아나기 시작한 깡마른 소년이 당신에게 돌을 던지는 장면이 희미하게 기억난다. 당신은 수용 시설에서 일하는 사회복지사였을까?

당신은 지금 살고 있는 건물 밖 보도 위에 서 있고, 당신을 밖으로 데리고 나온 군인들이 어서 움직이라는 신호를 한다. 당신은 그렇게 한다. 그러나 당신이 정확히 어디로 향하는 건지 확신할 수 없다. 상황을 해결하는 데 도움이 될 만한 뭔가를 찾기 위해 휴대폰 화면을 이리저리 움직여본다. 예전 약속들, 부재중 전화, 메모장에 입력된 주소들. 거리에서 사람들이 당신을 급히 지나쳐 간다. 그들 중 어떤 이들은 정말로 공황 상태인 것 같다. 그들 역시 자신이 어디로 가야 하는지 기억하지 못하거나, 혹시 기억하더라도 그곳에 어떻게 가는지, 또는 가는 길에 정확히 무엇을 해야 하는지 더 이상 알지 못한다.

담배 생각이 간절하지만 담배를 집에 두고 왔다. 군인들이 밀고 들어와서 어서 나가라고 소리치는 바람에, 간신히 열쇠와 지갑을 챙길 시간밖에 없었던 것이다. 심지어 선글라스도 깜빡 잊었다. 물론 다시 돌아갈 수 있지만 군인들이 아직 근처에서 조급하게 이웃집 문을 두드리고 있다. 그래서 그냥 구멍가게로 걸어간다. 그런데 가서 보니 당신이 가진 것이라고는 지갑에 있는 5셰켈짜리 동전 하나가 전부다. 땀 냄새를 풀풀 풍기며 계산대에 서 있는 키 큰 청년이 방금 당신에게 건네줬던 담뱃갑을 도로 낚아챈다. "제가 여기서 보관하겠습니다." 당신이 신용카드로 계산할 수 있냐고 물었을 때, 그 청년은 마치 당신이 농담이라도 한 것처럼 빙긋 웃는다. 청년이 담배를 가져갈 때 그의 손이 당신 손에 닿았는데, 마치 쥐처럼 털이 많았다. 누군가와 마지막으로 신체 접촉을 한 이래로 120일이 지났다.

심장이 고동치고 공기가 폐를 통과하며 휘파람 소리를 낸다. 당신은 이 상황을 잘 버텨낼지 확신할 수 없다. ATM 근처에 더러운 옷을 입은 한 남자가 앉아 있고, 그의 옆에는 깡통이 있다. 당신은 이런 상황에 어떻게 행동해야 하는지 기억한다. 당신은 재빠르게 그를 지나치고, 그가 갈라진 목소리로 이틀 동안 아무것도 먹지 못했다고 말하자 능숙하게 반대편을 보며 시선을 피한다. 두려워할 게 없다. 그건 자전거를 타는 것과 같다. 몸은 모든 것을 기억하고, 혼자 지낼 때 물러졌던 마음은 한순간에 단단해진다.

◆ 제시카 코헨의 히브리어 영역본을 바탕으로 번역했습니다.

유품
앤드루 오헤이건

KEEPSAKES
BY ANDREW O'HAGAN

그가 할 수 있는 일은 아무것도 없었고,
뭐든 하기에는 너무 늦어버렸다.

앤드루 오헤이건

스코틀랜드의 소설가. 1999년 《아버지들(Our Fathers)》로 데뷔했고, 다음 작품인 《퍼스
낼리티(Personality)》(2003)로 E. M. 포스터상을 수상했다. 그 외에 《강아지 매프와 그의
친구 마릴린 먼로의 삶과 의견들》(2010)을 포함해 소설과 에세이 등 다수 작품을 펴냈다.

로프티 브로건은 솔트마켓의 생선 가게에서 일했다. 사람들은 그가 글래스고에서 생선 껍질을 가장 빨리 벗기는 사람이라고 말했지만, 그는 다른 사내들처럼 농담을 할 줄 몰랐다. 조증 환자처럼 보이는 이 부인은 매일 아침 좌판에 와서 훈제 청어를 사갔다. "저는 파니 스트리트에서 온 지타랍니다." 그날따라 그녀가 말했다. "제 이름은 '노래'라는 뜻이죠."

"제대로 오셨네요." 사장 일레인이 말했다. "로프티, 여기 사랑스러운 가수가 오셨네, 안 그래, 자기?" 그가 훈제 청어를 기름종이에 쌌다. 사장의 앞니에 립스틱이 묻어 있었다. "이봐요, 지타." 그녀가 계속 말을 이었다. "오늘은 종류를 좀 바꿔보지 그래요? 우리 가게에는 생선 스튜에 들어갈 만한 재료들이 다 있는데."

"카츄코.◆ 붉은 숭어와 서대기 약간, 그리고 조개." 로프티가 말했다.

"복잡한 생선은 내가 감당할 수 없어요."

일레인은 그녀에게 잘못 생각하고 있다고 말했다. "당신은 훌륭한 요리사예요. 그리고 이걸 더 먹으면 당신이 훈제 청어로 변할 거예요."

지타가 지갑을 열어 평소의 액수만큼 돈을 꺼냈다.

"저 여자는 아가일 스트리트에서 최고의 인도 식당을 운영했었어." 그 부인이 봉지를 들고 멀어지자 일레인이 말했다. "어쩐지 안쓰러운 마음이 들어."

사연이 너무 많아. 로프티는 생각했다. 생선 가게 '피시 플레이스'에서 일하는 건 나쁘지 않았지만, 그것이 그의 직업은 아니었다. 그는 원래 목수로 일했다. 그는 일레인이 마음에 들었고, 그뿐이었다. 그리고 건설 현장은 악몽이었다. 그의 주된 관심사는 유럽의 도시들이었다. 그는 그런 곳들로 날아가기 위해 남는 돈을 모두 저축했다. 한산한 곳일수록 좋았다. 일하면서는 말을 거의 하지 않았다. 그는 홍합과 쇠고둥에 대해, 그리고 달고기를 얼마나 오래 조리해야 하는지에 대해 알았고, 아이스박스 너머로 호감어린 시선을 받았다. 일레인은 그를 천사의 눈이라고 불렀다. 시장에서는 어류뿐 아니라 가금류도 취급했는데, 그는 문어를 파는 것만큼이나 빨리 새끼 비둘기를 팔 수 있었고, 그러니 그녀로서는 불만이 없었다. 그가 하는 어떤 말들은 동료들이 알아듣지 못했다. 봉

◆ 이탈리아식 해물 스튜 요리.

쇄 하루 전날, 그는 금발머리를 빗질하여 앞머리를 한껏 강조하는 스타일로 만들고 남자친구를 구하는 광고 문구를 썼다. 그것을 본 일레인은 잔뜩 흥분했지만, 그는 별일 아니라며 그냥 데이팅 앱에 올릴 프로필일 뿐이라고 말했다. "너는 잘 생겼어, 로프티." 그녀가 쉬는 시간에 말했다. "게다가 키도 크지. 학교에 붙어 있었어야 하는 건데. 그런 식으로는 집을 얻어서 이 터무니없는 집세를 내지도 못할 거야."

"집은 사장님 같은 분들이 전부 차지했잖아요. 다른 모든 가능성도요." 일레인은 '이보다 더 신선한 생선을 원하세요? 그럼 배를 사세요'라고 적힌 간판 아래 서 있었다.

"그게 무슨 말이야?"

"사장님 같은 어른들 말이에요. 그리고 우린 옴짝달싹 못하게 됐고요."

"그럼 내가 너한테 어른 행세를 좀 해야겠어." 그녀가 말한 뒤 그의 어머니에 대한 말을 덧붙였다. "참 많이 배우신 분인데. 어떻게 너는 그렇게 엉망이 된 거지?"

"아, 그래요." 그가 말했다. "완전 엉망이죠. 우린 10년 동안 '한 세대에 한 번 있을까 말까 한' 위기를 두 번이나 겪었어요. 엉망진창이죠."

애완동물 가게 '펫 엠포리엄'은 다음 날 문을 닫았다. 어차피 주인 남자는 아무것도 팔지 않았다. 동물들은 그의 벗일 뿐이었다. 그러나 그는 '뉴스나이트'를 보고 모두 격리에 들어가게 될 거라고 말했고, 그래서 법을 어기고 글래스고 그린 공원에서 카나리아를 풀어주었다. "하느님 맙소사." 로프티가 말했다. "금붕어는 클라이드 강에 놓아줄 건가요?" 애완동물 가게 옆에 있는 '엠파이어 바'는 점심시간까지 버티다가 문을 닫았다. 주말 즈음에는 거리가 썰렁해졌고, '그라인더'◆에서는 아무 일도 일어나지 않았다. 로프티가 세 들어 사는 아파트에서는 그린 공원이 내려다보이는데, 법원 청사 앞에 아무도 없는 것을 보니 이상했다. 폴마디 공업단지의 굴뚝에서 나오던 연기도 갑자기 멈췄다.

그는 어머니에게 전화하는 것을 좋아하지 않았다. 어머니는 순전히 과거에 대한 얘기만 하거나 아니면 돈 얘기로 넘어가는 일이 다반사였다. "넌 이상하게 구는 게 아주 습관이 됐어." 그날 오후 그녀가 로프티에게 말했다. "맨날 남 탓만 하지."

"무슨 말이에요?"

"그 편이 편하겠지."

"내 인생은 엄마가 내린 결정의 결과물이에요."

"정신 차려. 넌 이제 스물일곱 살이야."

"난 목수가 되고 싶지 않았어요. 시장에서 오래 일하게 될 거라고 생각하지도 않았죠."

"넌 항상 한발 늦어." 그녀가 말했다. "넌 왜 매사에 주도적이지 못하니? 왜 사랑하는 사람들에게 열정적인 모습을 조금도 보여주

◆ 동성애자와 양성애자 남성을 위한 소셜네트워킹 및 데이팅 앱.

지 않는 거니?"

"좋은 건 엄마가 다 누려서 내가 누릴 게 없으니까요." 그가 말했다.

이후 열흘 동안 어머니에게 연락하지 않다가 마침내 전화를 걸었을 때 간호사가 받았다. 그녀는 어머니가 전화를 받을 수 없으며 상황이 안 좋아졌다고 말했다. 그날 늦게 어머니는 앰뷸런스에 실려 왕립종합병원으로 옮겨졌다. 그가 할 수 있는 일은 아무것도 없었고, 뭐든 하기에는 너무 늦어버렸다. 의사가 런던에 사는 로프티의 형 대니얼에게 전화를 걸었고, 그가 로프티에게 전화를 걸었지만 로프티는 받지 않았다. 대니얼은 오랫동안 그와 관계없는 사람이었다. 그는 멀리 떠나 있었고 동떨어져 있었다.

2015년 그들의 아버지가 사망했을 때 두 사람 사이에 한바탕 소동이 있었다. 로프티는 대니얼이 부모님의 아파트에서 서류가방을 훔쳐갔다고 비난했다. "여태껏 들은 중에 가장 미치광이 같은 비난이야." 대니얼은 당시에 그에게 문자를 보냈지만, 로프티는 그냥 무시했다. 그러자 대니얼은 잔뜩 흥분해서 어머니에게 하소연하고는 로프티를 차단했고, 거기서 로프티는 승리감을 느꼈다. 절도뿐 아니라 모든 면에서 대니얼이 유죄이고 통제 불능인 것은 분명했다. 대니얼은 항상 마치 가족이 자신의 집중력을 빼앗는 존재인 양 행동했다. 한번은 로프티가 그를 보러 갔을 때, 그들은 노팅힐 게이트 한복판에서 한판 붙을 뻔했다. 한 클럽에서 술을 마신 뒤 거리로 나와서, 대니얼이 로프티에게 "불량하고 독선적이고 대책 없이 화를 낸다"며 소리치기 시작했다. 그러거나 말거나. 로프티는 바로 옆 땅바닥에 침을 뱉었다.

"형의 인생은 그야말로 누워서 떡 먹기야. 이 돈을 좀 봐. 형을 보면 메스꺼워진다고." 나중에 어머니는 로프티에게 그 언쟁에 대해 들었다고 말했다. 그는 어머니와 형이 같은 생각이라는 것을 알았다. 문제가 있는 쪽은 로프티라는 생각. 그들은 '사고방식이 같거나' 또는 같은 책을 읽었다. 그들은 '기능 장애'라든가 '이슈' 같은 표현들을 일상적으로 썼다. 서류가방 사건이 있고 나서, 그의 어머니는 그에게 우편으로 《자기 자신으로부터 자유로워지는 법》이라는 책을 보냈다. 로프티는 어머니가 그 절도에 대해 자신이 한 말을 진지하게 받아들이는지 알 수 없었다. 그녀는 단 한 번도 그 문제를 거론하지 않았다. 그는 새로운 소외감을 느꼈고, 문을 쾅 닫고 아파트에서 나올 때는 눈가에 눈물이 맺혔다. 공구 상자를 들고 계단을 내려오며 마치 웨이트 트레이닝을 하는 것 같다고 생각했다.

어머니의 집까지는 도보로 한 시간 거리였다. 솔트마켓에 있는 모든 가게에 셔터가 내려져 있었다. 바이러스는 말하자면 뇌 속의 혁명, 전혀 새로운 논증과 같았다. 한 남자가 '올드 쉽 뱅크' 선술집 밖에서 무릎 사이에 얼굴을 묻은 채 꼬꾸라져 있었다. 로프티는 변호사 사무실을 지나쳐 175번지를 올려다보았다. 그의 아버지는 아일랜드 조상들에 대한 이야기에 집착했었다. 그중에는 처음으로 글래스고 셀틱에서 뛰었던 젊은 축구선수 몇 명과 세인트 이닉 센터에서 꽃을 팔았던 몰리 브로건, 프로 권투선수, 술집 주인, 그리고 아내를 독살한 시간제 약사, 첫 번째 알렉산더 브로건도 포함되었다. '다섯 명의 알렉산더'가 모두 저기서 살았다. 첫 번째는 1848년 데리♦에서 왔는데, 배에서 내리자마자 교구 빈민구호소로 직행했다. 로프티는 길 한가운데서 뒤로 물러섰다. 계단 형박공지붕 꼭대기에 '1887'이라고 쓰여 있었다. 이 건물은 예전 건물 대신 들어선 것이 분명했다. 브로건가(家). 저 높은 곳에 가톨릭교도를 뜻하는 문장과 생존 방식에 관한 강경한 세계관이 자리 잡고 있다.

그는 강을 건너 빅토리아 로드를 따라 걸었다. 우체국은 아직 열려 있었다. 그는 시계를 보았다. 헌 가구를 수거하는 사내는 일을 신속하게 끝낼 것이고 사회적 거리두기를 지킬 것이며 2시까지는 집에서 나가겠다고 말했었다. 사람들은 소파-의자 세트를 지고 가면서 어떻게 거리두기를 지키는 것일까? 그는 짐을 다른 손으로 옮겨 들었다. 공구 상자가 무거웠다. 공원에 이르렀을 때 갑자기 벤치에 앉아야겠다는 생각이 들었다. 휴대폰을 꺼내 화면을 살짝 옆으로 밀었다. "아니, 아니, 아니야." 그가 말했다. "그 얼굴이 아니야." 그는 인스타그램으로 넘어가서 나무를 배경으로 셀카 사진을 올렸다. 몇 분 뒤 일레인이 '좋아요'를 누르고 댓글과 함께 양쪽 엄지와 하트 이모티콘을 달았다.

로프티는 그녀를 차단했고, 그런 뒤 담뱃불을 붙이고 나서 계정

♦ 북아일랜드의 도시.

133

을 삭제했다. 경찰관 한 명이 승합차에서 내리더니 잔디밭에 앉아 있는 한 무리의 여학생에게 걸어갔다. "뭘 하려고 그러니?"

"그냥 앉아 있는 거예요." 여학생 중 한 명이 말했다.

"유감이지만, 이제 움직일 시간인 것 같구나."

"상관 마요! 당신 잔디밭도 아니면서!" 로프티가 소리쳤다. 그는 벤치에서 일어섰고 경찰은 그를 보았고 소녀들은 키득거렸다.

"당신 괜찮소?"

로프티는 무거운 공구 상자를 들고 그 자리를 떠났다. 그것은 아버지가 그에게 남겨준 유일한 물건이었다. 공구 상자와 그 안에 채워진 것들.

어머니의 집 앞뜰에는 양치류 식물이 자라고 있었다. 열쇠는 벽 돌 밑에 깔려 있었다. 그는 열쇠로 덧문을 열었다. 한쪽 귀퉁이에 플러그가 뽑혀 있는 전화기와 여기저기 흩어져 있는 개인물품들, 액자에 끼워진 각종 증명서가 담긴 상자를 제외하면, 복도는 대체로 텅 비어 있었다. 거실과 두 개의 침실 모두에 타일 벽난로가 설치되어 있는 완벽한 비율의 작은 집이었다. 카펫 위에는 침대가 있었던 자리에 거뭇한 흔적이 남아 있었고, 소파와 식탁, 텔레비전, 사이드테이블과 러그, 램프는 모두 사라지고 없었다. 그는 사내들에게 물건을 모두 가져가서 원하는 대로 처분하라고 말했었다. 주방 한구석에서 어린 시절부터 있었던 팔걸이 없는 나무의자를 발견했다. 어머니가 파란색 광택제를 칠한 의자였다. 그는 공구 상자를 열어 쇠톱을 꺼내고는 일단 톱날을 새것으로 갈았다. 그런 다음 톱으로 의자를 자른 뒤 신문지를 찾았다. 거실에 불을 지폈다.
어느 한 시점에는 각 방에 하나씩, 세 개의 불이 동시에 타올랐다.
그는 봉지에 담긴 물건들을 비우기 시작했다. 새로 불을 피우는
동안 뒷마당에서 찾은 양동이에 뜨거운 재를 삽으로 퍼 담아서
먼저 피운 불이 잦아들게 했다. 저녁 늦게 그는 술 나르는 카트에
서 페르노 몇 병을 찾아 병째로 마셨다. 나머지 술병은 꺼내놓았
다. 복도에 있던 봉지 하나에서, 길게 늘어진 묵주를 발견했다. 그
가 몇 번이나 양동이를 들고 나갔는지 모르지만, 뒷마당에는 식어
가는 잿더미가 쌓여 있었다. 틀림없이 자정 즈음이었을 것이다. 그
가 돌돌 감긴 TV 케이블과 옛날 전화번호부를 거실 벽난로에 넣
고 마지막 검은 쓰레기봉지를 열었을 때 그것을 발견했다. 그 서류
가방이었다.

　그는 다리를 꼬고 앉아 가방을 열었다. 그의 옆에서 불꽃이 일
렁이며 방 전체에 너울거리는 그림자를 드리웠다. 서류가방 안에
있던 '익명의 알코올중독자들'◆에서 받은 많은 전단지 중 첫 번째
전단지에는 "누구? 나 말인가?"라고 쓰여 있었다. 그는 전단지를
하나하나 읽으며 페르노를 단숨에 마셨다. 그 노인이 홀로 휴가를
보냈던 오번◆◆에서 보낸 엽서 뭉치를 발견했다. 엽서마다 그는 날
씨 얘기로 마무리하며 "사랑을 담아"라고 서명했다. 로프티는 자신
이 아버지와 비슷한 건 아닌지 내심 걱정스러웠지만, 그냥 엽서들

　◆ 알코올 중독자들의 갱생과 치유, 자립을 돕는 공동체.
　◆◆ 스코틀랜드 북서부의 항구 도시.

135

이 푸른 불꽃으로 변하는 것을 즐겼다. 지퍼가 달린 칸에는 오래전 편지와 출생증명서, 그리고 뒷면에 다른 글씨체로 "알렉산더와 대니얼, 세인트 니니언즈, 1989"라고 적힌 학교 사진이 있었다. 로프티는 형의 얼굴을 보았고, 그 얼굴을 다시 보는 일은 없을 거라고 확신했다.

그는 스탠리 나이프를 꺼내 부드러운 가죽을 조각냈다. 가방이 타는 냄새가 거실에 전혀 새로운 느낌을 주었다. 마침내 남은 것이 아무것도 없었다. 나무 액자는 모두 탁탁 소리를 내며 사라졌고, 로프티는 벽에 박힌 못을 펜치로 비틀어 뽑은 뒤 양동이에 던져 넣었다. 그리고 마침내, 한밤중에 스크래퍼를 꺼내서 겹겹이 붙어 있는 벽지를 뜯어냈다. 회반죽이 나오기 전 마지막 겹은 분홍색 바탕에 흰색 꽃무늬가 있는 벽지였다. 그는 벽지 뭉치를 불 속으로 던졌다. 일단 뒷마당에 있는 재가 전부 식을 때까지 기다렸다가 한 무더기를 빈 공구 상자에 넣은 뒤 아침에 우체국으로 가져가서 대니얼의 런던 주소로 부치기로 마음먹었다. 그것이 그가 할 수 있는 최소한의 일이었다. 새벽 4시 즈음, 거리에서 새들이 소리 높이 지저귀는 소리가 들렸다.

그는 아버지가 제일 좋아하던 끌을 꺼냈다. 금속 부분에 빛바랜 도장이 찍혀 있었다. "J. 타이잭과 아들 셰필드, 1879." 그는 그것을 불에 넣고는 거실 창가로 걸어갔다. 강철이 남겠지만 상관없었다.

최선을 다한 기분이었다. 밖에서 음악 소리가 들려왔다. 그 시간에 사람들이 사는 아파트에 불이 환하게 밝혀진 것처럼 보였다. 모두 깨어 있는 건지 궁금한 생각이 들었다. 여기저기서 장례식 같은 것도 없이 유해가 가정집과 요양원에서 사라졌다. "엄마가 알았을까." 그가 말했다. 그런 뒤 차가운 유리에 두 손을 대고 봄날의 말뫼*를 생각했다.

◆ 스웨덴 남부의 항구 도시.

빨간 가방을 든 여인
레이첼 쿠시너

THE GIRL WITH THE BIG RED SUITCASE BY RACHEL KUSHNER

우리가 여기에 갇혔다는 것을 실감하게 되자,
그들은 우리가 선택할 수 없지만 사랑해야만 하는
친척 같은 존재가 되었다.

레이철 쿠시너

미국 작가로 2008년 《쿠바에서 온 텔렉스(Telex from Cuba)》로 데뷔했다. 《화염방사기
(Flamethrower)》(2013), 《마스 룸》(2018) 등을 펴내며, 평단과 대중의 호평을 받았다.

앨런 포의 오래된 이야기*에서 그들은 사원 문을 굳게 잠가 평민들이 들어올 수 없도록 막았지만 정작 가장무도회에 초대받지 않은 손님, 전염병이 들어오는 것을 막지 못했다. 그들의 실수는 오직 독자들만을 위한 교훈이 되었다. 이야기 속의 지체 높은 바보들은 모두 죽어버렸기 때문이다. 지금 나는 성벽으로 둘러싸인 성안에 있다. 굳이 묻는다면 내가 방종한 속물들이라고 표현할 수 있는 작은 무리의 사람들과 함께 말이다.

이것은 우연이었다. 나는 냉장 트럭이 시의 시체 안치소 밖에서 엔진을 켜놓은 채 대기하기 한참 전에 이곳에 왔다. 내가 이 나라에 도착했을 때는 여전히 삶이 꽤 정상적이었고, 아직 바이러스가 그리 가까이 오지 않았었다. 그래서 나는 우한에 있는 사람들을

◆ 〈적사병의 가면〉.

'안쓰럽게' 생각하며, 특유의 경망스러운 짓을 일삼는 작가로서 나의 계획을 계속 이어갔다. 그 계획이란, 이를테면 공통점이라고는 이런 종류의 이상한 한직이 정상인 척하는 것밖에 모르는 사람들과 일주일 동안 머물도록 초대받은 성에 방문하는 것 따위였다. 나는 알렉스를 데려갔다. 그는 미망인들이 서로 브런치에 초대하려고 몸싸움을 벌이게 만드는 청년이다. 그의 아름다움은 어딘지 반항적인 고아와 같은 색조를 띤다. 어쩌면 그보다 더 어두울 것이다. 그는 사실 조하르 차르나예프◆와 많이 닮았지만, 간혹 몇몇 사교 행사에 구시대적으로 늦게 도착하는 폭탄 같은 실수는 범할지언정 실제 폭탄 같은 것을 터뜨린 적은 없다. 그건 장담한다.

우리는 그것이 끝나기를, 지구상의 어떤 사람도 탈출할 수 없는 이 혼란이 사라지기를 기다리고 있었다. 처음 알렉스와 나는 우리 자신의 고민을 숨기고 스스로를 기만하기 위해 성안의 동료들을 못된 재미의 대상으로 삼았다. 우리는 샤를마뉴 대제 전기작가를 조롱했다. 그가 저녁 식사 때 입은 파자마 같은 '사감' 느낌의 실내복을 조롱했고, 그가 웰링턴 공작에, 결투에 그리고 알렉스가 나폴레옹 이후 시대의 무기력증이라고 요약한 온갖 것들에 집착하는 것을 조롱했다. 우리는 중도 좌파는 누구라도 푸틴에게 포섭되어 있다고 믿는 저널리스트를 조롱했다. 그는 이 일토당토않은 포섭이 너무도 은밀하고 교활하게 이루어져서 우리 자신도 부지불식

◆ 보스턴 마라톤 폭발 사건을 일으킨 러시아 체첸 출신 테러리스트.

간에 포섭되어 있는 게 아닌지 의심해봐야 한다고 했다. 우리는 또
한 노르웨이 작가를 비웃었는데, 듣자 하니 그가 스칸디나비아에
서 가장 중요한 작가라지만, 이 지극히 중요하고 유명한 남자가 다
른 스칸디나비아 사람들과 달리 영어를 한마디도 하지 못한다는
사실 때문이었다. 그는 우리와 함께 모여 있으면서도 마치 다른 곳
에 있는 듯한 멍한 분위기만 더할 뿐이었다. 마치 우리 주변에서
튀어나오는 장난기 어린 영어 농담에 관심 없는 것처럼 말이다. 그
러나 우리는 그를 위해 통역을 해주는—일부 여자들은 해당 언어
로 말할 줄 아는 남자의 말까지도 통역을 한다—그의 아내만큼은
결코 비웃지 않았다. 애매한 유럽식 억양을 가진 이 멋진 여자는
본인의 생각은 전혀 말하지 않았고, 대신 테라스에 앉아서 담배를
피우며 나머지 사람들이 각자의 의견으로 품격을 떨어뜨리는 것을
조용히 지켜보았다.

　우리가 여기에 갇혔다는 것을 실감하게 되자, 그들은 우리가 선
택할 수 없지만 사랑해야만 하는 친척 같은 존재가 되었다. 알렉
스를 '호모 유베날리스'*이라고 부르는 샤를마뉴 전기작가의 습관
은 우리 사이에서 유행이 되었다. 나는 최초의 인간들에 대한 소
설을 집필하고 있었는데, 전기작가는 밤마다 내게 나의 '호모 프리
미티보'에 대해 내가 최근에 가진 생각을 시시콜콜 묻곤 했다. 마
치 그것이 내가 방에 보관하고 있는 피조물인 것처럼 말이다. 이

　◆ Homo Juvenilis. 젊은 사람, 청소년.

제 우리는 노르웨이 작가의 영어와 영어 우월주의에 대한 거부를 내밀한 접촉에 대한 수도자의 거부, 또는 방직기에 대한 신기술반대주의자의 거부처럼 찬미했다. 우리는 또 저녁 식사 자리에서 저널리스트가 주문처럼 반복하는 푸틴 타령을, 말하자면 엘리야*를 위한 빈 의자 같은 것으로 받아들였다. 샤를마뉴 전기작가가 우리가 각자 재미있는 이야기를 하나씩 들려주자고, 그리고 이 지역을 괴롭히고 있는 질병과 슬픔, 죽음에 대한 이야기 말고 다른 행복한 이야기를 하자고 제안했을 때, 우리는 모두 흔쾌히 동의했다. 오늘밤은 노르웨이 작가의 순서였다.

"내 이야기는 요한이라는 남자에 관한 이야기요." 노르웨이 작가가 자기 나라 언어로 말했고, 그의 아내가 영어로 다시 한번 말했다.

낮은 천장이 기름기로 번들거리고 굴뚝 연기로 거뭇해진 작은 방에서 커다란 식탁에 둘러앉아 저녁 식사를 마친 후였다. 노르웨이 작가는 아내가 통역할 시간을 주기 위해 부분부분 끊어서 이야기했다. 그녀가 그의 말을 우리에게 전달할 때, 그는 자기 성찰적인 눈으로 다른 곳을 응시했다. 그의 부스스하고 희끗희끗한 머리는 서로 상반된 철학처럼 두 방향을 향해 있었다.

"난 오슬로에 있는 대학 친구들을 통해 요한을 알게 되었소. 요

◆ 구약 성서의 예언자. 유대인 전통에서 유월절 만찬에는 예언을 전하러 올 그를 위해 자리를 마련해두는 풍습이 있다.

한은 1993년 여름에 프라하로 이사를 할 계획이었지. 당시 프라하
는 특정 부류의 사람들의 마음을 끌었는데, 대학교육을 받았지만
구체적인 야망이 없이 '문학 공간을 열거나', '잡지를 창간하기'를 원
한다고 말하면서 사실은 대부분 그저 빈둥거리며 삶이 의미 없다
고 느끼는 요한 같은 게으른 부류였소. 요한이 완벽한 예라고 할
수 있는 이런 부류는 침울하고 평균적인 용모의 젊은이들이었소.
나는 그들에 대한 전문가라 할 수 있는데, 나 자신도 그중 하나였
기 때문이오. 목적이 결여된, 하지만 목적을 찾는 중이라며 늦잠
을 자고 많은 영화 비평과 프랑스 철학을 읽고 자신의 시야에 깊이
새겨진 손에 넣기 어려운 여자들에게 골몰하는 우울증 환자들 말
이오. 그런 여자들을 사로잡는 데 실패한 시간이 남아도는 이 실
업자 남자들은 대단히 핍박을 당한다고 느꼈고, 자신에게 기꺼이
시간을 내준 다소 매력 없는 여자들에게 분풀이를 하곤 했소."

　이 부분을 통역한 뒤, 아내와 남편은 노르웨이 말로 뭔가를 조
정하려는 듯 이 이야기와 그가 말하려고 했던 것에 대해 대화를
나눴다. 우리는 그들을 보며, 그는 그가 묘사한 부류, 불만 많고
어설픈 특징이 있는 부류인 반면, 그 아내는 일종의 영리함으로 보
이는 미덕을 소유했음을 알 수 있었다. 그리고 그 미덕을 나머지
우리는 갖지 못했음을 그녀는 간파했다.

　"그들은 자신의 삶과 자신을 잔인하게 무시하는 유일하게 사랑
하는 여성을 어떻게 해야 할지 몰라, 스스로를 탓하는 대신 오슬
로를 탓하는 전반적인 무기력에 빠졌소. 프라하와 그 도시가 제공

하는 서유럽으로 진출할 기회, 벨벳혁명*과 저렴한 집세, 우월하고 친절한 여자들을 특징으로 하는 보헤미안적 장면의 흥분은 못난 성격과 인생의 실패에 대한 해결책일 것만 같았소. 요한에게는 프라하의 영화 학교에서 학생들을 가르치는 친구가 있었는데 그 친구로부터 와서 머물라는 초대를 받았소. 환송회가 열렸고 나도 그 자리에 참석했소. 그리고 요한은 새로운 삶을 찾아 떠났소. 우린 모두 조금 떨떠름했소. 만일 그가 실패한다면 모두 고소해했을 거요. 하지만 만일 그가 성공한다면 아마 우리도 프라하로 이주했겠지.

요한은 춥고 비 내리는 일요일 아침에 그 도시의 공항에 도착했소. 비거주자들이 줄을 섰고 이상한 것은 아무것도 없었소. 줄이 짧아지며 리드미컬하게 여권에 도장을 찍는 곳을 향해 조금씩 가까워지는 동안, 요한은 앞으로 펼쳐질 인생의 새로운 장에 대한 흥분된 마음을 안고 사람들 사이에 서 있었소. 그런데 그가 여권을 제시할 차례가 되었을 때 문제가 시작되었소.

입국 심사원은 왜 요한의 여권이 구겨져 있으며 사진이 물에 손상되었는지 물었소.

'그래도 여전히 공문서입니다.' 요한이 심사원에게 설명했지만, 그는 탱크처럼 무표정하고 강철 같았소. '얼마 전에 뭔가를 엎질러서 그냥 조금 해진 것뿐입니다.'

◆ 피를 흘리지 않고 이루어진 시민 혁명.

다른 여권 심사대에서는 쉴 새 없이 도장이 찍히고 아무런 심문도 언쟁도 없이 사람들이 연달아 유유히 통과하는데, 요한은 그 입국 심사원과 계속 제자리걸음이었소.

결국 그는 잠긴(그가 열려고 시도해보았소) 강화문이 달린 작은 방으로 옮겨져서 몇 시간 동안 그곳에 혼자 남겨졌소. 그는 아무 장식도 없는 강화문을 보며 벨벳 커튼 아래에도 강철 주먹—그것을 어떻게 표현하건—은 있다는 것을 이해하기 시작했소.

오후에 다른 남자—첫 번째 남자만큼 무례하고 냉정한—가 들어와서 일련의 질문을 하기 시작했소. 요한은 질문에 대답하며 '얼간이처럼 굴지 않으려고 노력했다'고 나중에 말했소. 그는 또다시 방에 혼자 남겨졌소. 저녁이 되어 같은 남자가 돌아와서 요한에게 노르웨이 영사관 대표가 나서서 새로운 여권을 발급해주지 않으면 입국이 허용되지 않을 거라고 했소. 영사관에 전화를 걸어도 좋다고 했는데, 마치 그가 죄인이라도 되는 것처럼, 딱 한 통이라고 말했소. 그런데 하필 일요일이어서 영사관은 닫혀 있었소.

요한은 다시 긴 출입구관리소 복도로 옮겨졌소. 심사원은 그가 다음 날까지 거기 있을 거라고 알려줬소. 영사가 그들 돕겠다고 동의하면 입국할 수 있고, 그렇지 않으면 비행기에 태워 강제 귀국시킬 거라고 했소.

늦은 시간이어서 복도가 텅 비어 있었고, 심사대는 잠겨 있고 캄캄했소. 다른 여행자들은 모두 이 황량한 작은 틈에 갇혀 있는 요한이 부러워하는 보이지 않는 현실 속으로 떠나버렸소. 그는 의자에 앉았소. 목이 마른데 물이 없었소. 담배도 없었소. 추운데 재킷도 없었소. 그가 목을 의자 등받이의 딱딱한 가장자리에 기대고 의자에서 '누우려' 시도하며 과연 이런 식으로 잠들 수 있을지 모르겠다고 생각하고 있는데, 바로 그때 어디선가 요란한 쿵 소리가 들렸소.

복도의 다른 쪽에 웬 젊은 여자가 있었소. 그녀가 커다란 빨간색 여행 가방을 바닥에 내려놓은 거였소. 요한은 여자가 가방을 열고 열심히 뒤지는 것을 지켜보았소. 여자는 담배를 찾아 불을 붙였소. 그녀는 불붙은 담배를 입에 문 채 바닥에 무릎을 꿇고 앉아, 가방을 다시 정리하기 시작했소. 그녀의 바쁜 움직임은 걱정 없이 시간을 보내는 누군가의 그것이었소. 여자는 주기적으로 일어나서 주변을 왔다 갔다 했소.

어떻게 그녀는 그런 에너지를 가졌을까? 요한은 분명 억류된 것에 분노하는 데만 에너지를 쏟았을 거요.

여자가 요한에게 손을 흔들었소. 요한도 손을 흔들어 답했소. 여자가 그가 있는 쪽으로 걸어와서 담배를 권했소.

그녀를 가까이서 본 요한은 단박에 그녀가 자신에게 과분한 여자라는 걸 알았소. 달리 말해 딱 그의 타입이었소. 꼭 끼는 청바지와 목이 긴 흰색 운동화를 신은 자신감 있는 아가씨. 그는 그 세부 정보를 움켜잡았소. 청바지. 목이 긴 운동화.

'왜 그들이 당신을 억류한 건가요?' 그녀가 부자연스러운 영어로 물었소.

'제 여권이 마음에 들지 않나 봅니다. 당신은요?' 그가 말했지.

그녀가 미소 지으며 말했소. '제 여권도 마음에 들지 않았다고 보시면 될 거예요.'

그는 그녀에게 어디서 왔는지 물었소. 그녀의 대답과 말투는 그가 움켜잡은 또 하나의 세부 정보가 되었소. '유고슬라비아.'

요한은 어쩌면 그녀에게 그들이 마음에 들어 하거나 마음에 들어 하지 않을 여권이 아예 없을 가능성도 있겠다고 생각했소. 더 이상 유고슬라비아가 없는 것처럼 말이오.

그녀는 아부다비로 가려 한다고 말했소. 요한은 그곳이 아랍 에미리트 연방인지 카타르인지 기억하지 못한 채 고개를 끄덕였소. 석유 거물들과 이 아가씨처럼 생긴 아가씨들을 본 적이 있었소. 그는 질문을 하고 싶었지만, 떠오르는 질문이라고는 아무도 묻지 않고 누구도 대답할 수 없는 '당신은 누구요?' 뿐이었소.

그녀는 원래 있던 자리로 돌아갔소. 요한은 이 대담하고 섹시한 아가씨의 미스터리를 흡입하듯 담배를 피웠소. 그녀에게 가서 말을 붙여볼까 생각하고 있는데, 출입국관리관들이 복도에 나타나서 그녀에게 다가갔소. 그들이 요한에게는 들리지 않는 얘기를 했고, 여자는 고개를 끄덕일 뿐 별말이 없었소. 그녀는 커다란 빨간색 여행 가방을 질질 끌고 그들의 안내를 받으며 밖으로 나갔소.

요한은 불편한 의자에 똑바로 앉아 토끼잠을 잤소. 그가 눈을 떴을 때는 새벽이었소. 창문 너머 활주로 위로 폭우가 무자비하게 쏟아졌소.

...

　요한이 영사관을 상대한 얘기나 프라하에서 빈둥거린 시간에 대한 얘기는 우리 이야기의 관심사가 아니오. 요한은 한동안 거기 있다가 집으로 돌아왔소. 돌아와서도 출입국관리소에서 보낸 그날 밤과 그 아가씨, 그녀의 용감하고 태평스러운 따분함에 대해 계속 생각했소. 그는 억압적인 소련 스타일 당국을 잠시 맛보는 것조차 감당하지 못하고 쩔쩔맨 자신에게 F학점을 줬소. 그리고 기회가 있을 때 그 아가씨에 대해 좀 더 알아내지 못한 것에 대해서도 F학점을 줬소.

　오슬로로 돌아온 요한은 1세대 닷컴 산업의 물결 속에 취직을 했고, '스타트업'—그것이 무엇이건—지분을 팔아 상당한 돈을 벌었소. 그는 한동안 일하지 않고 여행을 다닐 여유가 생겼소. 요한은 아부다비로 가서 그녀를 찾아보기로 작정했소.

　요한은 전쟁으로 황폐화된 가난한 국가의 여자들이 나쁜 사람들과 계약을 맺고 이민을 왔다가 매춘을 강요당한다는 기사를 읽은 적이 있었소. 그는 자신이 만난 아가씨가 다 알면서 의도적으로 석유가 풍부한 나라에서 매춘을 하기 위해 왔을 거라고 확신했소. 그의 마음속에서 그녀가 점점 커져갔소.

　요한은 2주 동안 밤마다 아부다비에 있는 다양한 매춘 시설과 시끄럽고 연기 자욱한 복층이 있는 네오브루탈리즘풍 호텔을 수색하고 다니며, 자신을 표적으로 여기고 유심히 살펴보는 여자들의 얼굴을 유심히 살펴보았소. 엘리베이터에서 내려서 호텔 로비를 또각또각 걷거나 긴장한 채 몸단장을 하며 라운지에 서 있는 여자들도 지켜보았소. 그의 대화는 보통 오해로 끝이 났소. 여자들은 모두 그가 특정한 실제 인물이 아닌 어떤 타입을 찾는다고 생각했소. 또는 그를 데리고 놀며 잘못된 실마리를 던졌소. 확실해요. 내가 그 여자를 알아요. 금발 맞죠? 조금 있으면 여기 올 거예요. 또는 두 사람이 만날 수 있게 자리를 주선해드릴까요? 또는 당신은 그 여자에 대해 전부 잊게 될 거예요. 날 믿어 봐요.

그러한 제안 중에 받아들일 가치가 있어 보이는 경우는 딱 한 번뿐이었소. 큰 눈과 매부리코를 가진 검은 머리의 여자가 믿을 만하다고 생각되는 솔직한 방식으로 말했소. 내가 당신이 말하는 여자를 알아요. 크로아티아 여자예요. 사실 나도 크로아티아 사람이거든요. 전에 그 여자가 여기 왔었어요. 이곳에 도착했을 때 곤경에 처한 얘기를 나한테 한 것 같아요. 그래요, 그 여자는 아직 여기 있어요.

그날 밤 요한은 매부리코 여자가 말한 작고 우중충한 클럽을 찾아갔소. 그 여자는 키 큰 금발 여자와 함께 있었소. 요한의 기억에 따르면 그녀의 머리는 길지 않았고 짧았으며 거의 백발에 가깝게 탈색한 머리였소. 요한은 그녀에게 자신이 3년 전에 프라하에 들어가려다 공항에서 어떤 아가씨를 만났는데 어쩌면 그 아가씨가 그녀일지도 모른다고 말했소.

'당신이 기억나지 않아요.' 그녀가 말했소. '하지만 제가 맞는 것

같긴 해요.'

'그때 커다란 빨간색 여행 가방을 가지고 있었나요?' 그가 물었소.

'네, 그랬어요.'

그녀였소. 물론 그녀는 그를 기억하지 못했고, 요한 같은 샌님에 대한 감상적인 추억 따위는 갖고 있지 않았소. 하지만 요한은 그녀를 기억했고, 그걸로 충분했소.

다음 한 주 동안 요한은 그녀를 매일 밤 만났고, 매일 밤 함께 있어준 것에 대한 대가로 돈을 지불했소. 원래는 비록 돈을 지불하지만 두 사람이 그저 이야기만 나누며 서로에 대해 알아가자고 주장함으로써 자신의 관심과 진실함을 보여줄 셈이었소. 하지만 생각대로 되지 않았소. 그녀는 익숙한 서비스의 교환을 더 선호하는 것으로 보였고, 요한은 그에 따랐소. 어쩌면 너무 쉽게. 이것이 그에게 죄책감과 혼란을 초래했소. 하지만 이 부자연스러운 계약으로 함께 며칠을 보낸 뒤, 뭔가 변화가 생겼소. 그녀가 그에게 의지하게 된 거요. 나는 아직도 그걸 이해하지 못하겠소. 당황스럽지만 어쨌든 그녀는 요한을 사랑하게 되었소."

그때 이야기가 잠시 중단되었고 노르웨이 작가와 아내는 자기 나라 말로 대화를 나누었다. 아내의 목소리는 뭔가를 바로잡는 어조였다.

"아내는 누군가 사랑에 빠지게 되는 이유는 아무도 이해할 수 없다는 사실을 내가 여기서 인정하길 원하고 있소." 그녀는 스스로를 3인칭으로 처리하여 남편의 말을 통역했다. "그리고 그녀가 요

152

한을 이용하는 대신 사랑하게 된 것에 대해 내가 놀라는 이유는 동구권 해체 이후의 슬라브족 여자들이 냉소적이고 계산적이라는 싸구려 고정관념 때문이라는 것도 말이요. 아내의 말이 옳소. 그 아가씨에겐 심장이 있고, 비록 내 눈에는 아니지만 요한에게도 뭔가 좋아할 만한 구석을 찾을 수 있다는 사실에 내가 놀라서는 안 되겠지. 좀 전에 말한 것처럼 나는 요한과 많이 닮았고, 우리는 사실 어느 정도 라이벌이라 볼 수 있소. 하지만 어쨌든 이야기를 계속하겠소.

이 아가씨는 요한과 함께 오슬로로 거처를 옮겼소. 처음 두어 달은 그에게 더 없는 행복이었소. 뭐 그녀에게는 어땠는지 말할 수 없지만. 그가 3년 동안 환상을 품어온 상대는 재미있고 매력적인 사람이었소. 그의 친구들은 모두 그녀를 좋아했소. 그녀는 쉽게 적응했고 심지어 노르웨이 말을 배우겠다고 자처했소.

하지만 그들이 동거 생활에 안주하게 되면서, 요한의 마음에는 스멀스멀 의구심이 생기기 시작했소. 그가 혼자 외출하면, 그녀는 그에게 어디 갔었냐고 묻곤 했소. 또 가끔은 거리에서 다른 여인들을 스쳐 지나갈 때, 요한은 마음 한편에서 낯선 여인과의 일탈을 꿈꾸었소. 어느 날 아침 그녀가 침대에서 그를 향해 고개를 돌렸는데, 아침의 구취가 밴 그녀의 숨결이 마치 도덕적 결함처럼 그의 콧구멍을 태울 듯 자극했소. 그가 할 수 있는 일이라고는 숨을 참는 것뿐이었소.

요한은 그녀가 특정한 밴드나 영화를 모르면 짜증이 나기 시작했소. 그녀가 실패한 나라에서 도망쳐 치열하게 사는 동안, 그는 게으름 부리고 문화를 흡수하며 20대 초반을 보냈기 때문에 자신에게 중요한 것에 대한 그녀의 무지를 참을 수 없었소.

그녀는 요한이 원하는 것보다 더 많이 요한과의 동침을 원하기 시작했소. 손만 뻗으면 언제든 가질 수 있다는 사실이 그가 가능할 거라고는 결코 상상하지 못한 정도로 그 가치를 떨어뜨렸소. 그건 마치 김이 모락모락 나는 음식이 항상 잔뜩 쌓여 있는 방 안에 있다 보면 그저 음식에서 벗어나고 싶은 생각만 들게 되는 것과 같았소. 요한은 그녀에게서 벗어나고 싶었소.

요한은 그녀에게 자그레브에 사는 어머니에게 다녀오면 어떻겠냐고 제안했소. 그녀가 떠나 있는 동안, 요한은 그녀가 공항에서 만났던 목이 긴 흰색 운동화를 신은 영웅적인 인물이 아니라는, 어쩌면 애초에 그 인물인 적이 없었다는 의심이 들기 시작했소. '제 여권도 마음에 들지 않았다고 보시면 될 거예요'라고 말했던 아가씨. 그는 그 아가씨를 향한 향수로 마음이 아팠소. 이 여자는 그녀가 아니기 때문이었소. 설령 이 여자가 그녀라 해도, 사실은 그녀가 아니었소. 그가 보고 원하고 찬양한 존재는 그가 찾아낸 여자가 아니었소. 그녀는 영웅적이지 않았소. 그녀는 평범하고 애정에 굶주렸고 불완전했소. 요한의 입장에서 그 관계는 끝났소.

요한은 비겁해서 그녀에게 직접 말할 자신이 없었소. 그녀가 어머니의 집에서 돌아왔을 때 요한은 쪽지를 남겼소. 그는 그녀가 무엇을 할지, 어디로 갈지 정리하는 동안 며칠 떠나 있겠다고 했소.

요한은 스웨덴으로 가는 기차를 탔소. 주제넘은 스웨덴 사람들과 볼품없는 호텔 바에 앉아 김빠진 맛없는 맥주를 홀짝이는 동안 우울감이 전신에 퍼지는 것을 느꼈소. 그가 꿈꿔온 여자는 어디에서도 찾을 수 없었소. 이것이 그를 실존적 위기로 추락시켰소. 그는 창밖으로 보이는 흐린 하늘과 누더기가 된 비닐봉지가 나뭇가지에 걸려 있는 벌거숭이 나무를 응시했소."

노르웨이 작가는 귀에 들리도록 한숨을 쉬고는 마치 반응을 구하듯 식탁을 둘러보았다. 그의 아내 역시 조용했다.

우리는 모루 혼란스러웠다. 이게 그거라고?

"아니, 그런데, 그런데." 샤를마뉴 전기작가가 말했다. "해피엔딩은 어떻게 된 겁니까? 그게 규칙이었잖아요."

"이건 해피엔딩이요." 노르웨이 작가가 자기 나라 말로 말했고, 그의 아내가 우리에게 다시 한 번 말했다.

"사랑 없이 싸구려 술집에서 혼자 김빠진 맥주를 홀짝이는 슬픈 요한이 말입니까?"

"내게는 이 이야기가 행복하오. 요한에게는 아니지만." 노르웨이 작가가 말했다.

"어? 왜 그런 거죠?"

"요한이 찾고 있던 여인과 내가 결혼했기 때문이오. 그리고 그녀가 지금 여러분에게 이 이야기를 들려주고 있소."

우리는 모두 그녀를 보았다.

"오늘 제 남편이 실컷 즐겼네요." 그녀가 말하고는 다정하게 남편의 머리카락을 헝클어뜨렸다. "그리고 내일은 제가 즐길 거예요. 제 차례일 테니까요."

그리고 이와 함께, 우리는 잘 자라는 인사로 자리를 마무리했다.

THE MORNINGSIDE
BY TÉA OBREHT

**한때 그 개들은
매력적이고 뛰어난 아름다운 소년들이었다.**

테이아 오브레트

옛 유고슬라비아 출신의 미국 작가. 첫 장편소설 《호랑이의 아내》로 2011년 역대 최연소 오렌지상 수상 작가가 되었다. 2019년 두 번째 장편 《내륙(Inland)》을 출간했으며, 텍사스 주립대학에서 창작 석좌교수로 재직하고 있다.

모두가 떠나버린 오래전, 우리는 베지 뒤라스라는 이름의 여자와 같은 시기에 모닝사이드 타워에 살았다. 그때는 그녀가 늙어 보였는데, 나 자신이 지금 그녀의 나이에 가까워지고 보니 사실은 그렇게 늙은 것도 아니었다고 생각된다.

애초에 타워를 세울 때 그곳에 살 거라고 기대했던 사람들은 모두 이미 그 도시를 떠났고 새로 지은 아파트는 텅 비어 있었다. 그러다가 어떤 높으신 분이 아파트 몇 채에 누군가 살고 있다면 약탈을 억제하는 효과가 있을 거라고 생각하게 되었다. 돌아가신 아버지는 그 도시에 충성심과 두뇌를 제공했고, 덕분에 어머니와 나는 크게 할인된 가격으로 이사를 올 수 있었다. 우리가 저녁에 빵을 사서 집으로 걸어갈 때면, 겨우 몇 개의 불 켜진 얇은 창만이 마치 비밀 노래의 음표처럼 시커먼 건물을 간간이 밝혀주는 모닝사이드가 눈앞에 나타났다.

어머니와 나는 10층에 살았고, 베지 뒤라스는 14층에 살았다. 내가 이것을 아는 이유는 가끔씩 우리가 엘리베이터를 탔을 때 그녀가 엘리베이터 버튼을 누르는 바람에 다시 위로 올라갔다가 그녀와 강렬한 담배 냄새, 그리고 그녀가 키우는 검은 대형견 세 마리와 함께 한참을 다시 내려가야 했기 때문이다. 가슴 부분이 잘 발달한 이 개들은 해 질 무렵이면 그녀를 동네방네 끌고 다녔다.

체구가 작고 이목구비가 뚜렷한 베지는 모두를 매혹시켰다. 그녀는 멀리서 일어난 전쟁이 끝난 후에 그 도시로 오게 되었는데 자세한 내막은 누구도, 우리 어머니조차 완전하게 파악하지 못하는 것 같았다. 그녀가 입고 다니는 그런 고급 옷이 어디서 났는지, 그녀가 어떤 연줄을 가지고 있기에 모닝사이드에 들어올 수 있었는지 아무도 몰랐다. 그녀는 아무도 알아듣지 못하는 언어로 개들에게 말했고, 개들이 마침내 그녀를 제압하고 잡아먹어버린 건 아닌지 확인하기 위해 가끔 경찰이 오곤 했다. 산책 중인 그녀에게 강도짓을 하려던 불쌍한 불한당이 개들에게 그렇게 당했다는 이야기가 있었기 때문이다. 그 사건은 물론 소문일 뿐이었지만, 건물 측에서 그녀에게 개를 없애 달라고 간곡히 요청하게 만들기에 충분했다.

"음, 그런 일은 결코 없을 거야." 금강앵무와 함께 공원에 사는 내 친구 아를로가 말했다.

"어째서?"

"왜냐하면 자기야, 그 개들은 그녀의 남동생들이거든."

나는 아를로가 은유적인 의미로 이런 말을 했다고 절대 오해하지 않았다. 사실 그는 그 얘기를 금강앵무에게서 들었고, 금강앵무는 개들에게 직접 들었다. 한때 그 개들은 매력적이고 뛰어난 아름다운 소년이었다. 그런데 베지가 고국에서 우리나라로 오는 과정 어딘가에서 그들이 하늘이 주신 형태로 그녀와 동행할 수 없는 상황에 빠지게 되었다. 그래서 아를로에 따르면 베지가 어떤 존재와 협상을 했고, 그 존재가 그들을 개로 변하게 만들었다.

"그 개들 말이야?" 거품으로 덮인 개들의 아래턱과 깊게 주름진 얼굴을 생각하며 내가 물었다.

"걔네가 좀 인상적이긴 하지. 하지만 내 생각엔 일리 있는 이야기야."

"하지만 왜?"

"음, 자기야, 여기선 개들이 대다수의 사람들보다 환영받거든."

나는 아를로의 말에 반박할 때가 많았지만, 개에 대해서만큼은 그의 말을 믿었다. 주된 이유는 그때 내가 여덟 살이었고, 앵무새가 거짓말을 할 수는 없을 거라고 생각했기 때문이었다. 또한 그의 이론을 뒷받침할 만한 많은 근거가 있었다. 그 개들은 우리보다 잘 먹었다. 베지는 이틀에 한 번씩 오후에 종이백을 잔뜩 들고 정육점에서 돌아오곤 했고, 나중에 건물 전체에 갈비 굽는 냄새를 풍겼다. 그녀는 개들에게 결코 속삭임보다 큰 소리로 말하지 않았고, 개들은 매일 밤 그녀를 중심으로 V자 대형을 이루어 어디론가 걸어 나갔다가 다음 날 아침까지 보이지 않았다. 아침이면 그녀는 여

명으로 붉게 물든 길로 개들을 앞세우고 마치 겨우 몇 초의 시간
으로 인생이 판가름 날 것처럼 허둥지둥 돌아오곤 했다. 네 층 위
에 있는 그녀의 아파트는 우리 집과 평면도가 같아서, 누런 눈의
개들이 그녀의 동굴 같은 집에서 화가들이 쓰는 흰색 방수포—나
는 그 집에 그것이 항상 바닥에 깔려 있을 거라고 상상했다—에
코를 대고 킁킁거리며 그녀를 따라 어슬렁거리고 다니는 모습을
쉽게 상상할 수 있었다.

　사람들이 베지에 대해 놓치고 있는, 쉽게 추론할 수 있는 사실
들이 많았다. 그중 가장 중요한 것은 그녀가 화가라는 사실이다.
그녀의 화려한 재킷과 고급 가죽 부츠에는 항상 물감이 튀어 있었
다. 물감 때문에 손톱 밑이 까매지고 속눈썹이 얼룩덜룩해졌는데,
그 색깔이 워낙 선명해서 내가 가끔 올라가서 그녀를 지켜보곤 하
던 나무 위에서도 쉽게 알아볼 수 있었다. 가끔은 개들이 냄새로
나를 찾아내고는 약이 바짝 올라서 나무 주위를 어슬렁거렸고, 잠
시 뒤 밑에서 베지의 머리가 나타나서 딱딱한 고향 말로 나를 다
그치곤 했다.

　"넌 그 여자 말 알아듣지?" 한번은 내가 친구 에나에게 물었다.
내가 수집한 정보에 따르면 에나는 베지와 비슷한 지역에 살다가
뉴욕으로 이주한 아이였다.

　"아니." 에나가 가소롭다는 듯 말했다. "그건 전혀 다른 언어야."

　"비슷하게 들리던데."

　"음, 아니야."

에나는 검역소에서 가족과 함께 7개월을 보낸 뒤 불과 1년 전에 이모와 함께 4층으로 이사왔다. 검역소에서 그녀는 병에 걸려서—알아둘 게 있는데, 그녀가 애초에 검사를 받고 있던 병은 아니었다—체중의 거의 절반이 빠졌고, 그래서 우리가 거리를 함께 걸을 때면, 나는 그녀가 산이나 강으로 날아가 버리지 않도록 꼭 붙들고 있어야 한다는 의무감을 느꼈다. 에나는 자신의 체구가 작다는 것을 인지하지 못하는 것 같았다. 그녀는 음침한 녹색 눈을 가지고 있었고 캠프에서 자물쇠 따는 법을 배웠다(나는 에나가 캠프라고 말할 때 그것이 여름 캠프와 같은 의미라고 생각했는데, 그녀가 늘 캠프라는 말을 쓰는 것을 보고는 결국 그것이 다른 의미라는 것을 알게 되었다). 어쨌거나 그녀의 자물쇠 따기 기술 덕분에 우리는 모닝사이드에서 내가 전에 접근할 수 없었던 곳, 예를 들면 인어 모자이크로 장식된 물 없는 지하 수영장이나 도심의 어두운 건물 벽들이 눈높이에 오는 옥상 같은 곳으로 들어갈 수 있었다.

호기심 많은 에나는 태생적으로 의심도 많았다. 그녀는 새벽부터 황혼까지 남자로 변한다는 베지 뒤라스의 남동생 개들에 관한 말을 믿지 않았다. 내가 온갖 근거를 대고 그녀를 위해 〈백조의 호수〉를 연주해줘도 마찬가지였다.

"누가 그들을 변하게 만들었는데?" 그녀가 물었다.

"뭐?"

"누가 베지를 위해서 동생들을 개로 변하게 했냐고?"

"몰라. 혹시 네가 온 곳에서는 그런 종류의 일을 하는 사람들이 있지 않아?"

에나의 얼굴이 빨개졌다. "분명하게 말하는데, 베지 뒤라스와 나는 같은 곳에서 오지 않았어."

여름 내내 바로 이런 의견 충돌이 우리 사이에 놓인 가장 심각한 문제였다. 베지가 정육점에 가려고 거리로 나설 때마다 그 문제가 불거졌기 때문에 화해가 불가능했다.

"우리가 그 집에 들어가서 직접 보는 게 어때? 그리 어렵지 않을 거야." 어느 날 오후 에나가 말했다.

"하지만 미친 짓이야. 개들이 집을 지키고 있다는 걸 알잖아." 내가 말했다.

에나가 히죽거리며 말했다. "하지만 네 말이 맞는다면, 그 개들은 사실 남자들이잖아?"

"그럼 더 문제 아니야?" 나는 그런 상태의 남자라면 분명 알몸으로 있다는 것쯤을 알 만큼의 지각은 있었다.

어느 화창한 오후 우리가 공원 담벼락에 앉아 있을 때 베지가 멈춰 서서 에나를 노려보지 않았다면, 베지의 집에 침입하는 것은 아마도 우리에게 그저 충동으로만 남았을 것이다. "너 네벤의 딸 맞지?" 베지가 마침내 물었다.

"맞아요."

"내가 온 곳에서 네 아빠를 뭐라고 불렀는지 아니?"

에나가 부자연스럽게 어깨를 으쓱했다. 그 무엇도 에나를 동요시킬 수 없었다. 죽은 아버지의 이름도, 이어서 베지가 내가 알아

들을 수 없는 언어로 뭐라고 했던 말도. 에나는 그저 작고 가느다
란 다리를 담벼락에 밀착시키며 가만히 앉아 있었다. 베지가 마침
내 입을 다물자 그녀가 말했다. "미안하지만 아줌마가 하는 말, 못
알아듣겠어요."

이 순간 에나가 베지의 집으로 침입하겠다는 결심을 굳혔음을
알아차렸어야 하는 건데. 하지만 나는 순진했고 에나를 조금은 좋
아했다. 게다가 상상 속에서 그곳을 자주 돌아다녔기 때문에, 그
다음 주에 에나가 엘리베이터 앞에서 내려가는 버튼 대신 올라가
는 버튼을 눌렀을 때 그것이 그리 대수로워 보이지 않았다. 에나가
이미 자물쇠를 따고 있을 때 나는 딱 한 번 "하지 말자!"라고 말한
것 같다. 하지만 내가 만류한 이유는 순전히 우리가 그저 아이일
뿐이라는 사실을 처음으로 날카롭게 인식했기 때문이었다.

그 집은 우리 집과 똑같았다. 고요한 흰색 복도, 케이크처럼 두
툼한 대리석 조리대가 있는 널찍한 주방. 우리는 물감의 냄새를 따
라 어떤 방으로 들어갔다. 우리 집에서는 피아노가 놓여 있는 위
치였다. 그곳에는 내가 그때까지 본 중에 가장 큰 그림이 벽에 기
대어져 있었고, 그보다 작은 강렬한 색상의 캔버스들이 그 주위
를 둘러싸고 있었다. 붓놀림이 고르지 못하고 들쑥날쑥했지만 충
분히 이해하기 쉬운 장면이었다. 한 젊은 여인이 강가의 작은 마을
에서 다리를 건너고 있었다. 그녀의 주변에 물감을 벗겨낸 듯한 세
곳의 빈 공간이 있다. 나는 그곳이 개들이 인간의 형태로 변하면
서 기어 나온 곳이라고 짐작했다.

그러나 그들은 지금 인간의 형태가 아니었다. 그들은 내가 상상했던 것처럼 물감이 여기저기 튄 방수포 위에서 대자로 누워 깊은 잠에 빠져 있다가 하나하나 깨어나서 일어나 앉았다. 우리가 그들을 보고 놀란 것만큼이나 그들도 우리를 보고 놀란 것 같았다.

바로 그 순간 베지가 돌아오지 않았다면 과연 어떤 일이 벌어졌을지, 나로서는 정말 모르겠다. 어쩌면 우리는 사람들이 신문에서 읽는, 어떤 종류의 존재가 안전하고 어떤 종류가 안전하지 않은지를 가르쳐주는 비극적인 통계 수치 중 하나가 되었을 것이다.

"이런, 심사가 뒤틀린 네벤의 딸이로구나. 이거 놀랐는데." 베지가 말했다.

"꺼져버려요!" 에나가 눈물을 흘리며 말했다.

우리 어머니는 그 일을 몰랐고, 에나의 이모도 몰랐던 것 같다. 여러 해 동안, 우리 셋만 알고 있던 그 순간은 내가 잠에서 깨어나자마자 처음으로 생각하는 것, 그리고 어둠 속에 누워서 마지막으로 생각하는 것이 되었다. 나는 평생토록 매일 그 순간을 떠올릴 거라고 확신했다. 그리고 오랫동안, 심지어 우리가 모닝사이드를 떠난 후에도 실제로 그랬다. 그리고 시간이 흘러 마침내 나는 그러지 않게 되었다. 그 순간에 대해 생각하지 않고 며칠씩 보내다가 문득 생각나곤 했다. 그렇게 한 번씩 생각날 때마다, 나는 갑자기 대형 그림이 놓여 있고 개들이 마치 원래의 세상으로 다시 소환되기를 기다리는 것처럼 그림 주변에 앉아 있던 그 방으로 다시 던져진 나 자신을 발견하고 안도감을 느끼곤 했다. 그러더니 그런 느낌마저 희미해졌다. 그것은 한동안 부근을 어슬렁거릴 것 같은 연인들을 만나면 그들에게 말해주고 싶은 종류의 이야기가 되었다. 그리고 우리가 헤어지면 그들이 잊어주기를 바라는 종류의 이야기가.

　신문에서 이 기사를 우연히 접했을 무렵, 나는 몇 년 동안 그 생각을 하지 않고 살았다. 꽤 이름난 외국인 화가가 지난여름 그 도시에서 사망했다는 기사였다. 문제는 굶주린 로트바일러들이 집을 지키고 있어서 그녀의 시신을 수습할 수 없다는 것, 누구라도 문 가까이로 접근하면 개들이 미쳐 날뛴다는 것이었다. 해안 일대에서 전문가를 불렀지만, 누구도 개들을 진정시킬 명령어를 찾을 수 없었다. 결국 개들을 사살해야 한다는 결론이 나왔고, 용감한 저격수가 외벽청소원들이 사용하는 로프에 매달려 아파트 창문에 접근했다. 그러나 그가 안을 들여다보았을 때, 한 명의 공주와 세 명의 젊은이가 그려진 대형 그림 아래 깔려 있는 방수포 위에 손을 포갠 채 누워 있는, 죽은 것처럼 보이는 늙은 여인만 보일 뿐이었다. 저격수가 정확히 무엇을 쏴야 했을까? "당황스럽지만, 사실은 여기서 제가 할 일이 아무것도 없더군요." 그가 기자에게 말했다. 그가 포기한 뒤 경찰이 다시 문을 열려고 시도했을 때, 아니나 다를까 개들이 다시 으르렁거렸다.

　이렇게 일주일이 지난 뒤, 마침내 시내 건너편에서 일하는 한 여자가 경찰서에 나타났다. "제가 한때 거기 살았는데 어쩌면 도움이 될 수 있을 것 같네요." 그녀가 말했다. 기자는 그녀의 이름을 밝히지 않았지만 그녀를 꼬챙이처럼 깡마른 몸에 커다란 초록색 눈을 가졌다고 묘사했고, 그래서 나는 그 사람이 에나임을 직감했다. 바람이 휘몰아치는 어느 날 저녁, 나머지 사람들이 안뜰에 모여 있을 때 그녀가 그 집으로 올라갔다. 에나는 문밖에 서서 그 개들이 알아들을 수 있는 언어로 지나간 어떤 시절, 더 이상 존재하지 않는 어떤 장소에서 통용되던 애정 어린 말들을 속삭였다. 그러자 개들이 문에서 멀어지는 것이 느껴졌고, 그녀는 문고리를 돌리며 말했다. 걱정 마, 얘들아. 괜찮아, 괜찮아, 괜찮아.

스크린 타임
알레한드로 삼브라

SCREEN⋇TIME
BY ALEJANDRO ZAMBRA

소년에게는 두 개의 나라가 있다.
어머니의 나라인 첫 번째 나라와
아버지의 나라인 두 번째 나라다.

알레한드로 삼브라

칠레의 시인이자 비평가. 2006년 첫 소설 《분재》를 발표한 후 칠레 문학 평론가상을
수상하며 극찬을 받았다. 이후 《나무들의 은밀한 생활》 등의 장편소설과 시집, 에세
이, 비평집 등을 꾸준히 발표하며 활발하게 활동하고 있다.

소년은 태어나서 2년의 생애 동안 부모의 침실에서 새어 나오는 웃음소리나 울음소리를 여러 차례 들었다. 자신이 잠든 사이 부모가 정말로 무엇을 하는지—TV 시청—알게 된다면 소년이 어떻게 반응할지 알기 어렵다.

소년은 TV를 본 적도, TV를 보고 있는 사람을 본 적도 없다. 그래서 부모의 텔레비전은 소년에게 막연히 신비한 존재다. 화면은 거울과 비슷하다. 하지만 그것이 비추는 상은 불투명하고 불완전하며, 김이 서려 있을 때는 그나마도 제대로 보이지 않는다. 가끔은 먼지가 잔뜩 끼어도 마찬가지다.

하지만 소년은 이 화면이 움직이는 영상을 재생한다는 사실을 알게 되어도 놀라지 않을 것이다. 가끔씩은 화면에서 다른 사람들을 볼 기회가 허용되는데, 그 사람들은 소년의 두 번째 나라에 사는 사람들인 경우가 가장 많다. 소년에게는 두 개의 나라가 있다.

어머니의 나라인 첫 번째 나라와 아버지의 나라인 두 번째 나라다. 소년의 아버지는 그곳에 살지 않지만 그 부모님들이 살고 있으며, 이들이 바로 소년이 화면에서 가장 자주 보는 사람들이다.

소년은 두 번째 나라로 두 차례 여행을 갔었기 때문에 조부모를 직접 본 적도 있다. 첫 번째 여행은 기억나지 않지만, 두 번째 여행에서는 혼자서 걸을 수도, 얼굴이 파래질 때까지 말할 수도 있었고, 그렇게 보낸 몇 주는 잊을 수 없는 순간이었다. 하지만 그중에서도 가장 기억할 만한 사건은 비행기에 타고 있을 때 일어났다. 어느 모로 보나 부모의 TV만큼이나 쓸모없어 보이는 TV가 켜지더니 갑자기 스스로를 3인칭으로 칭하는 다정한 빨간 괴물이 나타났다. 괴물과 소년은 곧바로 친구가 되었다. 어쩌면 당시에 소년도 스스로를 3인칭으로 칭했기 때문일지도 모른다.

소년의 부모는 여행 중에 TV를 볼 계획이 없었기 때문에, 이 만남은 정말 행운이었다. 두어 차례 깜빡 졸다 보니 비행이 시작되었고, 그러자 소년의 부모는 일곱 권의 책과 동물 모양의 꼭두각시 인형 다섯 개가 들어 있는 작은 여행 가방을 열었다. 이 책들을 읽고 또 읽고, 중간중간 꼭두각시 인형들이 건방지게도 이런저런 의견을 말하는 가운데 긴 시간을 보냈다. 꼭두각시는 구름의 형태와 간식의 품질에 대해서도 의견을 말했다. 소년이 비행기 짐 선반에 있던 장난감을 달라고 할 때까지 모든 것이 순조로웠다. 부모의 설명에 따르면, 그것은 여행에 따라오기로 선택한 장난감이었다. 그때 소년은 무슨 이유에선지 첫 번째 나라에 머물기로 결정한 다른 장난감들을 떠올렸고, 그와 함께 여섯 시간 만에 처음으로 울음을 터뜨렸다. 그 울음은 1분 동안 그치지 않았는데, 그리 긴 시간은 아니지만 그들의 뒷좌석에 앉은 남자에게는 매우 길게 느껴졌다.

"거참, 애 입 좀 다물게 하쇼!" 남자가 소리쳤다.

소년의 어머니는 고개를 돌려 조용한 경멸의 시선으로 한동안 가만히 쳐다보다가, 눈을 아래로 내려 그의 가랑이 사이를 뚫어져라 쳐다보고는 공격의 기미가 전혀 없는 말투로 말했다.

"정말 좀스럽군."

남자는 그런 비난에 대해 반론하지 않았고 아무런 반응도 하지 않았다. 이제 울음을 그친 소년은 어머니의 품으로 옮겨졌고, 그 다음은 아버지의 차례였다. 그는 좌석에서 무릎을 꿇고 앉아 남자를 쳐다봤다. 그는 남자를 모욕하지 않고 그저 이름을 물었다.

"엔리케 엘리잘데요." 남자가 남겨둔 위엄을 보이며 말했다.

"고맙소."

"이름은 왜 묻는 거요?"

"나름대로 이유가 있소."

"당신은 누구요?"

"말하고 싶지 않지만 곧 알게 될 거요. 내가 누구인지 너무나 잘 알게 될 거요."

아버지는 이제 후회하는 것 같기도 하고 자포자기한 것 같기도 한 엔리케 엘리잘데를 몇 초간 노려보았다. 난기류 때문에 안전벨

트를 다시 매야 하는 상황이 아니라면 그 상태를 계속 유지했을 것이다.

"이 바보는 내가 정말 강력하다고 생각하는군." 그가 영어로 중얼거렸다. 영어는 소년의 부모가 다른 사람들을 모욕할 때 본능적으로 사용하는 언어였다.

"적어도 우리 캐릭터에 그의 이름을 붙여야겠어." 어머니가 말했다.

"좋은 생각이야! 내 책에 나오는 모든 악당의 이름을 엔리케 엘리잘데로 지어야겠군."

"나도! 이제부터는 우리가 악당이 등장하는 책을 써야 할 것 같아." 그녀가 말했다.

그들이 앞에 있는 화면을 켜고 행복한 털북숭이 빨간 괴물이 나오는 쇼를 튼 것은 바로 그때였다. 쇼는 20분간 이어졌다. 화면이 멈추자 소년은 항의했지만, 소년의 부모는 괴물이 계속 나올 수는 없다고, 언제까지나 읽고 또 읽을 수 있는 책과는 다르다고 설명했다.

그들이 두 번째 나라에 머문 3주 동안, 소년은 날마다 그 괴물에 대해 물었다. 소년의 부모는 그 괴물은 비행기에서만 산다고 설명했다. 집으로 돌아가는 비행기에서 소년은 마침내 괴물과 재회했고, 이번에도 그 시간은 겨우 20분밖에 지속되지 않았다. 여행에서 돌아온 지 두 달이 지나도록 소년이 여전히 침울하게 괴물 얘기를 하자, 부모는 똑같이 생긴 봉제 인형을 사주었다. 소년은 그것을 진짜라고 믿었고, 그날 이후 그 둘은 떨어질 줄 몰랐다. 사실 지금도 부모가 침실에 가 있는 동안 소년은 그 빨간 플러시 천으로 만든 장난감을 끌어안고 잠들어 있다. 그들은 곧 TV를 켤 것이다. 상황이 평소와 같이 진행된다면, 이 이야기는 두 사람이 TV를 보는 장면으로 끝나게 될 가능성이 있다.

소년의 아버지는 항상 TV를 켜놓고 사는 집에서 성장했고, 어쩌면 그가 아들의 나이였을 때는 텔레비전을 끌 수 있다는 사실조차 몰랐을 수 있다. 반면 소년의 어머니는 무려 10년 동안 TV에서 멀리 떨어져 살았다. 그녀의 어머니의 공식적 해명은 그들이 도시 외곽에 살기 때문에 TV 신호가 집까지 도달하지 못한다는 것이었다. 그래서 TV는 그녀에게 완전히 무용한 물건처럼 보였다. 하루는 그녀가 함께 놀려고 학교 친구를 집으로 데려왔는데, 그 친구는 묻지도 않고 그냥 플러그를 꽂아서 TV를 켰다. 환멸감이나 위기 같은 것은 없었다. 소녀는 이제야 TV 신호가 도시의 외곽에 도달하게 되었다고 생각했다. 그녀는 이 기쁜 소식을 알리기 위해 어머니에게 달려갔고, 어머니는 무신론자였음에도 불구하고 그 자리에서 무릎을 꿇고 하늘을 향해 두 손을 뻗으며 연극적으로, 그리고 설득력 있게 외쳤다. "이건 기적이야!"

이런 판이하게 다른 배경에도 불구하고, 부부는 아들을 화면에 노출시키는 순간을 최대한 늦추는 것이 최선이라는 데 완전하게 동의했다. 어차피 두 사람은 TV에 열광하는 부류가 아니었고, 그렇다고 TV를 거부하는 편도 아니었다. 두 사람은 처음 만났을 때 잠자리를 가질 구실로, 만나서 영화를 보자는 진부한 전략을 썼다. 그리고 나중에 소년의 '선사시대'라고 볼 수 있는 시기에는 많은 훌륭한 TV 시리즈의 주문에 굴복했다. 그들은 아들이 태어나기 전 몇 개월만큼 TV를 많이 본 적이 없었고, 자궁 속에서 소년의 삶은 모차르트 교향곡이나 자장가가 아니라, 시대를 정확히 알 수 없는, 좀비와 용이 사는 아주 먼 옛날, 또는 자칭 '자유세계의 지도자'의 넓은 정부 청사에서 벌어지는 피비린내 나는 권력 투쟁에 관한 TV 시리즈의 주제 음악에 맞춰져 있었다.

소년이 태어났을 때 부부의 TV 경험은 근본적으로 바뀌었다. 하루가 끝날 무렵이면 육체적, 정신적 피로감 때문에 집중력이 떨어져서 집중할 수 있는 시간이 고작 30~40분 정도였고, 그래서 거의 깨닫지도 못한 사이에 기준을 낮추고 그렇고 그런 시리즈의 습관적 시청자가 되었다. 그들은 여전히 예측할 수 없는 세계 속에 몰입하고 싶고 세상에서 그들의 위치를 진지하게 다시 생각하도록 만드는 복잡하고 도전적인 경험을 통해 대리만족을 얻고 싶었지만, 그건 낮 동안 그들이 읽는 책에서 얻어야 할 것들이었다. 밤에는 그저 편안한 웃음과 재미있는 대화, 그리고 조금의 노력도 없이 이해할 수 있다는 점에서 쓸쓸한 만족감을 주는 대본을 원했다.

그들은 언젠가는, 아마도 1년이나 2년 뒤쯤, 토요일이나 일요일 오후를 소년과 함께 영화를 보며 보내야겠다고 계획 중이고, 가족끼리 보고 싶은 영화 목록까지 뽑아두었다. 그러나 현재로서는 TV는 하루를 마감하는 시간, 소년이 잠들고 엄마와 아빠가 그냥 그녀와 그로 돌아와서 그녀는 침대에서 전화기를 보고 그는 마치 윗몸일으키기를 한 세트 마친 뒤 쉬는 것처럼 바닥에 누워 있는 시간에 귀속된 존재였다. 갑자기 그가 일어나서 침대에 눕더니 리모컨으로 손을 뻗으려다 경로를 바꾸어 손톱깎이를 집어 들고 손톱을 깎기 시작한다. 그녀는 그를 보며 최근에는 그가 항상 손톱을 깎고 있는 것 같다고 생각한다.

"우린 몇 달 동안 집에만 틀어박혀 있게 될 거야. 아이가 지루해할 텐데." 그녀가 말한다.

"개를 산책시키는 건 허용되지만, 애들은 안 돼." 그가 침울하게 말했다.

"애가 싫어할 게 분명해. 겉으로 표현은 안 할지 모르지만, 틀림없이 끔찍한 시간을 보내게 될 거야. 우리 아들이 어느 정도로 이해하고 있다고 생각해?"

"우리가 이해하는 정도."

"우리가 뭘 이해하고 있지?" 그녀는 시험을 앞두고 수업 내용을 재검토하는 학생 같은 어조로 묻는다. 마치 "광합성이 뭐지?"라고 묻는 것과 흡사했다.

"개똥 같은 바이러스 때문에 밖에 나갈 수 없다는 것. 그게 전부야."

"전에는 우리에게 허용되었던 것이 이제 금지되었다는 것. 우리에게 금지되었던 건 여전히 금지고."

"우리 아들은 공원과 서점과 박물관을 그리워해. 우리가 그런 것처럼."

"동물원도." 그녀가 말한다. "말은 안 하지만, 전보다 불평도 많고 짜증도 더 자주 내. 많이는 아니지만 전보다는 많이."

"하지만 유아원은 그리워하지 않지. 전혀." 그가 말한다.

"그저 두세 달로 끝나면 좋을 텐데. 더 길어지면 어쩌지? 1년 내내 이러면?"

"그렇지는 않겠지." 그가 말한다. 좀 더 확신에 찬 어조로 말할 수 있으면 좋으련만.

"지금부터 우리 세계가 이런 식이면 어쩌지? 이 바이러스 다음에 다른 바이러스, 또 다른 바이러스가 계속 나오면?" 그녀가 묻지만, 그 역시도 묻고 싶다. 똑같은 말과 똑같이 불안한 억양으로.

낮 동안 그들은 교대를 선다. 한 명이 아들을 돌보는 동안 나머지는 일을 하는 것이다. 모든 일이 밀려 있다. 남들도 모든 일이 밀려 있을 테지만, 자신들은 다른 모든 사람보다 좀 더 밀려 있다고 확신한다. 둘 중에 누가 더 급하고 보수가 좋은 일을 하고 있는지를 두고 언쟁하고 경쟁하는 게 마땅한데, 오히려 그들은 서로 소년을 돌보겠다고 한다. 아들과 보내는 반나절이 진정한 행복의 순간이요, 순수한 웃음의 순간이요, 마음을 정화하는 도피의 순간이기 때문이다. 그들은 오히려 온종일 복도에서 공놀이를 하거나, 낙서가 허용되는 작은 사각형 벽면에 의도와는 달리 괴물처럼 보이게 된 뭔가를 그리거나, 또는 소년이 줄감개를 돌려서 음이 맞지 않게 될 때까지 기타를 치거나, 아니면 이제 그들이 쓰거나 쓰려고 하는 책보다 훨씬 나은 완벽한 책처럼 보이는 책을 읽어주면서 시간을 보내고 싶다. 설령 가지고 있는 동화책이 한 권뿐일지라도, 온종일 같은 책을 계속 읽는 편이 낫다. 끔찍한 라디오 뉴스 소리를 배경으로 컴퓨터 앞에 앉아 마감 지연에 대한 사과로 가득한 이메일 답장을 보내거나 멍청한 실시간 감염 및 사망 지도를 멍하니 쳐다보고 있는 것보다는. 그는 특히 아들의 두 번째 나라의 지도를 본다. 물론 그것은 여전히 그의 첫 번째 나라다. 그리고 부모님을 생각하며 마지막으로 부모님과 통화하고 나서 몇 시간, 또는 며칠 뒤에 그들이 병에 걸려서 다시는 볼 수 없게 되는 장면을 상상한다. 그럴 때면 부모님에게 전화를 거는데, 그렇게 통화를 하고 나면 마음이 부서질 듯 아프지만 겉으로는 아무 내색도 하지 않는다. 적어도 그녀 앞에서는. 그녀가 더디고 불완전한 불안 속에 몇 주를 보내고 있기 때문이다. 그래서 그녀는 자수를 배우거나 아니면 적어도 평소에 읽는 아름답고 절망적인 책을 읽는 것을 중단할까 생각 중이다. 그녀는 또한 작가가 아닌 다른 직업을 가졌어야 한다고 생각한다. 이 점에 대해서는 두 사람이 동의하고 있고, 여러 차례 그런 얘기를 했다. 너무 자주, 글을 쓰려고 할 때마다 매번, 그들은 모든 단어 하나하나의 피할 수 없는 무용함을 느꼈다.

"애한테 영화나 보여주자." 그녀가 말한다. "안 될 게 뭐 있어? 일요일에만 그러지 뭐."

"그럼 적어도 우리가 오늘이 월요일인지 목요일인지 일요일인지 알겠지." 그가 말한다.

"오늘이 무슨 요일이지?"

"화요일일걸."

"그럼 내일 결정하자." 그녀가 말한다.

그는 손톱을 마저 깎고 자신의 손을 내려다보며 불확실한 만족감을 느낀다. 어쩌면 마치 방금 다른 사람의 손톱을 깎은 느낌, 또는 마치 방금 손톱을 깎고 어떤 이유로(어쩌면 그가 전문가라서) 그에게 의견이나 인정을 구하는 누군가의 손톱을 보는 것 같은 느낌이다.

"요즘은 빨리 자라네." 그가 말한다.

"어젯밤에도 깎지 않았어?"

"맞아. 손톱이 빨리 자라." 그가 아주 진지하게 말한다. "매일 낮 동안 자라난 것처럼 보여. 비정상적으로 빨리."

"손톱이 빨리 자라면 좋은 거 같은데. 아마 해변에서는 빨리 자랄걸." 그녀가 말한다. 말하는 동안 뭔가를 떠올리려는 것 같다. 어쩌면 해변에서 얼굴에 햇살을 받으며 잠에서 깨어날 때의 느낌일지도.

"내 손톱은 기록적인 것 같아."

"내 손톱도 빨리 자라." 그녀가 미소 지으며 말한다. "당신보다도 빨리. 오후에는 거의 갈고리발톱이 되어 있다니까. 그러면 나는 발톱을 깎고, 발톱은 다시 자라지."

"내 발톱이 당신보다 더 빨리 자란다고 거의 확신해."

"천만에."

그러던 두 사람이 손을 한데 모은다. 마치 손톱이 자라고 있는 것을 정말로 볼 수 있는 것처럼, 마치 속도를 비교할 수 있는 것처럼. 그들이 그 조용하고 아름답고 무용한 경쟁을 하고 있다는 우스꽝스러운 착각에 기꺼이 빠지려 했기에, 짧게 끝나야 할 장면이 길어진다. 아무리 인내심 많은 시청자라도 열불이 나서 TV를 꺼버릴 만큼 아주 길게. 그러나 그들을 보는 사람은 아무도 없다. TV 화면은 마치 카메라처럼 그 이상하고 우스꽝스러운 자세로 정지해 있는 그들의 몸을 담아내고 있지만 말이다. 모니터가 소년의 숨소리를 증폭시키고, 그 소리만이 그들의 손톱 경쟁에 동반된다. 경쟁은 몇 분간 지속된다(승패를 가르기에는 턱없이 모자란 시간이다). 그리고 마침내 그들에게 정말로 필요한, 간절히 기다리던 따뜻하고 진솔한 웃음이 터져 나오며, 그 경쟁은 끝난다.

◆ 메건 맥도웰의 스페인어 영역본을 바탕으로 번역했습니다.

그 시절
디노 멘게츄

HOW WE USED TO PLAY
BY DINAW MENGESTU

"삼촌은 제가 아는 가장 강한 남자예요.
삼촌을 쓰러뜨리려면 외계 바이러스가 필요할걸요."

디노 멘게츄

에티오피아 출신 미국 작가. 《천국이 품은 아름다운 것들(The Beautiful Things That Heaven Bears)》(2007), 《공기를 읽는 법(How to Read the Air)》(2010), 《우리의 모든 이름들(All Our Names)》(2014) 등 세 편의 소설을 펴냈다.

바이러스가 닥치기 전에 삼촌은 거의 20년 동안 일주일에 6일, 하루에 10시간에서 12시간씩 택시를 몰았다. 그 이후에도 계속 그렇게 했지만 매월 손님이 점점 줄어들었고, 가끔은 국회의사당 건물 근처 호화로운 호텔 밖에서 손님을 기다리며 시간을 보냈다. 삼촌은 1978년에 처음 미국에 이민 와서 살던 아파트에 아직도 살고 있었다. 내가 전화를 걸어서 어떻게 지내는지 물었더니 삼촌은 불안해하기보다는 재미있어하는 말투로 지금까지는 자신이 언젠가 이 건물에서 죽을 수도 있겠구나 하는 생각을 하지 못했다고 말했다. "왜 임대 계약을 할 때 사람들이 그 얘기를 안 해주는 거지? 당신이 일흔 살이 넘었다면, 바로 거기, 바로 그 꼭대기가 죽을 자리가 될 겁니다. 조심하세요. 이 집이 당신이 사는 마지막 집일 될 수 있어요, 라고 말이야."

나는 삼촌이 죽을 가능성은 없다고 안심시켰지만, 그것이 사실이 아니라는 것은 삼촌도, 나도 알았다. 삼촌은 72세였고 매일 아침 택시를 몰기 전에 근육을 풀어주기 위해 12층 아파트 건물을 걸어서 오르고 내렸다.

"삼촌은 제가 아는 가장 강한 남자예요. 삼촌을 쓰러뜨리려면 외계 바이러스가 필요할걸요." 내가 말했다.

그리고 전화를 끊기 전에 뉴욕에서 차를 몰고 삼촌을 보러 가겠다고 했다. 그때는 2020년 3월 12일, 바이러스가 이제 막 그 도시를 포위하려던 때였다. "같이 식료품점에 가서 냉장고를 꽉꽉 채워놓자고요. 바이러스가 사라질 때까지 삼촌이 늙어가면서 살 좀 찌게 말이에요." 나는 다음 날 아침 일찍 뉴욕을 떠났고, 뉴욕과 워싱턴 DC 사이의 고속도로가 이미 차들로 혼잡한 것을 발견했다. 삼촌은 딱 한 번 뉴욕에 방문한 적이 있는데, 그때 내게 물었었다. 도시 전체에 분포해 있는 값비싼 지하 주차장 깊숙이 묻혀 있는 자동차들은 대체 어떻게 된 거냐고. 택시를 사기 전 삼촌은 백악관에서 세 블록 떨어진 곳에 있는 주차장 건물에서 15년 동안 일했는데, 왜 미국인들이 평소에 몰지도 않는 큰 차를 주차하느라 그렇게 많은 돈을 쓰는지 도무지 이해할 수 없다고 말하곤 했다. 교통 체증에 갇혀 한 시간을 흘려보낸 뒤, 나는 삼촌에게 전화를 걸어 마침내 그 질문의 답을 찾았다고 말할까 생각했다. 흔히들 미국인들의 낙천주의에 대해 이야기하지만, 우리는 종말론에 사로잡혔고 지금 고속도로 4차선을 가득 채우고 있는 이 '나 홀로' 대형차들은 그저 출발 신호를 알리는 폭발음을 기다리고 있었다.

마침내 내가 DC 외곽의 교외에 있는 삼촌의 아파트에 도착했을 때, 삼촌은 건물 앞에 설치된 콘크리트 벤치 중 하나에서 팔꿈치를 무릎에 대고 손바닥을 맞댄 채 앉아 있었다. 삼촌은 손짓으로 내게 그냥 있는 곳에 있으라고 신호를 보내고는 내가 있는 곳에서 몇 발짝 떨어진 위치에 주차되어 있는 자신의 택시에 올라탔다. 그리고 문자메시지를 보냈다. "주차하렴. 내 차로 가자."

우리는 평소처럼 뺨에 입을 맞추는 대신 어깨를 세 번 부딪치며 어색하게 서로를 맞이했다. 우리가 만난 지 6개월, 어쩌면 7개월이 되었고, 내가 삼촌의 택시에 마지막으로 탄 이래로 적어도 10년은 흘렀다. 차를 출발시키면서 삼촌은 이렇게 함께 차에 타고 있으니 내가 어렸을 때 함께했던 놀이가 떠오른다고 말했다. 당시 삼촌은 나와 어머니를 식료품점까지 태워다 주곤 했다.

"기억하니? 예전에 우리가 어떻게 놀았는지?" 삼촌이 물었다.

차가 우회전하여 쇼핑몰과 자동차 대리점이 즐비한 넓은 4차선 도로로 접어들었다. 내가 자랄 때는 하나도 없던 것들이다. 왜 그런지 삼촌의 질문에 '물론이죠, 그 놀이 기억해요. 일주일 중에서 내가 제일 좋아했던 부분이었죠.' 따위의 평범한 말로 답하는 것이 무리라고 느껴졌다. 그래서 그저 고개를 끄덕이고는 우리 앞에 많아지고 있는 교통량에 대해 불평했다. 삼촌은 손을 뻗어 다정하게 내 뒤통수를 문지르더니 미터기를 켰다. 삼촌의 택시에서 우리가 했던 놀이는 항상 이렇게 시작되었다. 미터기를 누르면서, 삼촌이 뒷좌석에 앉은 나에게 "어디로 모실까요, 손님?"이라고 묻는 것이다. 몇 달 동안 우리는 이 놀이를 했고, 절대 같은 장소를 두 번 가지 않았다. 처음에는 지역 명소로 시작했다. 워싱턴 기념탑, 쇼핑가에 있는 박물관들. 그러나 점점 먼 목적지로 빠르게 확대되었다. 태평양, 디즈니월드와 디즈니랜드, 러시모어산과 옐로스톤 국립공원. 그리고 내가 세계사와 지리에 대해 더 많이 알게 되자, 이집트와 중국의 만리장성에 이어 영국의 빅벤과 로마의 콜로세움이 뒤따랐다.

"네 엄마는 너에게 에티오피아를 선택하라고 말하지 않는다며 내게 화를 내곤 했지." 삼촌이 말했다. "이렇게 말하곤 했어. '애가 뭔가를 상상할 거라면, 자기 조국에 대해 상상하게 해야 하잖아.' 나는 네가 아직 어린애라고 말하려 했지. 넌 미국에서 태어났다고. 넌 조국이 없다고. 네가 믿고 따라야 할 대상은 우리뿐이라고 말이야."

신호등이 빨간색으로 바뀌었다가 초록색으로 바뀌기를 세 번 반복한 후에, 우리는 마침내 앞으로 움직일 수 있었다. 평소 같으면 삼촌이 벌써 열 받았을 속도였다. 스스로도 인정하다시피, 삼촌은 가만히 정지해 있는 것에 익숙하지 않은 사람이다. 우리가 마지막으로 그 놀이를 했을 때, 삼촌과 어머니는 우리의 허구적 모험의 무용성에 대해 언쟁을 벌였다. "우린 얘를 어디든 데려갈 형편이 못 되잖아." 삼촌이 말했다. "그러니 택시 뒷좌석에서 세계를 여행하게 놔두자고."

우리의 마지막 행선지는 호주였고, 어머니는 자신이 차에 타고 있을 때 그 놀이를 다시는 하지 않는다는 조건으로 그 여행을 허락했다. 일단 우리가 어머니의 조건에 동의하자, 삼촌은 미터기를 컸고 이후 15분 동안 나는 호주의 풍경과 야생에 대해 내가 알고 있는 모든 것을 말했다. 식료품점에 도착해서도 나의 얘기는 계속 되었고, 어머니는 내게 내리라고 말했다. 나는 우리의 마지막 여행 이 주차장에서 끝나는 것을 지켜볼 준비가 되지 않았고, 그래서 삼촌은 손을 흔들어 어머니에게 먼저 가라는 신호를 보낸 뒤 내게 계속 얘기해보라고 말했다. "호주에 대해 네가 알고 있는 모든 걸 말해보렴." 삼촌이 말하는 순간, 갑자기 깊은 피곤이 밀려왔다. 나는 신을 벗고 다리를 쭉 뻗었다. 내 얼굴이 비닐 시트에 달라붙지 않도록 삼촌이 글러브박스에서 두꺼운 도로 지도를 꺼내 머리 밑에 괴주자, 나는 다리를 좌석 위로 올려 양반다리로 앉았다.

"한숨 자렴." 삼촌이 말했다. "호주는 아주 먼 곳이야. 시차 때문에 피곤할 거다."

식료품점에 가까워지자 나는 삼촌에게 우리의 마지막 여행에 대해 기억하는 것이 있는지 물어볼까 생각했다. 삼촌은 벌써 자동차로 붐비는 주차장에 진입하기 위해 우회전하는 데 집중하고 있었고, 경찰차로 보이는 차 대여섯 대가 입구 주변에 진을 치고 있었다. 입구까지 불과 200~300보 남았지만, 길게 줄 서 있는 자동차들과 밖에서 카트를 붙잡고 대기하고 있는 점점 늘어나는 인파들로 보아, 매장 진열대가 텅 비기 전에 우리가 안으로 들어갈 가능성은 점점 희박해지는 것 같았다.

마지막으로 회전해서 주차장에 진입하기 까지 거의 20분이 걸렸을 것이다. 그것은 나름의 작은 승리였고, 삼촌은 그것을 인정하듯 검지로 미터기를 두 번 두드려 내게 요금을 알려주었다.

"미국에서 이 모든 세월을 보내고 마침내 부자가 됐네."

우리는 그나마 주차 공간을 찾을 확률이 조금이라도 높아 보이는 주차장 뒤쪽을 향해 조금씩 움직였다. 그러나 공간을 찾는 데 실패하자, 삼촌은 길쭉한 형태의 잔디밭 위로 올라가 벽에 고객 전용 주차 표시가 붙어 있는 인근 레스토랑 구역으로 들어갔다. 나는 삼촌이 엔진을 끄기를 기다렸지만, 삼촌은 두 손을 계속 운전대에 올린 채 몸을 살짝 앞으로 내밀고 있었다. 차를 돌려 다시 나가려는데 어느 방향으로 돌아야 할지 확신할 수 없는 것처럼 보였다. 잠시 나는 삼촌이 무엇 때문에 고심하는지 알 것 같았다.

"삼촌은 매장에 들어가실 필요 없어요. 여기 계시다가 제가 나오면 태우러 오세요." 내가 말했다.

그러자 삼촌이 내 쪽으로 고개를 돌렸다. 내가 택시에 탄 이래로 우리가 서로를 정면으로 본 건 처음이었다.

"주차장에서 기다리고 싶진 않다." 삼촌이 말했다. "그건 맨날 하는 일이니까."

"그럼 어떻게 하고 싶으신데요?"

삼촌이 미터기를 끄더니 곧 엔진도 껐지만, 열쇠는 그대로 꽂아 두었다.

"집으로 돌아가고 싶다." 삼촌이 말했다. "누군가 여기서 나가는 방법을 알려주면 좋겠구나."

마지막 버스 클럽

캐런 러셀

LINE 19 WOODSTOCK/GLISAN
BY KAREN RUSSELL

"1902, 번사이드 브리지에서 사고가 났다.
이승과 저승 사이에 갇혀버린 것 같다.
아니면 죽은 걸지도 모르겠다."

캐런 러셀

미국의 소설가. 2011년 장편소설 《악어와 레슬링하기》로 데뷔한 후, 단편과 장편을 넘나들며, 작품 활동을 해왔다. 최신작으로 2019년 발표한 《오렌지 세계와 기타 이야기들(Orange World and Other Stories)》가 있다.

딱 사람들이 말하던 대로였다. 시간이 정말로 느려졌다. 차선을 잘못 탄 앰뷸런스가 번사이드 브리지를 건너 끼이익 소리를 내며 19번 버스를 향해 달려왔다. 오른쪽을 훑어보고, 왼쪽을 훑어보고, 다시 훑어보고. 발레리는 많은 사각지대를 염두에 두고 버스를 운전했다. 그러나 어디선지 모르게, 마치 전에 본 적 없는 짙은 안갯속에서 태어난 것처럼, 앰뷸런스가 갑자기 나타났다. 더 크게, 더 가까이, 천천히 더 천천히, 앞으로 다가왔다. 시간이 엿가락처럼 늘어지기 시작했다. 경광등마저 흐느적거리며 깜빡이는 것처럼 보였다. 발레리가 운전대를 돌리기까지 반세기는 걸렸고, 그때쯤에는 너무 늦었다. 그들은 갇혀버렸다.

발레리는 운전 실력이 좋았다. 14년 동안 그녀의 기록에 불만 민원은 두 건뿐이었고, 둘 다 근거 없는 헛소리였다. 뇌졸중에서 회복 중인 그의 어머니 타마라는 72세로, 발레리의 15세 아들 티크와 함께 살았다. 티크는 신기한 물담뱃대를 수집했고, 타마라는 리세스 피넛버터컵을 비축했다. 타마라는 지난주에 기침을 했다. 열이 날 때까지는 그냥 집에 계시게 하라고 의사가 말했다. 언제까지 말인가? "할머니의 체온을 재도록 해." 발레리는 나가면서 티크에게 소곤소곤 말했다. 그리고 어머니에게는 최대한 목소리를 높여 말했다. "엄마, 초코 과자는 비타민이 아니에요."

사고가 있던 밤에 그녀의 버스는 좌석이 3분의 1도 채 차지 않았다. 지난 2월부터 주간(週間) 승객 수가 63퍼센트나 감소했다. 무신경하고 거친 십대들은 여전히 탑승했다. 그들은 시내버스를 '굼벵이 특급'으로 취급한다고, 티크가 설명했다(그녀는 아들이 조금은 질투하고 있는 것 같다고 생각했다. 티크는 그녀와 마찬가지로 외톨이었다). 발레리는 뒷자리에 앉아 있는 앳된 얼굴의 두 소녀를 내내 주시하고 있었다. 그들은 마스크를 내리고 서로를 애무하고 있었다. 그들은 죽기를 바라지 않았고, 오히려 살고 싶은 마음이 간절했기에 같은 목적에 이끌렸다. 이런 아이들에게는 그들이 치명적인 외로움보다 더 나쁜 위험에 취약하다는 것을 설득할 수 없다.

"이봐, 거기 줄리엣들." 마스크를 쓰고 있어서인지 발레리의 목소리가 허스키하게 들렸다. "이제 그만들 하지."

"난 지금 접촉자 추적 조사를 하는 중이에요." 파란색 머리의 소녀가 애인의 목을 핥으며 큰 소리로 대꾸했다. 발레리는 그들의 웃음에 동참하지 않았다. "네가 버스 손잡이를 핥지 않는다면야……"

발레리는 저녁 시간대 단골 승객들을 '마지막 버스 클럽'이라고 불렀다. 예전 같으면 주중의 어느 밤이건 여덟에서 열 명 정도는 익숙한 얼굴이 있었다. 코로나바이러스가 마지막 버스 클럽의 인구통계학적 특징을 바꿔 놓았다. 이제 승객의 대다수는 '응급 상태'가 만성이 된 사람들이었다. 말하자면 자동차가 없고 약과 탐폰과 식료품이 필요한 말라 같은 승객들이다. 말라는 차베스 정거장에서 휠체어를 밀며 경사판에 올랐다. 무릎 위에는 흠뻑 젖은 약국 비닐봉지가 놓여 있다. "당신이군요." 발레리가 말라의 휠체어를 잡아주기 위해 무릎을 꿇으며 말했다. "새로운 규칙이에요. 이제 만원버스는 금지랍니다."

불행 속에도 한 줄기 빛이 있다고 했던가. 요즘은 운전하면서 교통사고 사망에 대한 걱정은 좀 줄었다. 바이러스가 거리를 싹 비워 놓았다. 물론 여전히 불안 요소는 있다. 전보다 훨씬 적어진 보행자들이 좀비처럼 뒤뚱거리며 걸어 다니고, 무턱대고 연석에서 차도로 내려온다. 언니들! 귀에서 이어폰이나 좀 빼고 다니시지! 자전거를 타는 사람들. 그렇게 마임하는 사람처럼 옷을 입는 게 과연 현명할까?

동료 중 몇몇은 승객들을 '소 떼'라고 부르지만, 그녀는 한 번도 거기에 동조하지 않았다. 그녀가 승객들을 사랑했을까? 몇몇 나이든 기사들이 단골 승객을 사랑한다고 주장하는 것처럼? "난 수당을 사랑해." 그녀가 프레디에게 말했다. 그녀가 이 일을 하는 이유는 티크를 위해 가장 많은 시급을 벌 수 있어서다. "은퇴에 대비해

저축을 한다고? 난 색전증 때문에 저축을 하고 있어." 그녀가 농담을 했다.

"이 세상에 좋은 사람이 얼마나 있다고 생각해?" 한번은 프레디가 휴게실에서 그녀에게 물었다. 그녀는 망설이지 않고 대답했다. "20퍼센트. 어떤 밤에는 11퍼센트."

버스 방뇨. 정류장 화재. 시끄럽고 말 많음. 렉스 앤 32번가의 배회하는 개. 놓친 버스에 돌을 던지는 인간들. 날씨. 코로나에 걸린 승객이 탑승할 가능성. 시간이 멈춰버린 사고 전에도, 그 주는 꽤 조용한 한 주였다.

이 세상에는 물고기와 함께 헤엄치는 상어들이 많다. 단골 승객 중 몇몇에게 그녀는 관심을 갖고 있다. 그저 차가운 비를 피하고 싶은 벤 같은 신사들과 스프레이 페인트로 도색한 휠체어를 타고 붉은 실로 손자에게 줄 거미집 모양 '용의 날개'를 뜨개질하는 말라. 요즘은 요금을 현금으로 받지 않는다. 그리고 요즘 밤 시간에 발레리는 승객들에게 버스카드가 없어도 굳이 압박하지 않았다.

버스터미널에서 그녀는 종이 마스크 하나와 클로록스 소독용 물수건 일곱 장이 든 지퍼백을 얻었고, 표백제를 구입해서 사방에 뿌렸다. 프레디는 스스로를 보호하기 위해 싸구려 샤워커튼을 달았는데 윗사람들이 당장 떼어내라고 명령했다.

그날 밤 일찍이 발레리는 불길한 징조를 놓쳤다. 버스는 파웰 대로를 향해 달리고 있었다. 10여 곳의 셔터를 내린 술집과 하나하나 괴짜 이모처럼 보이는 구제 상점, 초목이 무성하게 자란 방갈로

들, 버려진 장미 덤불과 농구대와 바스켓 링. 그녀는 길 한복판에 있는 아이의 자전거를 피해 방향을 틀면서 하마터면 비명을 지를 뻔했다. 버스 전조등이 자전거의 뒤틀린 형태를 비췄다. 핸들 주위로 리본이 늘어져 있고, 바퀏살이 손가락뼈처럼 생긴 보조 바퀴가 달린 자전거였다. 커피 아홉 잔을 마신 것처럼 심장이 뛰었다. 아무도 없었다. 다친 사람도 없었다. 버스는 굉음을 내며 계속 달렸다. 사이드미러에 비친 자전거는 어린 시절 그 자체처럼 멀어지며 점점 작아져서 희미한 점이 되었다. 올라갔던 맥박이 떨어지고, 그녀는 다시 일상적인 관심사로 돌아갔다.

모범 운전자의 전기(傳記)란 무사고와 일촉즉발의 순간들로 채워진 수천 페이지의 기록이다. 발레리는 이런 조짐을 그냥 다행으로 여겼다.

그러나 이제 그녀는 운이 다한 것처럼 보였다. 그녀는 뒤에 있는 승객들의 비명을 어슴푸레 인식했다. 발레리는 충돌에 대비했지만 충돌은 일어나지 않았다. 대체 어떻게 된 일이지? 앰뷸런스 기사의 입 모양을 보니, 그도 조금 더 비속한 표현으로 똑같은 질문을 하는 것처럼 보였다. 그들은 보이지 않는 접착제 속에 빠져 옴짝달싹 못하게 된 것 같았다. 두 개의 겁먹은 젊은 얼굴이 조금씩 초점에 잡히더니 현상 접시 안의 필름처럼 선명해졌다. 버스가 조금 더 앞으로 굴러가다가 앰뷸런스 라디에이터 그릴과 아슬아슬한 거리에서 마치 저세상 소리인 듯 날카로운 끼이익 소리와 함께 멈춰 섰다. 발레리는 오지 않는 구원의 손짓을 기다렸다. 쓸데없이 그녀는 비상 브레이크를 걸었다. 시계는 오후 8시 48분에 멈춰 있었다. 그녀는 버스에서 뛰어내렸다.

"발레리."

"이본, 대니."

그들은 다리 위에서 엄숙하게 악수를 했다.

"오늘 밤에는 길에 아무도 없었거든요." 앰뷸런스의 운전자 대니가 말했다. 그는 손톱에 검은색 매니큐어를 칠했고, **빳빳하게** 풀 먹인 응급구조대 셔츠를 입고 있었다. 그의 하얀 얼굴이 버스 전조등에 비쳐 녹색으로 보였다. "차선을 잘못 탔는지 몰랐어요. 안개가 워낙 짙고 제 차의 성애 제거 장치가 형편없어서……."

그녀는 자신이 보고 있지 않은 것들을 곁눈으로 인지했다. 나이토 파크웨이를 따라 질주하는 반딧불이 같은 자동차 전조등 불빛들. 그 아래로 태평양을 향해 흐르며 다양한 기하학적 형태를 자아내는 넓은 강. 주변에 있는 아무것도 움직이지 않았다. 어둠이 다리를 뒤덮었다.

"난 다시 운행을 시작하고 싶은 생각뿐이에요." 발레리가 말했다. 또 한 번 불만 민원이 접수되면 감당하기 어렵게 될 수 있었다. 민원 기록은 평생 뒤따라 다니고, 만약 불공정하다고 불평하면 또 다른 타격을 입게 된다.

"오, 맙소사." 조수석에 탔던 응급구조대원 이본이 말했다. 그녀는 투명 뿔테 안경을 쓴 커다란 연갈색 눈을 가진 흑인 여자로, 아마 티크보다 두어 살 정도 더 먹었을 것이다. 발레리는 놀라웠다.

이 젊은이들이 그녀로 하여금 자신의 희끗희끗한 머리를 얼마나 의식하게 만드는지가. 그리고 이처럼 저세상을 마주한 순간에도 머리에 대해 허망함을 느끼는 것이 여전히 가능하다는 사실이.

"죄송해요. 악수를 할 생각은 아니었는데."

발레리는 마스크를 써서 다행이라 생각하며 고개를 끄덕였다. 그녀 역시 잠시 잊고 있었다. 그녀는 행여 어머니에게 바이러스를 옮기게 될까 봐 무서웠다. 어머니는 오른쪽이 마비되어 웃을 때 펠리컨처럼 보였다. 그래서 심술궂어 보일까 봐 걱정이지만, 티크는 할머니는 뇌졸중이 오기 전에도 지독하게 심술궂어 보였다며 제 할머니를 안심시켰다. 어머니를 눈까지 미소 짓게 만들 수 있는 건 오직 티크뿐이었다.

"정말 무서웠어요." 이본이 말했다. "당신이 우리를 향해 점점 천천히 다가오고 있었는데—"

"내가 당신들에게 다가갔다고요?"

"그리고 그때 모든 게 그냥 멈춰서—"

그들은 모두 조용한 앰뷸런스를 쳐다보았고, 그런 다음 일제히 버스를 향해 고개를 돌렸다. 발레리의 승객들은 아치 모양의 눈썹처럼 보이는 앞유리 와이퍼 뒤에서 크게 몸짓을 하고 있었다. 그들은 동요한 것 같았지만 다친 데는 없었다.

외부세계에 아주 이상한 일이 일어났다. 윌래밋강이 흐름을 멈추었다. 그것은 난간 너머에서 얼어붙은 조각품처럼 보였다. 다리의 구각과 깊은 물 위로 빛줄기가 나타났다 사라졌다. 자주색, 밤색, 담녹색. 마치 달이 카드를 돌리며 무작위로 갖가지 색깔을 풀어놓는 것 같았다.

발레리는 다시 버스 운전석으로 올라갔다. 그리고 배차담당자에게 무전을 쳤다. "1902. 번사이드 브리지에서 사고가 났다. 이승과 저승 사이에 갇혀버린 것 같다. 아니면 죽은 걸지도 모르겠다."

배차담당자는 그녀의 말을 들을 수 없는 것 같았다. "여기는 1902. 다리 위다. 내 말 이해하나?"

"도와 달라." 그녀가 속삭였다.

정말로 답을 기대한 건 아니었다. 그녀를 놀라게 한 것은 혼란스러움이 공포로, 공포가 망연자실한 체념으로 바뀌는 속도였다. 19번 버스는 시간 속에서 미아가 되어버렸다.

발레리는 스스로를 요조숙녀라고 생각하지 않았다. 그녀는 평발에 천식이 있었고, 12미터, 20톤의 버스를 몰았다. 그럼에도 불구하고 그녀의 정신은 곡예를 하듯 최악의 시나리오로 비약했다. 어쩌면 집에 돌아갈 수 없을지도 몰라.

그녀는 그동안 경험한 적 없는 공포의 기운을 애써 억눌렀다. 모든 게 이렇게 끝날 수 있을까? 마치 엉뚱한 포켓에 빠져버린 당구공처럼, 버스가 당구대에서 미끄러져 시공간의 막다른 골목으로 빠져버릴 수 있을까?

사람들은 엄지손가락으로 휴대전화에 히스테릭한 독백을 입력하며 미친 듯이 문자메시지를 보낸다.

그녀는 오후 8시 47분에 자신을 괴롭혔던 걱정거리에 대한 사무치는 향수를 느꼈다. 시끄러운 소음과 언쟁은 그녀가 이해할 수 있는 문제였다.

"고요한 밤이다." 그녀가 죽어버린 수신기에 대고 중얼거렸다.

삼켜진 공포. 조용한 탄식.

"모두 내려요!"

발레리와 이본은 걸어서 도움을 청하러 가기로 결정했다. 뒤돌아보지 않아도 다른 이들도 그들을 따르는 것이 느껴졌다. 그들이 앰뷸런스에 이르렀을 때, 발레리는 마치 강풍 속으로 걸어가고 있는 것처럼 온몸에 강한 저항감을 느꼈다. 그녀는 몸을 구부리고 더 이상 앞으로 나갈 수 없을 때까지 밀어붙였다. 뒤를 돌아보니 짙은 연무 사이로 승객들의 절반이 반대 방향에서 낑낑대며 태극권 발동작을 하듯 움직이고 있었다. 그들은 천천히 제 뿌리를 들어 올렸다가 다시 심는 나무들처럼 보였다.

"엄마 취한 사람 같아요!" 만약 티크를 다시 만날 수 있다면, 그 아이는 이렇게 말할 것이다.

그녀는 기합 소리와 함께 허공으로 주먹을 들어 올리며 보이지 않는 비밀의 벽을 향해 돌진했다. 앰뷸런스를 지나서 3미터 정도까지 가는 데 성공했다. 그녀는 팔을 옆구리에 붙이고 다리로 치명적인 압력과 싸웠다.

"이걸 정말로 '사고'라고 해야 할까요?" 대니가 다소 방어적으로 말했다. "아무 일도 일어나지 않았잖아요—" 그가 몸짓으로 앰뷸런스를 가리켰다. 찌그러지지 않은 보닛, 깨지지 않은 앞 유리, 펼

처지지 않은 에어백과 피 한 방울 묻지 않은 좌석들.

"농담해요? 시간이 멈췄잖아요!"

단골 승객 중 한 명인 움베르토—명찰에는 '베르티'라고 써 있는—는 구식 시계를 가지고 있었는데, 그는 그녀에게 분침이 멈춘 것을 보여주었다. "이건 가짜예요." 그가 당황하고 동요해서 말했다. "진짜 금은 아니라는 말이에요. 그래도 시간은 알려줬었는데." 그는 화가 나서 시계를 흔들더니 외마디 소리를 지르며 난간 너머로 던져버렸다. 거의 18미터 높이다. 밤이 시계를 통째로 삼켜버렸고, 발레리는 그것이 물에 닿기나 할지 의문이었다.

"이봐요, 조심해요! 2미터를 유지해야지!"

"아, 미안해요." 암청색에 가까운 어둠 속에서도 사람들이 얼굴을 붉히고 있음을 청각으로 느낄 수 있었다.

피해망상증을 앓는 벤은 신기하게도 낙관적으로 보였다. "봐요. 여기 매콤한 치킨이 있어요. 그러니까 우린 굶어죽을 일은 없을 거예요." 그는 들통의 뚜껑을 열고 사람들에게 돌렸다. 안에는 아무것도 없었다.

"우린 죽었어요. 죽었어." 선황색 히잡을 쓴 젊은 어머니가 이렇게 말하고는 울기 시작했다.

파티마였다. 그녀는 분만실 간호사이자 3년째 마지막 버스 클럽 회원이었다. 파티마는 병원에서 야간 근무를 했다. 그녀의 아들은 이 검은 강 건너편 몬타빌라에서 할머니의 품에 안겨 그녀가 데리러 오기를 기다리고 있었다.

"아, 애를 데리러 가야 해요—"

"모두가 갈 곳이 있어요. 당신만 특별한 게 아니라고요."

"모두가 그런 건 아니지." 벤이 조용히 말했다.

발레리는 파티마에게 고쳐 말했다.

"맞는 말이에요. 당신만 그런 건 아니에요. 우리 아들도 지금 나를 기다리고 있죠."

그리고 이제 그들은 유체이탈 상태에 빠져 한숨을 지었다. 다리의 양쪽 끝에서 아름다운 환영들이 그들을 부르고 있었다.

"약혼녀가 임신했는데……."

"아픈 남동생……."

"우리 악어 쥬느비에브 밥을 줘야 하는데……."

대니가 목청을 다듬었다. "이게 무슨 경쟁은 아니란 걸 알고, 여기 있는 누구보다 앞서려고 하는 건 아닙니다만, 우린 온수 욕조에서 발작을 일으킨 여성을 도우러 가던 중이었어요……."

이 말은 발레리의 승객들에게 좋게 받아들여지지 않았다. "그렇다면 우리를 도로에서 벗어나게 하기 전에 그걸 먼저 생각했어야지!"

"차선을 잘 골라서 가야지, 젊은이."

"다음번에는 가급적 우리 차선은 피했으면 해."

"여러분이 그렇게 운전을 잘하신다면, 왜 버스를 타는 거죠?" 대니가 폭발했다.

사실은 그들이 불평하는 소리를 들으니 좋았다. 그것은 발레리가 하도 많이 들어서 익숙한 노래였다. 실망한 승객의 노래. 그녀의 버스는 여러 번 고장이 났었다. 두 번은 활화산같이 뜨거운 7월에 플레이블 스트리트에서 펑크가 났다. 파이오니어 광장에서 길 건너편에서 전기 문제도 여러 차례 있었다. 그때마다 누구 하나 '아, 괜찮아요, 발레리. 내가 가려는 곳에 가기 위해 한 시간쯤 더 기다리는 건 상관없어요'라고 말하는 사람은 없었다.

이번 일은 전례 없는 위기였다. 그러나 마침내 익숙한 느낌이 들었다. 누구도 그들을 도우러 오지 않을 것이다. 발레리는 여기 있는 아홉 명이 온 힘을 다해 해결책을 강구해야 할 거라고 선언했다.

이제 마지막 버스 클럽 내의 분위기가 바뀌었다. 모두 어떻게든 도움이 되고 싶어 했다. 그렇게 솟구친 열망이 수많은 작은 행동으로 분화되었다. 움베르토는 보닛 밑을 들여다보았다. 파란 머리의 소녀는 뒷바퀴 타이어 사이에 들어가 실마리를 찾으려 했다. 이본과 대니는 앰뷸런스 시계를 다시 작동시켜 보려고 시도했다. 그 순간을 증식시키고 이동시켜 우주의 진창 속에서 **빼낸** 것은 이런 작은 노력들의 무게였을까? 아니면 파티마의 분만 계획이었을까?

"들어보세요. 아까는 왜 이 생각을 못 했는지 모르겠네요. 우리는 8시 48분과 8시 49분 사이의 협곡에 갇혀 있어요. 이런 일은 분만 중에 가끔 일어나죠. 그리고 두려움은 모든 것을 차단해요."

버스는 마치 난간으로 돌진하기를 참을성 있게 기다리는 것처럼 보였다.

파티마는 거꾸로 들어선 태아의 위치를 돌려놓는 방법을 설명했
다. 그녀는 자신의 기술을 19번 버스에 시도하고자 했다. "대니, 당
신은 버스 뒤에 서 있으면 좋겠어요. 움베르토, 그렇게 목에 무리
가 가게 하지 마세요. 제가 자세를 다시 잡아드릴게요……"

파티마는 안전을 강조했다. 그들은 버스 위와 아래에서 서로 간
격을 충분히 두었다. 중요한 건 노래하는 거라고 파티마가 말했다.
분만의 속도를 높이는 오래된 방법이라고 그녀는 설명했다. "노래
는 입도, 목도…… 모든 걸 벌어지게 하죠." 그녀는 허공에 S자를
그리며 입술에 손가락을 댔다가 그 손가락으로 별을 가리켰다. "뭔
가가 막혀 있어요. 왜 이런 일이 일어났는지는 모르지만, 정지된
분만을 다시 시작하는 방법은 제가 알고 있죠."

그들이 달리 할 수 있는 일이 있을까? 마지막 버스 클럽은 그
녀의 지시에 따랐다. 그들은 그녀와 함께 구호를 외쳤다. 얕은 호
흡 두 번과 횡격막으로부터 나오는 날숨 한 번. 그들은 노랫말 없
는 동물들의 노래를 불렀다. 긴장되고 불안정한 분위기에서 고조
되는 압력을 느낄 수 있었다. 다리가 미세하게 진동하기 시작했다.
노래의 뒷부분은 구슬픈 신음이 되었다. 사람들의 폐와 팔이 화끈
거렸지만, 버스는 꿈쩍할 기미도 보이지 않았다. 대니와 움베르토
와 벤과 말라와 이본과 발레리와 파티마와 줄리엣들이 하나가 되
어 숨을 내쉬며 버스를 힘껏 밀었다. 파티마가 미소 지으며 손가락
으로 가리켰다. 거의 알아차리지 못할 만큼 미세하게, 타이어가 구
르기 시작했다.

밀어요! 밀어!

불꽃 세례. 파란 타이어 접지면에서 튀어 오르는, 모히칸 헤어스타일을 연상시키는 작은 오렌지색 불꽃들.

파티마가 대니와 이본에게 고개를 돌렸다.

"두 사람은 앰뷸런스로 안 돌아가고 뭐해요?"

"난 죽기 싫어요!" 대니가 소리쳤다.

"차를 거꾸로 돌려요." 파티마가 부드럽게 말했다.

그녀와 이본은 눈빛을 교환했다. "긴 밤이네요." 이본이 입 모양으로 말했다.

나중에 의견이 갈리는 시간이 있을 것이다. 그들 중 절반은 시간은 저절로 풀린 것이라고 주장하며, 그들의 행동은 그것과 아무런 관계가 없다고 말할 것이다. 나머지 절반은 힘을 사용한 단합된 행동이 그들을 살렸다고 확신할 것이다. 하지만 어떤 힘 말인가? 노래의 힘인가? 아니면 미는 힘인가?

"모두 자리로 돌아가세요. 원래 있던 곳으로!" 그런 제안을 한 것은 난초 애호가인 말라였다. 꽃봉오리 속에는 꽃잎과 꽃받침이 치밀한 대칭을 이루며 나중에 피어날 모습 그대로 배열되어 있는데, 이를 '아층(芽層)'이라고 부른다. 이들은 힘을 모아 꽃의 에너지가 토양을 뚫고 나오도록 유도한다. 마지막 버스 클럽은 마치 현장학습을 나왔다가 단테 휴게소에서 잠시 쉬고 있는 학생들처럼 버스 뒤에서 함께 노래를 불렀다. 발레리는 머리를 뒤로 젖히고 함성을 질렀다. 마침내 부르릉 소리와 함께 마스터키가 엔진에 생명을 불어넣었다.

그러자 타이어가 끼익 소리를 내며 속이 뒤틀릴 정도의 가속과 함께 굴러갔다. 안개가 양쪽으로 갈라지며 움직이는 강물이 모습을 드러냈다. 매 한 마리가 하늘을 가로질러 날았다. 별이 떨어졌다. 앰뷸런스는 방향을 반대로 바꾸어 다음번 응급 상황을 향해 속도를 높여 달려갔다. 새로 태어난 그림자들이 강물 위에서 엉겼다. 그중 하나가 19번 버스를 따라 조금 느리게 헤엄치기 시작했다. 버스에 탄 십대 연인들은 한껏 신이 나서 음정도 맞지 않는 노래를 여전히 부르고 있었다. 다리 밑을 지나치는 피라미들이 물에 비친 버스의 납작하고 거대한 그림자를 가로질렀다.

발레리는 달빛 아래서 셀로판지처럼 반짝이는 번사이드 스트리트를 따라 속도를 냈다. 시계가 째깍거리며 8시 49분으로 넘어갔다. 불길한 징후는 삶의 구석구석에 숨어서 기억되기를 기다리고 있다. 발레리는 작은 자전거를 기억했다. 어디선가 한 아이가 잠자고 있을 것이고, 도로 위가 아닌 아이의 몸속에서 붉은 피가 돌고 있을 것이다.

감각 없던 발이 깨어나는 것과 거의 비슷한 느낌이 들었다.

차를 모는 동안, 여러 가지 순간들이 주마등처럼 스치며 발레리의 몸에 고통스럽고 날카로운 감각을 남겼다. 바닥에 누워 있는 어머니, 티크가 태어나던 날 그 하얀 칼, 혀가 델 만큼 뜨거운 커피 앞에서 눈물이 나도록 웃는 프레디, 고무 타는 냄새, 전기 회로망처럼 얽혀 있는 세월들. 이제 그녀는 자신이 사는 도시의 진짜 모습을 볼 수 있었다. 둥글게 빛을 뿌리는 아파트 로비, 항구에 정박된 해골 같은 배들. 강 주변의 텐트촌과 텅 빈 호텔들. 그들이 돌아온 세계는 그들이 떠났던 세계 그대로였다. 흔들리고 비에 젖고 복잡하고 취해 있고 살아 있는.

다리 저편에서 그들은 계속 연락을 할까? 서로에게 크리스마스 카드를 보낼까? 그룹 채팅방을 만들까? 아닐 거다. 이미 발레리는 그들이 다시 분열하고 있음을 느낄 수 있었다. 시급과 월급. 남동부와 북서부. 직장과 집과 갈 곳이 있는 사람들과 벤 같은 사람들. 어떤 이들은 강을 건너자마자 잊어버릴 것이고, 또 어떤 이들은 오늘 일이 영원히 뇌리에서 떠나지 않을 것이다. 그럼에도 그들은 악몽을 공유했다. 기적 같은 탈출. 발레리는 브레이크를 밟고 신호를 기다렸다. 그녀는 내일 자신의 버스 노선에서 벤을 볼 것이다. 게이트웨이 환승센터에서 마운트 스콧까지 끝없는 '쳇바퀴' 여정에 오른 그를. 어쩌면 그들은 마스크를 쓴 채 오늘 일에 대해 얘기할지도 모른다. 신호등이 녹색으로 바뀌었다. 벌써 그녀는 과연 그럴까 하는 의구심이 들기 시작했다.

바란다고 해서

데이비드 미첼

나는 배가 고프지 않고 평온하다.
이렇게 여기서 죽어도,
팬데믹이 끝날 때까지 아무도 모를 수 있을까?

데이비드 미첼

영국의 소설가. 1999년 《유령이 쓴 책》을 발표하며 인상 깊게 데뷔했고, 《클라우드 아틀라스》(2004), 《블랙 스완 그린》(2006), 《야코프의 천 번의 가을》(2010), 《본 클락스》(2014), 《슬레이드 하우스》(2015) 등 다수의 작품이 있다.

"바다 전망이 아니라고요? 일주일에 9백 파운드인데 말입니까? 트립어드바이저에 꼭 후기를 올려야겠군."

그녀는 코웃음을 쳤다. "좋은 쪽으로 생각하세요, 손님. 이 펜트하우스 전체가 손님의 차지랍니다. 거품 욕조, 사우나, 미니바." 그녀가 암호를 입력한 뒤 카드를 스치듯 대니 초록색 LED 불빛이 들어온다. "내 집처럼 편안한 곳이죠." 철컹 소리와 함께 문이 열린다. 평범한 240×420센티미터 방. 변기. 책상. 의자. 사물함. 더러운 창문. 더 나아 보이기도 하고, 더 나빠 보이기도 한다.

등 뒤로 문이 닫히며, 웬 놈팡이가 위 칸에 누워 있는 이층 침대가 드러난다. 그는 아랍인이나 아시아인이나 뭐 그런 부류다. 내가 그를 본 것이 달갑지 않은 것만큼이나 그도 나를 본 것이 달갑지 않은 표정이다. 나는 문을 두들긴다. "이봐요! 교도관! 이 방에 딴 사람이 있잖소!"

실패다.

"교도관!"

빌어먹을 멍청한 여자는 계속 걸어간다.

오늘의 전망: 하루 종일 짙은 구름.

가방을 침대에 던진다. "굉장하군요." 나는 그 아시아 놈팡이를 본다. 그는 로트바일러 같은 번뜩임은 없지만, 뭐든 당연하게 받아들이는 건 금물이다. 나는 그가 무슬림이라고 추측한다. "방금 원즈워스에서 왔소." 내가 그에게 말한다. "원래 격리 중이어야 하는 건데. 독방에서 말이요. 감방 동료가 바이러스에 감염돼서."

"난 양성 판정을 받았소." 아시아 녀석이 말한다. "벨마쉬에서."

벨마쉬는 A등급 교도소다. 나는 생각한다. 테러리스트인가?

"아니요." 아시아 녀석이 말한다. "난 ISIS 동조자가 아니오. 아니, 난 메카를 향해 기도하지 않소. 그리고 네 명의 아내와 열 명의 자식을 두고 있지도 않소."

내가 그런 생각을 하고 있었다는 걸 부인할 순 없다. "그런데 형씨는 멀쩡해 보이는군요."

"무증상감염이오." 그가 쳐다본다. 그것이 무슨 뜻인지 모르겠다. "난 항체가 있어서 아프지 않지만, 바이러스를 보유하고 있기 때문에 전염시킬 수는 있소. 사실 댁을 여기에 넣으면 안 되는 거였는데."

저거 봐. 전형적인 법무부의 바보짓이네. 감방에는 비상호출 버튼이 있었고, 나는 버튼을 눌렀다.

"여기 있던 교도관이 전선을 잘랐다고 들었소." 아시아 놈팡이가 말한다. "조용한 생활을 위해서."

나는 그 말을 믿는다. "그럼 어차피 지금은 너무 늦었겠군요. 바이러스의 측면에서 말이오."

그가 궐련 담배에 불을 붙인다. "당신 말이 맞을지도."

"빌어먹을 생일이나 자축해야겠군."

변기 배관으로 물 내려가는 소리가 난다.

"오늘이 생일이오?" 그가 묻는다.

"그냥 말이 그렇다는 거요."

2일차. 원즈워스에서 나와 함께 수감되었던 포고 호긴스는 헤리어 전투기처럼 코를 골았다. 아시아 놈팡이 잼은 잠을 조용하게 잤고, 덕분에 나는 좋은 컨디션으로 깨어난다. 아침식사를 전달하기 위해 바닥 해치가 스르르 열릴 때 나는 무릎을 꿇고 운반원의 관심을 끌 준비를 한다. "이봐요, 친구."

지독하게 지겨워하는 목소리. "뭐요?"

"우선, 여기 두 사람이 갇혀 있소."

나이키 운동화와 정강이, 카트 바퀴가 보인다. "내가 가진 서류에는 그렇게 되어 있지 않은데." 목소리로 보면 덩치 큰 흑인 남자다.

잼이 열린 해치로 합류한다. "지금 들으면 알겠지만, 당신 서류가 잘못됐소. 그리고 우린 독방에서 격리되어야 할 사람들이오."

덩치 큰 흑인 남자가 발로 해치를 닫는다. 내가 아침 도시락을

213

하나 더 부탁할 수 있을 만큼 문이 닫히기까지 제법 오래 걸린다.

"시도는 좋았지만 어림없지." 해치가 쿵 하고 닫힌다.

"당신이 드시오. 난 배고프지 않으니." 잼이 말한다.

도시락에는 돼지 그림과 '육즙 가득한 돼지고기 소시지 두 개!'라는 말풍선이 들어가 있었다. "돼지고기를 먹을 수 없어서 그러는 거요?"

"난 아주 조금 먹소. 그게 내가 가진 초능력 중 하나지."

그래서 나는 소시지 하나를 게걸스럽게 먹어치운다. 육즙이 가득하지도 않고, 돼지고기도 아니다. 나는 잼에게 크래커와 유통기한이 지난 요구르트를 권한다. 이번에도 그는 사양한다. 두 번이나 거절할 필요는 없잖아.

오늘의 전망: 흐림. 곳에 따라 맑음.

텔레비전은 고장 난 고물 상자에 불과하지만, 오늘은 그나마 5번 채널이 조금 나온다. 〈리키 피켓 쇼〉다. 재방송이 틀림없다. 사람들이 스튜디오에 꽉꽉 들어차서 서로의 세균을 들이마시고 있다. 오늘 쇼의 제목은 '내 남친을 낚아챈 엄마'였다. 카일리가 젬마를 임신했을 때 그녀와 함께 〈리키 피켓 쇼〉를 보곤 했다. 그때는 하나같이 으르렁대고 징징대는 인생의 실패자들이 서로 아웅다웅하는 모습이 웃기다고 생각했다. 하지만 지금은 그렇지 않다. 가장 슬픈 사람들도, 가장 가난한 사람들도, 가장 딱한 사람들도 내가 갖지 못한 걸 가지고 있다. 그들은 그것을 알지도 못한다.

3일차. 몸이 좋지 않다. 성가신 기침. 덩치 큰 흑인 남자에게 의사를 불러달라고 부탁했다. 그가 명단에 내 이름을 올리겠다고 했는데, 그는 오늘도 아침 도시락 하나와 점심 도시락 하나만 넣어주었다. 잼은 내게 먹으라고 했다. 내가 기력을 유지할 필요가 있다고 말하면서. 한 번도 감방에서 나가지 못했다. 운동하는 마당도 없다. 샤워 시설도 없다. 격리생활은 별로 힘들지 않을 거라고 생각했는데, 그건 독방 생활만큼이나 나쁘다. TV에서는 30분씩 ITV 뉴스가 나온다. 뜬금없는 낭비꾼(Spaffer Bumblefuck)◆ 총리가 말한다. "긴장을 유지하십시오!" 아주 안정적인 천재◆◆ 대통령이 말한다. "표백제를 마시세요!" 여전히 미국인들의 절반이 그를 신의 선물로 여긴다. 참 대단한 나라다. 그 대단하신 유명인들이 봉쇄조치에 어떻게 대처하고 있는지에 관한 내용이 조금 있었다. 웃어야 할지 울어야 할지 모르겠다. 그때 TV가 꺼졌다. 팔굽혀펴기를 몇 번 했지만, 다시 기침이 나기 시작했다. 내가 갈망하는 것은 공기만이 아니다. 덩치 큰 흑인 남자에게 향신료 구경 좀 시켜달라고 말해야겠다. 야무진 꿈이지만, 꼭 필요하니 해봐야지 어쩌겠

◆ 보리스 존슨 영국 총리가 오래된 아동 성범죄를 조사하는 것은 'spaffing up the wall'(낭비하는 것)이라고 발언하여 논란이 되었다. 'Bumblefuck'은 외딴곳을 가리키는 속어인데, 장소적인 개념보다는 동떨어진 행동을 가리키는 것으로 해석했다.

◆◆ 트럼프 대통령은 그의 정신건강을 둘러싼 논란이 이는 상황에서 트위터에 "나는 매우 안정적인 천재"라고 반박했다.

어. 점심은 분말 소꼬리 스프다. 소꼬리가 아니라 개꼬리에 더 가까워 보인다. 수프를 다 들이켜고 나니 세면대 가장자리에 쥐가 보인다. 커다란 갈색쥐다. 발톱을 씹어 먹을 수도 있어 보인다. "서생원 보여? 꼭 이곳의 주인처럼 행동하는군."

"걔가 그래. 여러 가지 의미에서." 잼이 말했다.

녀석에게 운동화를 던졌다. 빗나갔다.

내가 일어나고 나서야, 비로소 서생원은 변기 밑의 구멍으로 쪼르르 내려갔다. 나는 《데일리 메일》 몇 장으로 구멍을 막았다.

잔뜩 흥분하고 나니 몸이 지쳤다.

눈을 감고 스르르 미끄러졌다.

오늘의 전망: 잔뜩 흐림. 오후 늦게 비.

젬마에 대해 생각했다. 카일리가 젬마를 원즈워스에 마지막으로 데려왔을 때를. 젬마는 당시 다섯 살이었다. 지금은 일곱 살이다. 바깥세상에서는 시간이 빠르기도 하고 느리기도 하다. 안에서는 그냥 느리다. 치명적으로. 젬마는 카일리가 생일선물로 사서 내가 준 것이라고 말한 새로운 '마이 리틀 포니' 완구를 원즈워스에 가져왔다. 사실 그건 생활용품 잡화점에서 구한 가짜 마이 리틀 포니였지만, 젬마는 신경 쓰지 않았다. 젬마는 그것을 블루베리 대시라고 이름 붙였다. 젬마는 그것이 기본적으로 착한 조랑말이지만, 욕조에서 오줌을 싸기 때문에 조금 말썽쟁이라고 말했다.

"애들은 얘기를 잘 지어내, 안 그래?" 잼이 말했다.

4일차. 돌팔이 의사가 말했다. "윌콕스 씨. 저는 웡 박사입니다."

마스크 위로 중국인 특유의 눈이 보였다. 나는 목이 아팠지만, 이건 골키퍼 없는 골문이었다. "저는 적격자 박사님을 만나고 싶습니다."

"내가 그런 말을 들을 때마다 10파운드씩 받는다면, 케이맨 제도에 저택을 사서 살고 있을걸요." 그는 괘념치 않는 것 같았다. 그는 귀 체온계로 체온을 쟀다. 맥박을 쟀다. 콧구멍에 면봉을 넣었다 뺐다. "검사가 여전히 걱정스러울 만큼 무계획적이긴 하지만, 어쨌든 당신은 검사를 받았습니다."

"그럼 예쁜 간호사들이 가득한 병원으로 옮겨지나요?"

"예쁜 간호사들의 절반이 병가 중이고 병원은 꽉 찼어요. 병동에도 환자들이 넘쳐나고 있죠. 그냥 불편한 정도라면, 그냥 여기서 대충 견디는 게 상책입니다. 내 말을 믿으세요."

오늘의 전망: 온종일 불안정함.

내 청력이 이상했다. 잼이 이스트 런던에 있는 코로나 특별 병원에 대해 물었을 때, 그의 목소리가 아득하게 들렸다.

"그 병원은 수감자를 수용하지 않습니다." 웡 박사가 말했다.

짜증나는군. "내가 인공호흡기를 훔쳐서 이베이에 내다 팔까 봐 그런답니까? 아니면 우리처럼 여왕님의 환대를 받는 손님들은 다른 사람들만큼 살 자격이 없다는 겁니까?"

웡 박사는 어깨를 으쓱했다. 우리 모두 답을 알았다. 박사가 내게 파라세타몰 여섯 알과 벤토린 여섯 알, 작은 코데인 약병 하나를 준다. 잼은 내가 지시를 따르는지 확인하겠다고 말했다. "행운을 빕니다. 곧 들르지요." 웡 박사가 말했다.

그리고 나와 잼은 다시 둘만 남게 되었다.

변기 배관으로 물 내려가는 소리가 난다.

긴장을 유지하십시오. 표백제를 마시세요.

팬에서 지글거리는 여섯 개의 통통한 소시지. 카일리에게 이상한 교도소의 악몽에 대해 이야기한다. 라베티의 아파트, 교도소, 잼, 그녀와 젬마와 스티븐에 대해. 맙소사, 정말 현실처럼 느껴졌다. 카일리가 웃었다. "불쌍한 루크…… 그런데 스티븐이 누군지 모르겠어." 그때 내가 젬마를 길버츠 엔드에 있는 학교까지 도보로 데려다준다. 연두색 풀밭. 무성한 풀밭. 얼굴에 내리쬐는 햇살. 〈레드 데드 리뎀션〉 게임에서처럼 가장자리에서 달리는 말. 젬마에게 나도 한때 세인트 가브리엘 학교에 다녔다는 얘기를 한다. 내가 로스 삼촌, 다운 숙모와 함께 바로 이곳 블랙 스완 그린에 머물었던 해에 대해. 프래틀리 씨가 여전히 교장이다. 조금도 늙지 않았다. 그는 내게 초대에 응해줘서 고맙다고 말한다. 나는 그에게 세인트 가브리엘 학교는 내가 다닌 학교 중에 왕따를 하거나 왕따를 당하지 않은 유일한 학교라고 말한다. 다음으로 나는 내 옛날 교실에 있다. 여기 내 사촌인 로비와 엠이 있다. 또한 조이 드링크워터, 사쿠라 유도 있다. "코로나바이러스가 세상을 바꿔 놓은 지 30년이 지났네." 프래틀리 씨가 말한다. "하지만 루크는 어제 일처럼 생생하게 기억하겠지. 그렇지 않나, 루크?" 모든 시선이 나를 향한다. 그러니까 바이러스는 이제 역사적 교훈이다. 나는 쉰다섯 살이다. 바깥세상에서는 시간이 빨리 간다. 그때 나는 그를 본다. 뒷자리에서. 팔을 꼬고 있는. 그는 그고, 나는 나다. 우리 둘은 이름을 부르는 사이가 아니다. 그의 목에 난 총상이 데이비드 애튼버러의 밸브형 수중 마스크처럼 벌어졌다 닫힌다. 나는 내 얼굴보다 그의 얼굴을 더 잘 안다. 변함없는. 다 안다는 듯한. 슬픈. 조용한 얼굴. 라베티의 소파에서 피를 흘리던 얼굴. 목구멍의 반은 사라졌다. 그의 총이었다. 우리는 더듬거리며 총을 찾고 있었다. 탕. 그런 일이 일어나지 않았기를 간절히 바란다. 그러나 바란다고 해서 다 이루어지는 것은 아니다. 나는 잠에서 깬다. 개같이 아프다. 미안, 지독히 아프다. 가석방 심의위원회에서 내 서류를 거들떠보기라도 할 때까지 3년은 걸릴 것이다. 격리 5일차. 폭풍이 심해진다. 천둥도. 내가 왜 깨어나야 할까? 왜? 매일매일. 더 이상은 이렇게 못한다. 절대 못한다.

6일차. 나는 생각한다. 강풍. 내리치는 번개. 내 몸은 시체 운반용 자루 같다. 고통과 뜨거운 자갈과 나로 채워진. 변기까지 세 걸음. 끝났다. 아프다. 숨 쉬는 게 아프다. 숨 쉬지 않아도 아프다. 모든 게 지독히 아프다. 낮이 아니라 밤이다. 밤 7시. 밤 8시? 잼은 내가 탈수라고 말한다. 그가 물을 먹인다. 잼은 내가 잠 잘 때 변기를 쓰는 모양이다. 전술적이다. 포고 호긴스는 아침에도 낮에도 밤에도 똥을 쌌다. 서생원이 나보다 먼저 아침 도시락에 도달했다. 안쪽으로 파고 들어가 소시지를 갉아먹었다. 나는 배가 고프지 않고 평온하다. 이렇게 여기서 죽어도, 팬데믹이 끝날 때까지 아무도 모를 수 있을까? 서생원은 알 것이다. 서생원과 그의 굶주린 친구들은. 내가 여기서 죽으면 젬마는 나에 대해 무엇을 기억할까? 자신이 찍은 엄마와 아빠, 젬마, 블루베리 대쉬의 사진을 보고 우는 죄수복 차림의 비쩍 마른 빡빡머리. 2~3년만 지나면 그마저도 희미해질 것이다. 나는 그저 하나의 이름이 될 것이다. 언젠가 삭제될 전화기 속 얼굴. 집안의 비밀. 가문의 골칫거리. 마약과 살인. 좋다. 젬마가 간직할 미래의 가족사진은 그녀와 엄마, 스티븐, 그리고 남동생일 것이다. '이부동생'이 아닌, '그냥 동생' 말이다. 근데 그거 알아?

"뭐?" 잼이 코데인을 내 입에 붓는다. "삼켜."

나는 삼킨다. "나를 잊는 게 젬마한테는 제일 좋아."

"그걸 어떻게 알아?"

"누가 젬마를 먹이고 있지? 누가 입히고 있고? 겨울에 따뜻하게 해주고? 마이 리틀 포니 매직 캐슬은 누가 사주고? 모범시민 스티븐이야. 프로젝트 매니저 스티븐. 경영학 전공 스티븐."

"그러셔? 자기연민 전공 루크 씨?"

"팔을 들 수 있다면 한 대 쳐줄 텐데."

"날 때리는 건 고려해봐. 하지만 젬마에게도 의견이 있지 않겠어?"

"젬마가 다음에 날 볼 때는, 난 서른 살이 넘을 거야."

"아이고 어르신." 잼은 나이가 더 많다. 정확한 나이는 모르지만.

"만일, 만일 내가 운이 좋으면, 아마존 노예 광산에서 일하게 될 거야. 십중팔구는 테스코 밖에서 구걸을 하다가 결국 다시 이리로 오겠지. 젬마가, 아니, 그 어느 딸이 나를 보고 '이분이 우리 아빠야'라고 말하고 싶겠어? 어떻게 내가 스티븐과 경쟁할 수 있겠냐고?"

"그만둬. 루크답게 구는 데 집중해."

"루크는 마약 중독자 홈리스 한심한 패배자야."

"루크 안에는 많은 것들이 있어. 그중에 가장 좋은 것이 되어 봐."

"꼭 〈엑스 팩터〉* 심사 위원처럼 말하네."

"그게 좋은 거야, 나쁜 거야?"

"쉬운 거지. 넌 말도 제대로 해, 잼. 은행 계좌도 있지. 교육. 사람들. 안전망. 너는 나가면, 선택지가 있을 거야. 내가 나가면, 석방 보조금 28파운드랑……." 눈을 감는다. 여기는 라베티의 아파트다. 여기 항상 죽어 있을 녀석이 있다. 나 때문에 죽은.

"지금까지 우리가 해온 것들이 우리의 됨됨이는 아니야, 루크."

나의 두뇌는 헐크와 함께 우리에 갇힌 페더급 선수다. 그에게 계속 두들겨 맞을 뿐이다. "너 뭐야, 잼? 빌어먹을 목사야?"

처음으로 그가 웃는 소리가 들린다.

◆ 영국의 음악 오디션 프로그램.

"안녕하세요, 윌콕스 씨." 중국인 특유의 눈동자. 마스크.

열이 내렸다. "적격자 박사님."

"자, 우린 케이맨 제도에 왔습니다. 아직 여기 계시죠?"

오늘의 전망: 곳에 따라 밝음. 건조함.

"아직 안 죽었어요. 기분도 괜찮고. 잼 간호사 덕분이죠."

"좋군요. 샘이 누구죠?"

"잼이요. 제트로 시작하는." 내가 2층침대 위를 가리켰다.

"우리가 지금…… 영적인 존재를 말하는 건가요? 아니면 교도소
장?"

나는 당황하고, 그도 당황한다. "아니, 잼이요. 내 감방 친구."

"감방 친구라고요? 여기서? 격리 중에 말입니까?"

"충격과 공포 때문에 좀 늦으시나 보네요, 박사님. 지난번에 만
나셨잖아요. 아시아인 말입니다." 내가 소리 높여 부른다. "잼! 어
서 나와 봐."

잼은 계속 입을 다물고 있다. 윙 박사는 당황한 것처럼 보인다.
"내가 격리 건물에서 한 방에 수감자 두 명을 수용하는 걸 허용했
을 리 없어요."

"안타깝게도 박사님이 허용하셨어요."

"여기 제3자가 있었다면 내가 알아차렸을 겁니다. 여긴 숨을 곳
이 많지 않잖아요."

변기 배관으로 물 내려가는 소리가 난다.

나는 목소리를 높여 잼을 부른다. "잼, 네가 그냥 박사님께 말해

주겠어?"

나의 감방 친구는 대답이 없다. 자고 있나? 아니면 골탕 먹이려고?

웡 박사는 걱정스러운 표정이다. "루크, 내가 처방해준 약 말고 환각 성분이 있는 약에 접근했나요? 교도관에는 말하지 않을게요. 하지만 당신의 의사로서, 난 알 필요가 있습니다."

"재미 하나도 없다고, 잼……." 나는 일어서서 잼의 침대를 확인한다. 그리고 시트도 아무것도 없이 텅 빈 침대를 발견한다.

시스템
찰스 유

그들은 검색한다.
그들은 패턴을 찾는다.
그들은 데이터를 수정한다.

찰스 유

타이완계 미국 작가. 단편소설집 《3등급 슈퍼 영웅》(2006), 장편소설 《SF세계에서 안전
하게 살아가는 방법》(2010) 등이 있다.

그들은 서로 필요로 한다. 서로의 주변에 있는 것을 좋아하고, 서로 접촉하는 것을 좋아한다.

그들은 뭔가를 검색한다:
해리와 메건
해리와 메건 캐나다
새해 결심
새해 결심이 얼마나 갈까

그들은 가족과 함께 있는 것을 좋아한다. 낯선 사람들과 있는 것을 좋아한다. 그들은 좁은 공간에서 일한다. 상자에 군집하여 서로에게 공기를 뱉어내며. 그들은 상자에서 잠잔다. 서로를 필요로 한다. 서로 접촉한다. 그들은 세계의 이곳저곳으로 이동한다.

세계의 모든 곳으로. 우리처럼.

그들은 뭔가를 검색한다:

해리와 윌리엄

메건과 케이트

메건과 케이트 불화

N.F.C. 플레이오프 사진

그들은 스스로에게 묻는다:

두려워해야 하나

얼마나 두려워해야 하나

그들은 스스로에게 묻는다. 코로나바이러스가 무엇인가. 코로나바이러스. 그게 무엇인가. 오스카 파티 아이디어. 연두교서. 연두교서는 언제. 슈퍼볼 확률. 빈딥이 매운가. 빈딥이 그리 맵지 않은가. 그들은 두려워해야 하는지 스스로에게 묻지만, 이미 두려워하고 있다.

그들에게는 패턴이 있다. 주말. 여름휴가 계획. 그들은 뭔가를 하는 방식이 있다. 그들은 그런 것들을 얼마나 포기할 수 있을지 모른다.

그들에게는 약점이 있다. 그들은 서로 필요로 한다. 서로의 주변에 있기를 좋아한다. 그들은 소음을 낸다. 입을 열고 공기를 뱉어내며 서로에게 소음을 낸다. 하하하는 소음이다. 고맙습니다는 소음이다. 메건과 해리에 대한 문제가 소음인 것을 보았는가.

그들에게는 시스템이 있다. 시스템은 압력을 수반한다. 점점 커져야 하는 압력. 더 많이 만들어야 하는 압력. 점점 더 많이.

그들은 공기 상자로 들어간다. 그 상자에는 더 작은 상자, 더 작은 상자가 있는데, 그들 중 상당수가 상자 안에서 살금살금 움직이거나 앉아 있고 공기를 공유한다.

그들의 움직임은 언뜻 보면 무작위적인 것처럼 보이지만, 자세히 살펴보면 시스템에 패턴이 있다는 것이 분명해진다. 해가 뜨면 그들은 작은 상자에서 나와서 물결처럼 함께 움직인다. 때로는 그들이 사는 상자에서 더 큰 상자로 집합하기 위해 중심지까지 제법 먼 거리를 이동하는 거대한 물결. 땅 위의 물결이다. 그들은 공중으로 이동할 수도 있다. 그들은 스스로를 분류하고 업무를 분배한다. 여기서 업무란 더 많이 만드는 것이다. 점점 더 많이. 낮 시간 내내 집단 내에서 갈라져 새로운 집단을 형성한다. 공기를 뱉어낸다. 접촉이 생긴다. 달빛을 받으며 그들은 물결을 이루어 자신들의 상자나 다른 상자들로 돌아간다.

날씨가 따뜻해지면, 상자에서 보내는 시간이 적어진다. 날씨가 추워지면 상자에 열을 가한다. 그들은 지구와 달과 해의 주기를 따른다. 그들은 대부분 여러 주기 동안 산다.

그들은 뭔가를 검색한다: 첫 데이트 아이디어. 타파스 바. 타파스 시내. 우한. 우한 어디. 근처에 있는 스시집. 그가 관심이 있는지 아는 방법. 그녀가 관심이 있는지 아는 방법. 좋은 첫 데이트를 구분하는 방법. 두 번째 데이트 아이디어. 이탈리아. 롬바르디 이탈리아. 중국 바이러스. 트럼프 중국 바이러스. 코로나바이러스 대독감. 코로나19가 그렇게 나쁘지 않은가.

그들은 뭔가를 검색한다: 왜 사람들은 코로나바이러스가 그렇게 나쁘지 않다고 말하는가. 믿을 만한 뉴스 출처. 앤서니 파우치. 파우치 자격증. 손으로 얼굴 가린 파우치 gif. 파우치 미남. 파우치 결혼.

그들은 스스로를 집단으로 분류한다. 그들은 말한다: 우리 중 일부는 그들이고, 우리 중 일부는 우리라고. 그들은 항상 진실을 말하지는 않는다. 그들은 스스로 뭔가를 퍼뜨린다. 점점 더 많이.

그들은 스스로에게 묻는다:
코로나바이러스를 누가(who) 만들어냈는가

WHO가 코로나바이러스를 만들었나

그들은 뭔가를 검색한다: 주지사. 봉쇄조치.

그들은 패턴을 바꾼다.

그들은 검색한다:
2미터 간격이 어느 정도인가

그들은 스스로에게 묻는다: 줌(Zoom)이 무엇인가. 줌을 어떻게 이용하는가. 학교 성적. 내 성적이 중요한가.

그들은 검색한다. 그들은 패턴을 찾는다. 그들은 데이터를 수집한다. 데이터에서 패턴을 찾아 예기치 못한 뭔가를 한다. 그들은 자신의 패턴을 바꾼다. 더 이상 큰 상자로 물결처럼 이동하지 않는다. 중심지는 비어 있다. 물결들은 사라졌다. 공중으로의 이동은 사라졌다. 그들은 작은 상자에 가만히 머물러 있다.

그들은 스스로에게 묻는다: 저렴한 크롬북. 줌은 돈이 들까. 따분한 아이들. 따분한 아이들을 위한 활동들. 선생님 감사합니다. 스승의날. 쪽파가 얼마나 빨리 자라는가. 2차 방정식의 근의 공식. 사인 코사인 탄젠트. 어떻게 아이들을 위해 희망할 수 있을까. 어떻게 아이들을 위해 희망적으로 보일까. 봉쇄가 얼마나 오래갈까. 아이들에게 뭐라고 말할까.

그들 중 나이 든 부류는 상자 속에 혼자 앉아 있다. 더 작은 상자를 보면서. 나이 든 부류는 공기 때문에 고생한다.

그들은 패턴을 찾지만, 그들 중 일부는 더 많은 패턴을 찾을 필요가 있다.

수정된 검색어에 대한 결과: 코로나바이러스

다음 검색어로 대신 검색: 코로나바이러스 음모

그들은 스스로에게 묻는다: 이발하는 방법. 아이들의 이발을 준비하는 방법. 아이들을 위한 모자.

그들 중 어린 부류는 검색한다: 우주비행사와의 인터뷰. 박물관 가상 방문. 언제 우리 학교가 다시 시작하는가. 헐크와 씽이 붙으면 누가 이길까. 헐크와 망치 없는 토르가 붙으면 누가 이길까. 헐크와 씽이 술 취한 토르와 붙으면 누가 이길까. 코로나바이러스는 진짜일까. 코로나바이러스 아이들. 어머니의날 아이디어. 엄마를 위한 선물. 엄마를 위해 돈 없이 만들어줄 수 있는 선물. 스파이더맨과 헐크가 싸우면 누가 이길까.

그들은 서로 필요로 하고, 서로 좋아한다. 그들은 서로 그리워한다.

그들은 스스로에게 묻는다:
고양이도 우울증에 걸릴 수 있을까

그들은 검색한다:
푸드뱅크 기부. 집 근처 푸드뱅크.
팬데믹은 무엇인가. 일시해고란 무엇인가. 아이들을 안전하게 보호하는 방법. 노인들을 안전하게 보호하는 방법. 얼마나 늙어야 노인인가. 나는 노인인가.
무엇인가
어떻게 하는가
괜찮은가
내가 할 수 있는가
숫자들. 올라가는 숫자. 증가하는 숫자.
코로나바이러스 증상이 나타나기까지 시간이 얼마나 걸리는가? 코로나바이러스에 대한 백신은 있는가? 코로나바이러스를 어떻게 피할 수 있나? 코로나바이러스가 어떻게 시작되었는가? 바이러스가 점점 악화되고 있는가? 정신건강이란 무엇인가? 내가 우울증인지 어떻게 알 수 있는가? 가장 안전한 포장 음식은 무엇인가?

그들은 검색한다:

실업급여 지불 정지

실업급여 지불 정지가 실업에 어떤 의미가 있는가?

고용복지센터 전화번호

렉싱턴을 언제 개방하나

플린트를 언제 재개방하나

볼링 그린을 언제 재개방할 수 있는가

날씨가 따뜻해지면 그들은 패턴을 또 바꾼다. 그들은 온도에 민감해서 상자에서 지내는 시간이 줄어든다.

그들 중 상당수가 죽는다. 그들이 죽으면 공기를 뱉어내는 것을 멈춘다. 그들이 죽으면 더 이상 뭔가를 검색하지 않는다.

날씨가 바뀌고 그들의 패턴이 또다시 바뀐다. 여러 주기 동안 상자에서 머물던 그들이 밖으로 나오기 시작한다. 그중 일부는 굶주린다.

그들 중 일부는 굶주린다. 그들은 시스템을 다시 시작한다. 서서히 물결이 다시 시작된다. 압력이 고조된다. 점점 더 많이. 그들은 먹을 것을 만든다. 그들 중 일부는 먹을 것을 너무 많이 가지고 있다. 그중 일부는 먹을 것을 남들과 나눈다. 그들 중 일부는 먹을 것을 받으려고 줄을 선다.

그들은 뭔가를 검색한다: 고양이가 아직 우울하다

우리는 하락 장세에 있는가

하락 장세란 무엇인가

급여세 감면이란 무엇인가

계엄령이란 무엇인가

어떻게 자택 대피를 하는가

살기에 가장 안전한 도시

어떤 것이 발열로 간주되는가. 어떤 것이 마른기침으로 간주되는가. 어떤 것이 필수적이라고 간주되는가.

지금 문을 연 곳은 어디인가. 계엄령이 무엇인가. 손 소독제 만드는 방법. 마스크 만드는 방법. 셔츠를 마스크로. 속옷을 마스크로. N95 마스크란 무엇인가. 열 내리는 방법. 혼자 살기. 내가 혼자라면 어떻게 될까.

그들에게는 하위 집단도 있다. 하위 집단은 사실상 구별하기 어렵다.

유전학적으로 말이다. 그들은 한 하위 집단 구성원이 동료 구성원을 식별할 수 있도록 돕는 보이지 않는 신호를 가지고 있다. 그들은 스스로를 나눈다. 그들은 말한다. 우리 중 일부는 우리이고, 우리 중 일부는 그들이라고.

그들은 약점이 있다.

그들 중 일부는 공격적이다. 일부는 혼란스러워 한다. 일부는 기억력이 나쁘다. 그들 중 일부는 패턴을 바꿀 수 없다. 그들은 시스템을 가지고 있다. 공기 시스템. 정보 시스템. 개념 시스템.

그들 중 일부는 숨 쉬는 것을 자신의 권리로 누린다.

그들 중 일부는 숨을 쉴 수 없다.

그들 중 일부는 환경에 대한 부정확한 정보로 신호를 보낸다.
잘못된 정보가 인구 집단에 빠르게 퍼진다.
잘못된 정보가 입과 눈을 통해 전파된다.
이런 신호들은 그들 중 일부를 혼란스럽게 만든다.

그들 중 다른 일부는 우리를 연구한다.
그들은 우리의 정체를 안다. 살아 있다고 할 수 없는. 보이지 않는. 정보.
그들에게는 보이지 않는 신호가 있다.
그들은 서로에게 말한다. 그들은 서로에게 뱉어낸다. 그들은 서로 필요로 하고, 서로 좋아한다. 서로 그리워한다. 서로 생각한다.
그들은 보이지 않는 힘들을 이용한다. 전자기. 빛. 그들은 우리와 같다. 그들에게는 부호가 있다. 상징적인 순서의 코드. 그들은 정보를 부호화하고 그것을 퍼뜨린다.

그들은 작은 상자에서 서로 부호로 신호를 보낼 수 있다. 그들은 하나이면서 여럿이면서 어떻게든 하나일 수 있다. 그들에게는 입자가 있고, 전파가 있고, 마법과 같은 힘이 있다. 그들은 시간과 공간을 넘어 소통할 수 있다.

그들에게는 과학이 있다.

그들은 안다:

인간 유전체의 약 8퍼센트가 나선형 DNA라는 것을.

그들은 그들이 결코 분리되지 않는다는 것을 안다. 하위 집단 같은 것은 없다. 우리와 그들 같은 것은 없다.

그들은 무언가를 검색한다:

어디에서 저항하나

저항하기 안전한가

어떻게 저항하나

그들은 깨닫는다:

공동체는 그것이 퍼지는 방식이라는 것을.

공동체는 그것을 해결하는 방식이라는 것을.

그들은 계속 그렇게 살아간다. 상자 속의 상자 속의 상자에서 햇빛으로 나온다. 주기가 다시 시작된다. 그들은 서로에게 메시지를 전할 것이다. 그들 중 일부는 혼란스러워할 것이다. 그들 중 일부는 먹을 것을 공유할 것이다. 그들은 점점 더 많이 만들 것이다.

그들 중 일부는 죽을 것이다. 그들 중 일부는 굶주릴 것이다. 그들 중 일부는 혼자일 것이다.

시스템은 시스템일 것이다. 그러나 그들 중 일부는 시스템을 바꿀 것이다. 시스템을 다시 세우고. 새로운 패턴을 만들고. 그들은 다시 하늘을 날고, 다시 중심지에 집합하고, 수천 명씩 모이고, 서로 공기를 뻗어낼 것이다. 그리고 보이지 않는 것들에 대한 신호를 보내기 위해 서로에게 하하하와 그 밖에 다른 소음을 낼 것이다.

어떤 것들은 변하지 않을 것이다. 그들은 서로 필요로 할 것이다. 서로 좋아하고. 서로 그리워하고. 그들에게는 약점이 있을 것이다. 그리고 강점도. 그들은 스스로에게 묻는다. 해리와 메건 지금 상황. 해리와 메건 다음 상황.

완벽한 여행 친구

파올로 조르다노

THE PERFECT TRAVEL BUDDY
BY PAOLO GIORDANO

……그녀에게 말했다.
우리 셋이 함께 사는 방법을
잊어버린 것 같아 두렵다고.

파올로 조르다노

이탈리아 작가. 2008년 첫 소설 《소수의 고독》으로 이탈리아 문학상인 스트레가상
과 캄피엘로상을 수상했다. 《인간의 몸(Il Corpo Umano)》(2012), 《하늘을 집어삼키다
(Divorare il Cielo)》(2018) 등의 소설과 희곡집, 코로나19의 한가운데에서 쓴 에세이 《전염
의 시대를 생각한다》(2020)를 출간했다.

미켈레의 도착과 함께 금욕이 시작되었다. 미켈레는 아내의 아들이다. 미켈레가 대학 진학을 위해 밀라노로 거처를 옮기고, 마비와 내가 더 작은 집—2인용으로 맞춰진—으로 이사한 이래로, 우리는 4년 동안 함께 살지 않았다.

북부의 상황이 심각하게 나빠지기 시작하자, 미켈레가 내게 전화를 걸어서 말했다. 오늘 갈게요.

왜?

밀라노는 안전하지 않아요.

하지만 기차는 자리가 없을 텐데. 게다가 정말 비싸.

기차는 안전하지도 않죠. 카풀로 갈 거예요.

나는 여섯 시간 동안 낯선 사람의 차를 타고 오는 것보다는 차라리 오염된 기차가 낫다며 반대했다.

평점이 아주 좋은 운전자예요. 미켈레가 말했다.

미켈레를 데리러 가기 두어 시간 전에 나는 마비 옆에 누웠다. 그리고 그녀에게 말했다. 우리 셋이 함께 사는 방법을 잊어버린 것 같아 두렵다고.

불행히도 난 안 그래. 그녀가 대답했다. 불 좀 꺼줄래?

하지만 난 불안했다. 그녀를 가만 놔둘 수 없었다. 우리는 관계를 가졌고, 그것은 거의 시작하자마자 끝났다. 집안 공기의 밀도가 달라졌다. 나는 일종의 압력을 느꼈다.

불안한 게 분명해. 나는 욕실에서 돌아오는 길에 말했다.

마비는 잠든 것 같았다.

그래, 불안한 게 분명해. 나는 다시 한번 말했다. 유행병이랑 뭐 그런 것들 때문이겠지.

그녀의 손이 살짝 움직여 내 팔뚝을 덮었다. 나는 한동안 그대로 두었다가 떠날 준비를 했다.

나는 만나기로 한 장소에서 미켈레를 기다렸다. 로마 외곽 우회도로 한참 위에 있는 공터였다. 갈라진 아스팔트 틈새에 돋아난 잡초와 지역 술집에서 나를 쏘아보는 사람들의 시선. 아마 내가 30분 동안 자동차에 앉아 있었기 때문이리라. 새벽 3시였다.

나는 다른 비슷한 순간들을 회상했다. 미켈레가 아홉 살, 열 살, 열한 살이었을 때. 마비와 그녀의 전남편은 '인질 교환'을 위해 항상 이곳처럼 부적절한 장소를 택했다. 쇼핑몰 주차장이나 교차로 같은 곳들. 나는 거기 없는 척하며 차에 앉아 있었다. 마비와 미켈레가 차에 타고 집에 도착할 때까지 우리는 아무 말도 하지 않았다. 나는 음악을 신중하게 골랐다. 너무 슬프지도, 그렇다고 너무 기쁘지도 않은 음악으로. 그러나 사실은 분위기에 딱 맞았던 적이 없었다.

나는 미켈레가 트렁크에서 엄청나게 큰 가방을 꺼내는 것을 지켜보았다. 여기 오래 머물 계획일까? 운전자가 차에서 내리고, 작은 개를 안은 젊은 여자도 내렸다. 그들은 다정하게 작별 인사를 했다.

몇 분 뒤, 내 차에 탄 미켈레가 그녀에 대해 분통을 터뜨렸다. 그녀가 의미 없이 볼로냐를 우회하도록 강요했고 개에 대해 누구에게도 말하지 않았다는 것이다. 미켈레에게 개털 알레르기가 있다면 어떻게 되었을까?

그러나 미켈레는 개털 알레르기가 없었다. 대신 고양이털 알레르기가 있었다. 내가 부모님 댁에 미켈레를 데려갔을 때, 고양이털이 천식 발작을 일으킬 거라며 안으로 들어가기를 거부했다.

그렇게 불평을 쏟아낸 뒤 미켈레는 한동안 입을 다물었다. 그는 자동차 창문 밖으로 도시의 어둠을 응시하고 있었다.

이제 밖에 그자들이 안 보이네요, 그렇죠? 마침내 미켈레가 입을 열었다.

누구 말이니?

중국인들이요.

미켈레가 아홉 살, 열 살, 열한 살일 때, 미켈레는 이케아 식탁용 식기류를 거부했다. 중국에서 만들었다는 게 이유였다. 우리는 결국 포기했다. 아무튼 마비는 그랬다. 그녀는 아들에게 '메이드 인 이탈리아'라고 표시된 개인용 세트를 사주었다.

아마 한밤중이어서 밖에 나와 있지 않은 거겠지. 내가 말했다.

하지만 미켈레는 억지를 썼다. 아버지도 중국인들에 대한 제 태도가 옳다는 걸 인정하셔야 해요. 인정하세요.

나는 인정하지 않았다. 나는 대신 계속 미켈레의 손을 보며 그 손이 닿는 자동차의 모든 부분을 눈으로 쫓았다.

그러다 결국 불쑥 말했다. 너 손 소독은 한 거니?

물론이죠.

그러고는 자신의 존재에 대한 나의 내적 저항에 반응이라도 하듯, 이렇게 덧붙였다. 전 카풀링 앱에서 최고 평점을 받았어요. 승객으로요. 제가 완벽한 여행 친구인가 봐요.

2~3일 뒤 이탈리아는 하나의 거대한 레드존*이 되었다. 더 이상 지역 간 여행도, 집 밖으로 18미터 이상 나가는 것도 금지였다. 미켈레를 포함하여 모두, 그들이 현재 어디에 있건, 자신이 있는 곳에 피신해 있어야 했다. 우리는 갇혔다.

상점에서 돌아와서 나는 마비에게 말했다. 마스크 안에서 내 입김 냄새가 나네. 조금 지독해.

* 일주일 동안 신규 확진자가 인구 10만 명당 평균 100명 이상 발생한 지역.

그녀는 계속 잡지를 훑어보았다.

내가 말했다. 어쩌면 햇빛이 부족한 건지도. 비타민D 부족 말이야. 어때?

미켈레는 상의를 입지 않은 채 주방을 가로질러 걸어갔다. 나는 몸 좀 가리라고, 그러고 다니는 게 싫다고 말하고 싶었다. 하지만 잠자리에서 일어나자마자 잔소리를 하는 건 결코 좋은 생각이 아니었고, 그래서 참았다.

그는 나보다 덩치가 커보였다. 그의 몸은 많은 공간을 차지할 것 같았다. 그때 여러 해 전에 똑같은 생각을 했던 것이 떠올랐다. 미켈레의 덩치가 지금의 3분의 1이었고 모든 아이가 의붓아버지를 싫어하는 것과 똑같이 분명하게 노골적으로 나를 싫어했던 때였다.

욕실 문이 닫히자, 내가 마비를 보고 말했다. 그거 봤어? 미켈레가 내 양말을 신고 있어.

양말은 내가 준 것이었다. 미켈레는 가벼운 양말이 없다.

하지만 그 양말이 신경 쓰인다.

그녀가 이상한 눈으로 나를 보았다. 저 양말이 신경 쓰여?

조금.

걱정 마. 빨아 신을 수 있으니까.

안 그러려고 노력했지만 짜증이 났다. 입냄새 때문에, 그리고 양말 때문에. 어느 쪽이 더 거슬렸던 건지 잘 모르겠다. 어쩌면 미켈레가 온 이래로 마비와 내가 신체 접촉을 하지 않았기 때문인지도 몰랐다. 우리가 멀어지게 된 가장 큰 요인이 무엇인지조차 확신할 수 없었다. 미켈레, 유행병, 아니면 미켈레가 도착한 날 저녁의 처참한 시도? 밤이면 나는 침실의 희미한 불빛 속에서 아내의 등을 응시했다. 그것은 너무 높아서 오를 수 없는 산등성이로 보였다.

그런 순간에는 한 팝스타의 인터뷰를 떠올리곤 했다. 9·11 직후에 《롤링스톤》에서 읽은 것으로 기억한다. 그 가수는 연기를 내뿜는 세계무역센터 빌딩의 이미지에 직면했을 때 자신과 파트너가 어떻게 격렬하게 성교를 시작했는지에 대해 말했다. 몇 시간 동안 계속. 공포에 직면했을 때 성교. 파괴에 대비하기 위한 생산 활동. 우주의 힘, 에로스와 타나토스. 그런 부류의 것들.

그리고 여기서 우리, 마비와 나는 바깥세상이 점점 더 어두워질 때, 꼼짝도 못한 채 서로에게서 떨어져 있다.

양말은 시작에 불과했다. 미켈레의 점령은 여러 방면으로 확대될 것임을 나는 직감했다.

그는 우리 집에서 안정된 연결을 보장하는 유일한 랜선을 접수했다. 온라인 수업 때문이라고 했다. 그러더니 내 헤드폰도 차지했다.

잠시 후 마비는 이어폰은 미켈레에게 해롭다며 아들의 편을 들었다.

아파트의 유일한 발코니는 그의 휴게실이 되었다. 날마다 그는 베란다 난간에 흰색 담배꽁초를 일렬로 세워놓았다. 나는 참지 않고 꽁초의 개수를 센 뒤 쓰레기통에 던졌다. 내가 바람 때문에 꽁초가 아래층 발코니로 날아갈 수 있다고 지적하니, 미켈레는 그건 개연성 낮은 시나리오라고 말했다.

급기야 미켈레는 내 사무실을 써도 되냐고 물었다. 내가 미처 합당한 방어책을 제시하기도 전에, 그가 덧붙였다. 어차피 저녁에 일하시는 것 같지도 않던데.

봉쇄조치 이후 첫 번째 금요일이었다. 나는 여유롭게 치킨을 입에 가득 넣고 씹고 있었다.

사무실이 왜 필요한데?

하우스파티 때문에요.

나는 그가 무슨 말을 하는지 알 수 없었지만 아무 말 하지 않았다. 괜히 무슨 말을 했다가 내 입지만 약해질 테니까.

아버지 사무실이 더 조용해서요. 미켈레가 덧붙였다.

나도 안다. 그러니까 내 사무실이지.

마비가 실망스러운 눈으로 나를 보았고, 그래서 나는 일어서서 딱히 찾는 것도 없이 냉장고 문을 열었다. 테넌츠 슈퍼 맥주 6개들이 한 세트가 있었다. 저녁 시간을 위해 미켈레가 저장해둔 것이었다.

하우스파티라. 나는 중얼거렸다.

나중에 나는 미켈레의 웃음소리와 노트북 컴퓨터 스피커에서 나오는 쿵쿵대는 음악 소리를 덮으려고 TV 볼륨을 높였다. 그가 즐기면 즐길수록 나는 기분이 가라앉았다.

미켈레의 파티 소리가 당신은 불편하지 않아? 내가 마비에게 말했다.

미켈레는 친구들과 울분을 풀고 있는 중이야. 오랫동안 떨어져 있어서 친구들이 그리운 거라고.

울분을 좀 조용히 풀 수도 있잖아,라고 하마터면 말할 뻔했다.

실제로 내가 한 말은 이거였다. 이러고 있으니까 예전에 자동차에 앉아서 미켈레가 클럽에서 나오기를 기다렸던 밤들이 떠오르는군.

한순간 마비, 미켈레와 보낸 모든 세월이 끝없는 기다림으로 환원되었기 때문이다. 클럽 앞에서, 또는 주차장에서 기다리고. 침실에서 숨죽여 기다리고. 마비와 내가 진정한 부부로서의 삶을 시작할 수 있도록 미켈레가 성년이 되기를 기다리고. 우리가 좀 더 나이가 들어서 젊은 연인처럼 되기를 기다리고. 그런데 어떻게 모든 것이 거꾸로 되돌려졌는가? 어떻게 우리가 모든 걸 버려냈다고 생각한 순간 결국 출발점으로 돌아오게 되었는가? 나는 위로가 되는 자기연민의 파도에 빠졌다.

아마 네 번뿐인 것 같은데. 마비가 말했다.

나는 볼륨을 더 높였다.

그리고 중얼거렸다. 아니, 네 번은 훨씬 넘지.

다음 날 아침 나는 내 책상의 흰색 상판을 유심히 뜯어보았다. 빈 맥주 캔이 남긴 동그란 링 모양의 호박색 흔적이 여전히 남아 있었다. 마비가 확실히 볼 수 있도록, 나는 일부러 요란하게 벽장에서 걸레를 꺼내왔다.

애가 변한 게 없네. 마비가 한숨을 쉬었다. 다시는 당신 사무실을 쓰지 말라고 말할게.

물론 그러면 안 되지. 걔는 친구들과 울분을 풀고 있었을 뿐이 잖아. 내가 대답했다.

그 후에도 내 사무실에서 아홉 번의 금요 하우스파티가 있었다. 9주가 똑같은 낮, 똑같은 밤으로 채워졌다. 마비와 내가 관계를 갖지 않고 가지려는 시도조차 하지 않은 가장 긴 기간이었다. 우리는 그 얘기는 하지 않았다. 설령 얘기가 나왔더라도, 상황이 이상적이지 않다며 서로를 설득했을 것이다. 그리고 거짓말을 한 것 때문에 기분이 더 나빠졌을 것이다.

71일째 밤에 나는 침대에서 그녀의 산등성이─등을 바라보며 나 자신의 《롤링스톤》 인터뷰를 상상했다.

당신은 팬데믹에 어떻게 반응했나?

움직이지 않는 걸로.

봉쇄조치가 해제되면 제일 먼저 무슨 일을 할 생각인지?

남성병학자를 찾아갈 거다.

이따금 나는 미켈레의 낮은 웃음소리를 들었다. 그는 곧 다음 단계를 위해 다시 밀라노로 돌아갈 것이다. 갑자기 그 도시가 안전해졌을까? 아니다. 하지만 미켈레의 죄책감 어린 설명에 따르면, 그는 이렇게 오랫동안 우리 셋이 함께 사는 것에 더 이상 익숙하지 않았다. 나는 미켈레가 없을 때 그의 자리를 보았다. 침대의 똑같은 부분에 누워 있는 나 자신을 보았다. 안도감이 들기를 기다렸지만, 들지 않았다. 오히려 느껴진 것은 불안감이었고, 그 느낌은 시

시각각 더 강해졌다.

감염자 수가 감소하고 있었다. 지역 상인들이 상점을 청소하고 준비하는 모습이 보였다. 삶으로의 복귀와 함께 찾아온 흥분이 사방에 온통 웅성웅성 퍼졌다. 그러나 나는 침대에 누워 바이러스 감염의 급증을 바라고 있었다. 봉쇄조치가 결코 해제되지 않기를, 팬데믹이 영원히 지속되기를, 미켈레가 결코 밀라노로 돌아가지 않기를, 그가 매일 밤 내 책상에서 온라인으로 열변을 토하며 밤을 지새우기를 바라고 있다. 그렇지 않으면, 마비와 내가 우리에게 벌어진 일에 대해 스스로에게 질문해야 할 것이기 때문이었다. 왜 우리의 마지막 관계가 그렇게 엉망이었는지, 왜 그때 이래로 관계가 없었는지, 왜 우리는 두려움에 직면해서 관계를 갖지 않았는지.

창문이 열려 있지만, 나는 갑자기 공기를 갈망하는 나 자신을 발견했다. 나는 이불을 걷어내고 일어났다.

잠이 안 와? 마비가 침대의 먼 귀퉁이에서 물었다.

목말라서.

나는 주방으로 갔다. 미켈레가 거기 있었다. 아이스크림을 통째로 퍼먹고 있었다. 나는 유리잔을 꺼내 물을 채우고 그의 앞에 앉았다.

하우스파티 안 하니? 내가 물었다.

그럴 기분이 아니에요.

항상 그랬듯 미켈레는 아이스크림이 해동되기를 기다리지 않고 숟가락을 억지로 아이스크림 통에 쑤셔 넣고 있었다. 나는 그러다가 숟가락이 휘어지겠다고 말하려 했다. 그리고 지금 그가 아무 불평 없이 이케아 숟가락을 쓰고 있다고 말하려 했다. 그러나 나는 침묵을 지키기로 선택했다.

어떤 여자를 만났어요. 그가 말했다. 우리는 단둘이 방에 갔어요. 그 여자는 원했어요⋯⋯ 그래요, 그거요. 하지만 난 그럴 기분이 아니었어요.

미켈레는 나를 보지 않았다. 만일 보았다면 내 얼굴에서 혼란스러움을 읽었을 것이다. 대화 자체에 대한 혼란스러움이 아니라, 이런 상황에서 봉쇄조치 중에 하우스파티를 하다가 누군가를 만나서 심지어 성관계까지 할 수도 있다는 것을 그 순간까지 한 번도 생각해보지 못했기 때문이었다. 그럼에도 미켈레는 스물두 살다운 순진한 쾌활함으로 그것이 완벽하게 자연스럽게 느껴졌다고 말했다.

미켈레가 이어서 말했다. 나도 그 여자가 좋았지만, 그게 조금 복잡해요. 영상들을 많이 봐서 자꾸 이런 걸 갈망하게 되긴 하는데, 그것도 사람마다 다른가 봐요.

그는 내 대답을 기다리지 않고 아이스크림을 내 쪽으로 슬쩍 밀었다.

마저 드세요. 그가 말했다. 솔트 캐러멜. 개인적으로 내가 제일 좋아하는 맛이다.

나는 아이스크림과 침으로 범벅이 된 숟가락을 쳐다보았다. 극도로 높은 감염 위험이다. 나는 일어나서 깨끗한 숟가락을 가져오고 싶었지만, 미켈레가 천진한 얼굴로 나를 보고 있었다. 그래서 그 숟가락을 그냥 입에 넣었다. 한 번, 그리고 또 한 번.

항상 가장자리부터 긁어 드시잖아요. 안 그래요? 그가 지적했다. 나는 아랑곳하지 않고, 그냥 가운데를 공략했다.

미켈레가 자리를 떴다. 나는 아이스크림을 마저 먹었다. 사실 얼마 남지도 않았었다. 그런 뒤 나는 침실로 향했다.

왜 그렇게 오래 걸렸어? 마비가 물었다.

아무것도 아냐. 그냥 아이스크림을 좀 먹었어.

내가 그녀의 산등성이—등까지 손을 올렸다. 그리고 한가운데, 잠옷 윗도리의 부드러운 주름들 바로 아래를 살짝 스쳤다.

간지러워. 그녀가 말했다.

그만하면 좋겠이?

아니.

◆ 알렉스 발렌트의 이탈리아어 영역본을 바탕으로 번역했습니다.

친절한 강도

미아 쿠토

AN OBLIGING ROBBER
BY MIA ✱ COUTO

······이렇게 죽는 것은
하느님이 내 기도에 응답하셨다는 증거다.

마아 쿠토

모잠비크 작가. 포르투갈어를 지역 언어와 결합한 독특한 언어와 문체를 보여준다.
30여 편 이상의 시집, 단편집, 소설 등을 펴냈고, 2013년에는 포르투갈어권에서 가장
중요한 문학상인 카모에상, 2014년에는 노이슈타트 국제문학상을 수상했다.

문에서 노크 소리가 들렸다. 음, '노크'는 그것을 표현하는 한 가지 방식이다. 나는 어느 누구와도 멀리 떨어져서 지낸다. 나를 찾아오는 것은 전쟁과 기아뿐이다. 그리고 지금 영원처럼 느껴지는 오후에, 누군가 발로 문을 사정없이 두드리고 있다. 나는 달려간다. 음, '달린다'는 것은 하나의 표현 방식이다. 나는 나무 바닥 위로 슬리퍼를 딸깍거리며 발을 질질 끌고 갔다. 이 나이에는 그것이 내가 할 수 있는 전부다. 땅을 보았는데 깊은 구렁이 보이면 나이 들기 시작하는 것이다.

나는 문을 열었다. 복면을 쓴 남자다. 내 존재를 확인한 그가 소리친다.

"2미터, 2미터 간격을 유지하세요!"

그가 강도라면, 겁먹은 모양이다. 그의 두려움이 나를 불안하게 한다. 겁에 질린 강도는 세상에서 가장 위험한 존재다. 그는 주머니에서 총을 꺼내 나를 겨냥한다. 그러나 그건 웃기게 생긴 무기다. 흰 플라스틱으로 만들어졌고 녹색 빛을 뿜어낸다. 그가 권총을 내 얼굴에 겨냥하고 나는 고분고분 눈을 감는다. 내 얼굴에 닿은 불빛이 거의 어루만지는 손길 같다. 이렇게 죽는 것은 하느님이 내 기도에 응답하셨다는 증거다.

복면을 쓴 남자는 말씨가 부드럽고 상냥해 보였다. 하지만 나는 거기에 속지 않는다. 가장 잔인한 군인들이 항상 천사와 같은 태도로 내게 접근했었다. 그러나 내가 누군가와 함께 있던 것 자체가 너무 오래된 터여서, 나는 결국 그에게 장단을 맞춰준다.

나는 방문자에게 총을 내리고 내게 남은 유일한 의자에 앉으라고 말한다. 그의 신발이 비닐봉지 같은 것에 싸여 있는 것을 그제야 알아차린다. 그의 의도는 분명하다. 어떤 족적도 남기고 싶지 않은 것이다. 나는 복면을 벗으라고 부탁하며 나를 믿어도 된다고 안심시킨다. 남자가 슬프게 미소 지으며 중얼거린다. 요즘은 아무도 못 믿습니다. 사람들은 자기 몸속에 뭘 가지고 다니는지 모르니까요. 나는 그의 수수께끼 같은 메시지를 이해한다. 남자는 내 비참한 모습 속에 귀중한 보물이 숨어 있다고 생각하는 것이다.

그가 두리번거리며 훔쳐갈 게 없다는 것을 확인한 뒤 결국 자기소개를 한다. 자신은 보건시설에서 나왔다고 한다. 나는 미소 짓는다. 그는 젊은 강도다. 거짓말하는 방법도 잘 모른다. 그는 들불처럼 번지는 심각한 질병 때문에 윗사람들이 몹시 걱정하고 있다고 말한다. 나는 그의 말을 믿는 척한다. 나는 천연두 때문에 죽을 뻔했었다. 그때 누가 나를 방문했나? 내 아내는 결핵 때문에 죽었다. 그때 누가 와서 우리를 방문했나? 말라리아가 내 외동아들을 앗아갔고, 내 손으로 그 아이를 직접 묻었다. 이웃들은 에이즈로 죽었고, 누구도 거기에 대해 알고 싶어 하지 않았다. 죽은 아내는 그게 다 우리 탓이라고, 우리가 병원이 있는 곳에서 멀리 떨어진 오지에 살기로 선택했기 때문이라고 말하곤 했다. 그녀, 그 불쌍한 영혼은 사실은 그 반대라는 것을 알지 못했다. 사실은 가난한 사람들과 멀리 떨어진 곳에 병원이 지어진다는 것을. 병원들은 원래 그렇다. 나는 그들을 비난하지 않는다. 나도 그들과 마찬가지다. 병원 말이다. 내 병을 품는 것도, 내 병을 돌보는 것도 나다.

거짓말쟁이 강도는 포기하지 않는다. 좀 더 정교한 방법을 써보지만 여전히 서툴다. 그는 스스로를 정당화한다. 그가 내게 겨눈 총은 열을 측정하는 도구란다. 그는 바보 같은 미소를 지으며 내가 괜찮다고 단언한다. 나는 안도의 한숨을 쉬는 척한다. 그는 내게 기침을 하는지 물어본다. 나는 가소로워서 미소 짓는다. 20년 전에 탄광에서 돌아온 뒤 기침은 나를 무덤 직전까지 보냈던 것이다. 그때 이래로 내 갈비뼈는 거의 움직이지 않았고, 요즘 내 가슴은 먼지와 돌로 이루어져 있다. 내가 다시 기침을 하는 날에는 천국의 문에 있는 베드로의 관심을 끌 것이다.

"보기에는 이상이 없는 것 같네요." 그 사기꾼이 선언한다. "하지만 무증상보균자일 수 있습니다."

"보균자라고요?" 내가 묻는다. "무슨 보균자라는 겁니까? 제발 좀! 제 집을 수색해 보세요. 난 고결한 사람입니다. 집을 떠나는 일도 거의 없죠."

방문자는 미소를 지으며 내게 글을 읽을 줄 아냐고 묻는다. 나는 어깨를 으쓱한다. 그러자 그는 위생을 유지하는 방법에 대한 지시사항이 적힌 문서와 비누가 든 상자, 그리고 그가 '알코올 기반 용액'이라고 부르는 것이 담긴 작은 병을 테이블 위에 놓는다. 딱한 친구. 그는 내가 다른 외로운 노인들처럼 술을 좋아할 거라고 상상하는 게 분명하다. 침입자는 작별 인사를 하면서 말한다.

"일주일 뒤에 다시 찾아뵙겠습니다."

이 시점에 이 방문자가 이야기하는 질병이 무엇인지 분명해진다. 나는 그 병을 잘 안다. 그것은 무관심이라고 부르는 병이다. 이 유행병을 치료하려면 지구 전체만 한 크기의 병원이 필요할 것이다.

나는 지시사항에 불복종하고, 그에게 다가가서 그를 끌어안는다. 남자는 격렬하게 저항하며 꿈틀거려 내 품에서 빠져나간다. 그리고 자동차로 돌아가서 서둘러 옷을 벗는다. 그는 마치 전염병 자체를 벗어던지듯 입고 있던 옷을 홀랑 벗어버린다. 가난이라고 부르는 전염병 말이다.

나는 손을 흔들어 작별 인사를 하고 미소 짓는다. 고통의 세월을 보낸 뒤에, 나는 인류와 화해한다. 저런 어리바리한 강도는 착

한 사람일 수밖에 없다. 그가 다음 주에 또 오면, 내 침실에 있는
그 낡은 텔레비전을 훔쳐 가게 해줄 참이다.

◆ 데이비드 북쇼의 포르투갈어 영역본을 바탕으로 번역했습니다.

잠

우조딘마 이웰라

나는 다시 혼자가 될 것이다.
오직 나의 생각들과 그리움과 불안과 온갖 우울한 것들만
나와 함께하게 되겠지.

우조딘마 이웰라

나이지리아계 미국인 작가이자 의사이다. 《국적 없는 짐승들(Beasts of No Nation)》
(2006), 《우리와 같은 부류의 사람들(Our Kind of People)》(2013), 《악을 말하지 말라(Speak
No Evil)》(2019)를 펴냈다.

내가 잠에서 깨는 날? 내일이다, 그래, 수요일. 그리고 내 옆에 아무도 없음을 느끼고, 그다음에 잠시 스치는 배신감, 그다음에 분노. 너무나도 당연한 느낌이다. 내일은 오늘을 어제로 만들 것이다. 영원히 기억해야 할 그날이 아닌, 항상 손에 꼽는 특별한 날이 아닌 그냥 또 다른 하루로. 어쩌면 중요하고 밝고 빛나는 날일지도 모르지만, 어쩌면 미묘하고 우아한 날일지도 모르지만, 아마도 손에 꼽히지는 않을 것이다. 어쩌면 다 그저 생각일 뿐이다. 안도감도 그저 생각. 행복도 그저 생각. 사랑도 그저 생각. 그리고 그 모든 순간들 앞에, 과거의 순간들 앞에, 우리가 공유한 소중한 순간들─그 미소, 포옹, 입맞춤, 그토록 많은 결합─ 앞에 기억될 영원도 그저 생각.

나는 내일 부드러운 여름 햇살 속에서 꿈틀거리며 얼굴에 따스함을 느끼고 몸에 따스함을 느끼고 에어컨이 가져다주는 시원하고 건조한 공기를 느낄 것이다. 당신의 빈 베개에 드리워진 밝고 투명한 빛이 베갯잇에서 삐져나온 머리털을 마치 작고 까맣고 곱슬곱슬한 새싹처럼 보여줄 것이다. 당신은 일찍 대머리가 될 것이다. 그것은 스트레스다. 당신은 안다. 설령 머리털이 완전히 사라져도, 내가 여전히 당신을 사랑할 것임을. 설령 내가 완전히 사라져도. 나는 미소 지으며—웃음이 아니다—여전히 따뜻한 당신의 흔적 위로 몸을 덮을 것이다. 당신이 있던 곳에 있음으로 내가 당신이 될 수 있는지 보기 위해서. 그럴 리가 없잖아. 바랄 걸 바라야지. 나는 우리의 이불, 당신의 이불을 좋아한 적이 없다. 당신이 가고 나면 너무도 빨리 너무도 차갑게 식어버리기 때문에.

　나는 다시 혼자가 될 것이다. 오직 나의 생각들과 그리움과 불안과 온갖 우울한 것들만 나와 함께하게 되겠지. 그리고 생각하겠지. 깊은 화합이란 이런 건가. 그냥 원래의 상태로 돌아가? 당신은 존재의 흔적—침대 위 내 옆자리에 점점 희미해지는 온기—만 남긴 채 동이 트기도 전에 출근하고, 또다시 혼자 남겨진 나는 삶이 더 나아질 수 있을지, 어쩌면 공식적으로 결합하여 국가나 하느님, 또는 신들에게 인정받아서 삶이 더 나아질지 생각할 것이다. 그렇다. 당신과 나는 하나가 되었다. 그렇다. 나는 어떻게든 공식적으로 완전하다. 그러나 나는 두렵다. 내일이 오늘처럼, 어제처럼, 그런 행운을 가져다주지 않을까 봐. 그리고 나는 생각할 것이다. 나는 우리의 이불—당신의 이불—을 결코 좋아한 적이 없다고. 그 이불이 당신이 병원에서 입는 수술복과 똑같은 녹색이고, 그래서 당신에게 일하는 것은 사는 것이고 사는 것은 고통받는 것임을 떠오르게 하고, 그와 함께 온갖 우울한 것들을 떠오르게 하기 때문에.

나는 일어나서 가슴에서 햇살을 느끼고, 배에서 햇살을 느끼고, 깔끔하게 면도된 다리 사이의 삼각형 부분에서 햇살을 느낄 것이다. 그리고 이 햇살과 함께 전날 놓쳐버린 기회와 스쳐가는 욕정, 그리고 그리움—당신의 살, 나의 살, 하나가 된 당신과 나, 그리고 잠시 동안 어떻게든 완전한 나—에 대한 생각들이 밀려올 것이다. 하지만 그건 모두 어제일 것이고, 내일은 오늘일 것이며, 나는 침대에서 욕실까지 걸어가며 내가 즉흥적으로 산다고 생각할 것이다. 어쩌면 그래서 당신이 나와 결혼할 수 없는 건지도 모른다. 어쩌면 우리는 너무 맞지 않는 건지도 모른다.

방 전체가 나의 즉흥성으로 가득하다. 당신의 벽에 걸린 그림, 고대 미술의 현대적 판화, 화가 친구들의 창작품, 갖가지 가구에 던져져 있는 옷가지들. 가죽 안락의자에 셔츠, 침대 발치에 청바지, 휴지통 옆에 팬티. 욕실까지 펼쳐진 이 모든 즉흥성과 당신이 싫어하고 내가 좋아하는 흐릿한 황동 테두리 거울. 당신으로 하여금 지금이 마치 70년 전이고 당신이 마치 당신 집에 있는 한 검둥이 집사의 흠집 난 사진 같다고 느끼게 만드는 것. 그럴 리가 없잖아. 다행히도. 당신은 우리의 역사, 나의 역사를 좋아한 적이 없다. 그것이 왕을 하인으로 만들고 미친 남자를 왕으로 만들기 때문에.

나는 거울을 볼 거고, 당신이 거울을 바꾸고 싶다고 말하는 소리를 듣는 게 지겹다고 생각할 것이다. 그리고 거울 속의 나 자신을 볼 것이다. 눈꺼풀의 미세한 주름과 눈가의 희미한 잔주름을. 나는 배꼽을 지나 다리 사이의 털 없는 삼각형 부분 바로 위까지 내려다볼 것이다. 너무도 민감해서 손이 닿으면 빨개지는 부분. 나는 손바닥을 이 부분에 대고 강렬한 쾌감을 상상하며 생각할 것이다. 토비, 나는 젊어지지 않아. 그리고 중얼거릴 것이다. 여기 영원함이란 없어.

나는 거울을 보며 이제 곧 당신이 이 거울을 바꿀 수 있겠다고 생각할 것이다. 그리고 나는 거울 속의 내 하얀 얼굴—지금은 빨 갛고 눈물로 얼룩지고 끔찍한—을 볼 것이고, 표피 아래에 터진 실핏줄을 보고 생각할 것이다. 적어도 내겐 색깔이 있잖아. 그런 다음 나의 하얀 얼굴—지금은 빨갛고 눈물로 얼룩지고 끔찍한— 을 볼 것이고, 표피 아래에 터신 실벗줄을 보며 생각할 것이다. 토 비, 당신에게 난 백인일 뿐이야?

나쁜 날-항상. 좋은 날-가끔. 그리고 극적인 순간들이 있다.

나는 혼잣말을 할 것이다. 가엾은 것. 그리고 벌거벗은 채 가슴 위로 팔을 둘러 스스로를 안고는 나를 지켜보는 나를 지켜보며 생각할 거다. 토비, 당신에게 난 백인일 뿐이야? 나는 스스로에게 말할 것이다. 애슐리, 이러지 마. 옷을 입어. 이렇게 계속할 수는 없어. 어떻게 말이야? 나는 물을 것이다. 이렇게. 너 자신을 마비시키고 네 인생을 극화하는 거. 내가 말할 것이다. 그를 사랑한다면, 그를 떠나지 마. 그리고 이번에 그를 떠난다면, 그를 혼자 내버려 둬. 다른 관계들이 있잖아. 나는 당신이 누웠던 침대에 앉아 당신

같은 사람은 또 없을 거라고 생각할 것이다. 나는 들리지 않는 범위를 한 옥타브 벗어난 목소리로 말할 것이다. 하지만 난 두려워.

나는 샤워를 하고 바닥에, 침대에, 카펫을 가로질러 화장대까지 물을 뚝뚝 떨어뜨릴 것이다. 당신의 친할머니가 당신의 어머니에게 물려준, 당신의 어머니가 언젠가 나에게 물려주지 않을까 기대하는 마호가니 화장대. 그럴 리가 없잖아. 바랄 걸 바라야지. 나는 당신의 온기가 아직 남아 있는 당신의 흔적 위에 누울 것이다. 당신이 있었던 곳에 있음으로써 내가 당신과 함께여야 한다는 것을 어떻게든 깨닫게 되는지 보기 위해. 그럴 리가 없잖아. 바랄 걸 바라야지. 나는 중얼거릴 것이다. 고리를 끊어. 여기엔 너무 많은 역사가 있어.

그것은 내일일 것이다. 그러나 오늘밤 사이렌과 헬리콥터, 열띤 구호 위로 당분간 당신은 규칙적으로 호흡하고 나는 즉흥적으로 호흡한다. 당신은 내 위에 있다. 당신의 몸은 내 옆에 있다. 달콤한 냄새, 성교의 냄새, 그리고 모든 감촉. 내 손톱 밑의 당신의 피부, 내 몸을 감싼 당신의 손. 내가 말한다. 토비, 그만. 내가 그만하라고 말하잖아. 당신이 묻는다. 왜? 왜 그래?

지금 우리 사이에 어려운 문제가 있기 때문이다.

내가 말한다. 토비, 사실대로 말해줘. 나랑 결혼할 생각을 해본 적은 있어? 당신은 말이 없다. 당신은 아무 소리도 내지 않는다. 당신의 뜨거운 입김과 우리 사이의 어려움만 있을 뿐. 토비, 내가 말한다. 내가 토비에게 묻는다. 당신에게 난 백인일 뿐이야? 말이 없다. 자세를 바꾼다. 당신은 무릎 사이에 얼굴을 묻는다.

나는 나쁜 날들을 생각한다. 좋은 날들을 생각한다. 극적인 순간들이 있다고 생각한다. 나는 눈물을 생각한다. 미소를 생각한다. 사랑과 그것이 가져다주어야 할 생명을 생각한다. 그러나 그것은 모두 미래다. 과거에는 다 달랐다고, 나는 생각한다.

그때 내가 말했다. 당신 바람대로, 이제 그만 자자. 당신은 포기했고 나도 포기했고, 나는 또다시 혼자가 되었다. 나는 손바닥으로 머리를 받치고, 한때 당신의 체온으로 따뜻했던 주름진 이불 속에 누웠다. 한때 당신 때문에 엉켜 있었고 온갖 엉뚱한 곳에 들어가 있던—내 턱 밑에, 내 다리 사이에 뭉쳐 있던—지금은 평평하고 감흥 없고 밋밋한 이불 속에. 나는 당신의 자리에 베개를 놓고 이불을 덮으며 생각한다. 적어도 당신이 있던 곳에 베개가 있으면, 그것이 당신이라고 꿈꿀 수 있겠지. 하지만 나는 그러지 못했다. 그리고 따스한 햇살이 눈꺼풀을 선명한 오렌지 빛으로 물들였을 때 잠에서 깨어 생각했다. 맙소사, 늦었다. 망했다.

나는 벌떡 일어나며 침대 가장자리 너머로 바닥에 발을 안착하고는(책 위나 신발 위나 속옷 위나 셔츠 위나 펜 위가 아닌 바닥에) 내가 아무것도 밟아 뭉개거나 흩어놓지 않은 것에 안도했고, 휴대폰에 내가 당신을 함부로 대했다며 불평하는 메시지가 떠 있지 않을 거라는 사실에 또다시 안도했다. 나는 행복해야 마땅했다. 그러나 이 공간에 당신의 물건들이 부재한 것이 나로 하여금 당신이 가볍고

빠른 숨결에 입술을 떨며 잠들어 있는 동안 내가 당신을 내려다보며 서 있는 모습을 생각나게 만들었다. 당신, 신비스럽고 불가사의한 나의 사랑, 나의 인생. 내가 어떻게 생각할까? 당신은 정말로 나의 사랑, 나의 인생인가? 그런 다음 생각한다. 여기에 쉬운 대답은 없어.

나는 빠르게 양치질을 하지만 치약을 뱉었을 때 배수구 주변의 흰색 거품이 좀처럼 내려가지 않았다. 물을 틀어보았지만 여전히 흰 거품은 빠지지 않았다. 배수구 마개를 빼보니 끄트머리에 당신의 젖고 엉킨 머리카락이 매달려 있었다. 그것이 하루의 진행을 더디게 했다. 나는 몸서리를 치며 그것을 전부 휴지통에 던져 넣었다. 그런 뒤 세수를 하고 당신의 거울 속에서 나의 결함들을 살펴본 다음 급하게 현관문을 열었다.

그 순간 당신이 복도에 앉아 있는 것을 발견하고 내가 얼마나 놀랐는지. 깨우고 싶지 않았어. 당신이 말했다. 내가 다시 당신을 보고, 눈을 문으로 돌렸다가 다시 당신에게 돌렸다. 당신의 팔과 당신의 무릎, 당신의 눈과 콧구멍, 입술에 넓게 번져 있는 조용한 기쁨. 당신의 진저리나는 엷은 미소.

복도 경계선을 가로질러 그 중간에 있는 공기로부터 천천히 흐르며 춤추는, 햇살을 받은 부유하는 먼지들 사이로, 당신은 내게, 나는 당신에게 손을 뻗었다. 당신의 하얀 손, 나의 검은 손, 그리고 부여잡은 손, 그리고 포옹. 나는 나에게 쏟아지는 당신의 숨결을 느꼈다. 그리고 당신의 배가 내 배에 닿고, 우리가 입을 맞추고, 당신에게서 전날 밤의 맛이 느껴질 때 나는 의문을 품었다. 이것은 애정인가? 편안함인가? 욕망인가? 아니면 그 모든 것인가? 나는 상관하지 않았다. 상관할 수가 없었다. 당신은 나를 다시 아파트 안으로 밀어붙였다. 당신이 두 손을 내 얼굴로 가져가 내 **뺨**을 잡았다. 당신은 말했다. 당신을 원해, 토비. 나는 내 가슴에서, 배에서, 그리고 그 아래에서 나를 달래고 어루만지는 당신의 손길을 느꼈다. 나는 바닥에 나체로 있는 당신을, 바닥에 나체로 있는 나를, 함께 나체로 있는 우리를 생각했다. 그리고 그 맹공격에 압도되었다. 혼란스럽다. 나는 당신에게 말했다. 그만, 애슐리, 그만해. 당신이 물었다. 왜? 왜 그래?

우리 사이에 어려운 문제가 있을 때마다 당신이 항상 사라지기 때문이다.

벌써 지각이라서 그래. 내가 말했다.

당신이 말했다. 자, 나야, 애슐리. 당신의 과거 여자친구이자 미래의 여자친구, 신비스럽고 불가사의한 당신의 사랑, 당신의 인생. 당신이 간밤에 돌아와 달라고 간절히 애원했던 사람. 나를 봐서 행복해?

당신을 봐서 행복하냐고? 그 순간 나는 그렇다고 대답했다. 그리고 그 말이 진실이라고 믿었다. 당신을 봐서 행복하다. 당연하다. 이제 당신이 없지만 당신의 존재로 가득한 집으로 돌아오지 않아도 되니까. 내 베개 옆 베개와 내 머리, 헤어브러시에 붙은 당신의 머리카락, 개수대 주변에 있는 당신의 체취제거제, 로션, 향

수, 온갖 라벤더 향 제품들. 당신을 봐서 행복하냐고? 당연히 그렇지. 당신의 흔적이 여기 있는데 당신이 없는 것은 감당할 수 없으니까. 너무나 완벽하다. 때때로 내가 갈망해온 바로 그런 순간이다. 그리고 너무 어처구니없다.

난 그냥 좀 놀랐어. 당신이 오지 않을 거라고 생각했거든. 내가 말했다. 하지만 왔잖아. 당신이 말했다. 당신이 나를 밀어붙이는 바람에 등 뒤에서 붙박이장 문이 덜컥거렸다. 당신은 손가락으로 내 가슴을 쓸어내리며 속삭였다. 당신이 올 때까지 기다리고 있을게. 사랑해.

내가 말했다. 나도 사랑해, 애슐리.

나는 병원에서 집중할 수 없었다. 하지만 모두들 나의 혼미함을 시대가 부과한 압도적인 책임과 복잡함의 결과로 여겼다. 조용한 순간, 군데군데 흰머리가 섞인 곱슬곱슬한 갈색 머리가 안경을 덮고 있는 한 의사가 내 어깨에 손을 얹고 말했다. 이것도 영원하지 않습니다. 이 또한 지나갈 거예요. 인간이 있는 곳에 희망도 있습니다. 나는 그의 말을 믿고 싶었지만, 당신에 대한 생각으로 정신이 산란해졌다.

나는 집으로, 당신에게로 돌아왔다. 당신은 침대 모서리에 앉아 열린 창으로 밖을 응시하고 있었다. 샤워를 해야겠어. 내가 말했다. 당신은 아무 말도 하지 않았다. 내가 허리에 수건을 두른 채 손이 닿지 않는 등줄기를 따라 물을 주르륵 흘리며 욕실에서 나왔을 때, 당신이 물었다. 사람들이 외치는 소리가 들려? 나는 당신을 침대에서 일으켜 입을 맞추었다. 그리고 당신의 길고 흰 다리를, 너무도 하얘서 나뭇가지 모양으로 갈라진 푸른 혈관이 조명처럼 생생하게 드러나는 피부를 손으로 쓸어 올렸다. 나는 몸을 떨었다. 흥분 때문이었을까? 아니면 역겨움 때문이었을까? 민소매 티셔츠를 걷어 올려 당신의 배꼽과 당신의 가슴 바로 아래에 생긴 빨간 브래지어 자국, 유두 근처의 거뭇한 반점들을 드러나게 했다. 당신은 팬티를 휴지통을 향해 벗어던지고 나를 끌어당겼다. 그리고 나는 규칙적으로 호흡하고 당신은 즉흥적으로 호흡한다. 당신이 내게 그만이라고 말할 때까지. 당신이 말한다. 그만.

내가 묻는다. 왜? 왜 그래?

당신은 말이 없다. 당신은 아무 소리도 내지 않는다. 나는 생각한다. 지금 우리 사이에 어려운 문제가 있기 때문이겠지. 그리고 지금 우리가 이렇게 서로를 마주 보며 거짓말을 하고 있기 때문이야. 당신은 내 흥분을 알고 나는 나의 흥분을 아는데, 당신은 사랑을 나누는 것이 내키지 않고, 나는 충동에 저항하는 것이 내키지 않는다. 세계가 불타는 동안 우리 둘은 어둠을 응시한다. 나는 생각한다. 사랑 따위는 잊자. 열정 따위는 잊자. 성적인 화합과 모든 친밀한 것들을 잊자. 그때 나는 생각한다. 당신 바람대로, 이제 그만 자자.

토비, 사실대로 대답해줘. 당신이 말한다. 토비, 나랑 결혼을 생각해본 적은 있어? 그리고 당신이 속삭인다. 당신에게 난 백인일 뿐이야?

당신은 항상 이런 질문들을 한다. 이런 질문이 단순하다고 생각하기 때문이다. 내가 첫 번째 질문에는 그렇다고 대답하고, 두 번째 질문에는 아니라고 대답할 수 있을 거라고 생각하기 때문이다. 내가 천년 묵은 증오와 우리 사이의 다른 모든 어려운 문제를 사랑으로 극복할 수 있는 방법을 배우게 될 거라고 생각하기 때문이다.

지금 우리가 하고 있는 것 때문에, 한때는 당신이 감옥에 갈 수 있었고 내가 감옥에 갈 수 있었다. 한때는 사람들이 나를 나무에 매달고 음낭을 갈라 중력에 내 고환을 아래로 쏟아지게 했을 것이다.

그러나 나는 생각한다. 그건 모두 과거의 이야기야. 미래에는 모든 게 다를 거야.

지하 저장실

디나 나예리

실라는 그 돌기에 달린 불길한 구체들이
어머니의 세포를 뚫고 들어가는 것을
상상하면 가슴이 미어졌다.

디나 나예리

이란 난민 출신의 소설가. 2014년 《땅과 바다의 티스푼(A Teaspoon of Earth and Sea)》로
데뷔한 후, 《피난(Refuge)》(2017), 《배은망덕한 난민(The Ungrateful Refuge)》(2019), 《대기실
(The Waiting Place)》(2020) 등을 썼다.

"이건 아무것도 아니야." 파리가 이동금지령에 들어가기 전날 저녁 캄란이 말했다.

실라가 걷다가 그를 올려다보았다. "난 경찰에게 신분증을 보여주지 않아." 누신을 흘긋 보며 그녀가 속삭였다. "경찰들은 항상 어리거든…… 총을 가진 애송이들일 뿐이야. 총을 들어 올리지도 못하는."

그들은 역사를 통해 봉쇄조치와 기아, 권력에 취한 경찰에 대처하는 방법을 배웠다고 캄란이 상기시켰다. 팬데믹이든 뭐든, 그들은 여전히 안식년 휴가 중이었다. 식당에서 몇 끼를 사 먹지 못하는 것만 빼면, 그들은 새로운 도시를 즐길 준비가 되었다. 창가에 있는 제라늄도 되살리고 집주인의 퀴퀴한 리넨 제품에 바람도 쏘일 것이다. "그리고 저 하늘 좀 봐. 잘 익은 자몽 같잖아. 그 무엇도 저런 하늘을 망칠 수는 없지."

"다음은 뭐지? ……복장 제한인가? 근본주의 율법학자들? 여자들을 통제하는 거?" 실라가 중얼거리며 예전에 가짜 생년월일을 쓰거나 방 호수의 한 자리를 빼고 적을 때 느꼈던 굴욕감을 떠올렸다.

"아빠, 밖에 안 나가면, 각질이 벗겨질 거야!" 이제 막 경계심이라는 것이 생기기 시작한 네 살배기 누신이 말했다.

일일 사망자 수는 캄란과 실라에게 1980년대 전시 테헤란을 상기시켰다. 당시 그들은 주워 담은 타마린드 열매 때문에 아직 주머니가 끈적끈적한 유년기를 갓 벗어난 나이였지만, 마치 어른처럼 매일 밤 BBC에서 사상자 수를 확인하는 엄숙한 모습을 보란 듯이 과시하곤 했다. 이슬람 공화국 뉴스는 너무 일관되게 거짓말을 해서 캄란과 실라는 더 이상 그것을 비난하지도 믿지도 않았다. 그들은 그저 아버지들 중 한 명이 라디오를 BBC에 맞춰주기를 기다리며 서로를 곁눈질로 흘끔거리고 싶은 마음을 애써 억눌렀다.

개인적으로 각자 코로나바이러스와 관련된 통계수치도 의심하며 한바탕 짧은 상상에 빠졌고, 그런 상상은 모두 혁명과 전쟁 속에서 보낸 어린 시절 탓이라고 생각했다. 캄란은 현대 이란인들은 운이 좋다며, 이번에도 역시 그들을 행복하게 하기 위한 가짜 사망자 수가 있기 때문이라고 농담을 했다. 그럼에도 BBC는 알고 있다고, 매일 밤 의무적으로 서로에게 상기시켰다.

그들은 파스타와 빵을 사재기해대는 친구들을 비웃었다. "아마추어들 같으니라고." 캄란이 말했다. "배급제라도 실시했다간 아주 난리도 아닐걸." 캄란은 전쟁이 시작되었을 때 아버지가 우유를 구하러 갔다가 파리채 세 개와 모기약 한 통, 삽, 낚싯바늘을 가지고 돌아온 것을 기억했다. 상점 주인이 하나로 묶어서 판 것이었다.

"나는 그 시절이 그리워." 실라가 한숨을 쉬고는 갑자기 하던 말을 멈춘다. "내가 그립다고 하는 건……."

"나도 그리워." 캄란이 말하고는 잠시 멈추었다가 말한다. "완성된 지하실이 있었잖아. 저장소도." 그가 외설적이고 암시적인 미소를 짓는다. 다른 세상의 캄란. 그 암시가 그녀의 심장을 쿵쿵 두드리며 모든 것을 되살아나게 했다.

며칠 동안 그들은 누신을 위해 좋은 반응을 보여주려고 하면서 의도치 않게 기억의 미로 속에 빠졌다. 그들은 담요로 요새를 만들고 피곤한 일꾼들을 위해 손뼉을 쳤고, 그러다 그들의 황폐해진 조국을 위해 눈물을 흘렸다. 실라는 그 돌기 달린 불길한 구체들이 어머니의 세포를 뚫고 들어가는 것을 상상하면 가슴이 미어졌다. 어머니가 이웃들에게 의지한 채 테헤란 아파트에 갇혀 있을 동안, 어쩌면 그런 식으로 어머니를 잃게 될지도 몰랐다.

그들은 기분 전환을 위해 선반을 훑어보았다. 아파트는 산더미처럼 쌓인 책들 아래서 삐걱거렸다. 미워시와 쉼보르스카의 시집, 브루노 슐츠, 시몬느 베이유, 놀라운 군사 전략 모음집, 한의학, 지도의 역사 등 폴란드어와 프랑스어로 쓰인 낡았지만 훌륭한 책들. 그들은 그 사이에서 시간 가는 줄 몰랐고, 뉴욕에서 학구열에 불탔던 시절 이래로 줄곧 이런 것을 원해왔다는 사실을 깨달았다.

몇십 년 전에 그랬던 것처럼, 새로운 긴장감이 그들을 괴롭히고 전율하게 했다. 어부에게 잡힌 물고기처럼 취약한 상태로 살아 있는 그들은 그날 새롭게 발견한 권태 속에서도 줄곧 그런 긴장감을 유지했다.

어느 날 아침 실라가 반짝이는 검은색 그림책을 손가락으로 훑으며 동화 같은 장면 위에 인쇄된 황금색 흘림체 글씨를 읽으려는 순간 계란 찜기 타이머가 울렸다. 그녀는 그것을 동화책이라고 생각하고 테이블로 가져갔다. 캄란이 들어갔을 때 누신은 제1장을 한참 읽고 있었다. "《뮬란》을 읽기에는 애가 너무 어리다더니, 옛날 프랑스어 포르노는 괜찮나?"

실라는 딸의 손에서 그 책을 낚아챘다. '에로스의 오감'이라는 제복 아래 백설 공주 같은 얼굴에 곱슬곱슬한 머리의 소녀가 페티코트를 위로 젖힌 채 풀밭 위에 누워 있고, 의기양양한 표정의 반인반수 목신 판(Fan)을 닮은 존재가 장식된 깃털로 부드럽게 그녀를 간질이고 있었다. 실라는 멍하니 쳐다보다가 얼굴이 화끈 달아올랐고, 계란 노른자가 한참 동안 그녀의 손 위로 흘러내렸다.

"공주가 배가 아픈 거야?" 누신이 더 잘 보려고 목을 쭉 빼며 물었다.

캄란은 속표지로 눈을 돌렸다. "1988년이라. 우리나라에서는 율법학자들이 지진이 일어났을 때 친척 아주머니의 몸 위로 떨어지는 것은 율법에 따라 허용된다고 말하던 시절에 프랑스 사람들은 이런 걸 출판하고 있었군." 회교 혁명 이후 성직자들이 TV에 나와서 이슬람교의 실천적 적용들을 제시했다. 그것은 우스꽝스러울 만큼(자상하다고 말해도 무방할 만큼) 철저했다. 그들은 재래식 화장실에 들어갈 때는 심장 발작으로 구멍에 빠지지 않도록 왼발 먼저 디뎌야 한다는 조언까지 했다. "우린 우리의 시설에 대해 그렇게 구체적으로 알지 못했잖아. 기억나?"

오후에 그들은 복도에서 서로를 마주쳤다. 실라는 민망해하며 눈을 돌렸지만, 그는 그녀를 끌어당겨 따뜻한 뺨을 그녀의 뺨에 댔다. "당신 10일 동안 밖에 안 나갔어." 그가 그녀의 머리에 대고 속삭였다. "이러다 각질이 벗겨지겠어." 그녀는 잊고 지냈던 이런 친밀한 스킨십에 저항하기 힘들었다. 그때 분노에 찬 "안 돼!" 소리에 화들짝 놀랐다. 누신이 속바지가 발목에 걸린 채로 치맛자락을 부여잡고 씩씩거리며 욕실 문 앞에서 노려보고 있었다.

"엄마한테 입 맞추면 안 돼!" 아이가 눈물이 차올라서 입술을 떨며 말했다. "엄마는 공주가 아니잖아." 충격을 받은 듯 아이의 작은 가슴이 오르락내리락했다. 그리고 두 번 속삭였다. "나한테 미안하다고 해."

이제 막 움트기 시작한 아기의 존엄성을 생각해서, 실라는 급하게 달려가 딸의 속바지를 올려주었다. "실내에서 지낸 지 2주도 안 됐잖아." 그녀가 속삭였다. "그리고 우린 이 아이의 성 의식 형성을 방해하고 있어"

"우리 부모님들도 우리한테 그랬어." 캄란이 딸을 안아 올리며 말했다.

누신이 부모가 사랑을 나누는 장면을 본 적이 있을까? 실라는 부끄러워 물어볼 수 없었다. 그들은 여러 해 동안 함께 열심히 일했고, 각자 경력과 박사학위와 친구들이 있었다. 결혼 후, 그리고 누신이 태어난 후에, 너무도 조용히 잠자리가 점점 뜸해졌다. 압제나 구체적인 투쟁이 없으니, 그것은 혁명적 열기를 잃었다.

그날 밤 누신이 잠자리에 든 뒤, 캄란은 실라를 보며 말했다. "지난번에 당신이 하던 얘기 할까?" 실라가 말했다. "지금 내 얘기는 적절하지 않은 것 같아." 온종일 그녀는 한동안 혼자 앉아 방공호에서 보낸 열다섯 살 시절을 생각하고 싶었다.

대신 캄란은 열세 살에 그들이 테헤란 거리로 산책을 나갔던 날을 떠올렸다. 한 십대 경비병이 한 시간 동안 그들을 나무랐고, 캄란이 둘이 사촌 사이라고 둘러댄 뒤에야 겨우 그쳤다. 그들은 서로를 위로하지 못했고 거의 울면서 집으로 걸어왔다. 캄란이 몇 걸음 앞서서 걸었고, 실라는 거꾸로 뒤집힌 세상과 의무적인 히잡, 그리고 자기가 마치 아버지라도 되는 양 호통 치던 소년에 대해 분을 삭이지 못했다. 그리고 그들이 건물 현관에 서서 닳아서 해진 신발을 내려다보고 있는데, 갑자기 폭격 사이렌이 울렸고 이웃들이 줄지어 지하실로 향했다. 부모님과 동네 아저씨와 아주머니들의 물결 속에 누군가 그들을 안아 올렸고, 다리를 저는 할머니가 아들의 손에 이끌려 차도르를 부여잡고 아래로 내려갔다.

실라는 숨을 내쉬었다. "그때 우리가 지하 저장실을 발견했지." 그리고 그와 함께, 그들의 잘못된 대응에 대한 동류의식, 죽음과 애도의 시대에 피난처에 굴복하고 살아남으려는 육신의 끔찍한 선택에 대한 동류의식을 느꼈다. 그는 그녀의 손바닥에 입을 맞추었다. "당신은 안에 있어. 내일 내가 비타민D 사올게."

...

"할머니들이 방공호에서 세간 배치를 어떻게 했었는지 기억나?" 그녀가 발밑의 지하실을 상상하며 물었다. 프랑스의 지하 저장실은 고향에 있는 것처럼 설탕 냄새와 불에 달궈진 흙냄새가 날까? 아니면 거미줄과 말라붙은 장화 자국으로 가득할까? "그 계단 기억나?" 모든 계단 칸마다 놓여 있던 채소 절임 토르쉬 항아리. 제 차례를 기다리는 아랍 왕자들처럼 줄지어 선, 뚜껑 밑에 천을 덮어 돌려 막은 뚱뚱하거나 갸름한 유리 밀폐용기들.

"할머니들이 보고 싶어. 맙소사, 전쟁 중에 피클이 떨어졌었지."

"봉쇄조치 중에는 눈썹을 그냥 길러야겠어." 실라가 말했다.

"당신 눈썹은 예뻐." 캄란이 말했다. 그는 손바닥으로 그녀의 볼을 잡고 자외선 차단제를 바르듯 엄지손가락으로 쓰다듬는다.

"내가 아버지를 속이기 위해 한 번에 눈썹을 세 개씩 뽑아야 했던 거 기억나?" 착한 아가씨들은 결혼할 때까지 몸에서 털을 하나도 제거하지 않았다. 그래서 실라는 어머니와 짜고 같은 건물에 사는 많은 아버지와 오빠들에게 가늘어진 눈썹을 숨겼다. 만일 검정색 털이 한 번에 무더기로 없어지면, 아무리 둔한 남자라도 알아차릴 게 분명했다. 그러나 하나씩 하나씩 빠지면, 우리는 어떤 말이든 지어낼 수 있다. 그리고 소문을 내기 시작하는 거다. 그 가엾은 아이가 갑상선기능저하증에 걸렸지 뭐예요.

아, 엄마, 제발 잘 버텨줘요……. 통계 수치를 믿고…… 안에만 머물러 있어요.

"지하 저장실에 갔던 마지막 날, 부모님은 내게 세 시간 동안 고함쳤어."

"우리 부모님은 내가 전쟁터에 보내질까 봐 초조해했지." 캄란이 말했다.

어떻게 그들이 그렇게 오랫동안 서로 연락이 끊겼을까? "전쟁 없는 삶." 캄란이 말했다.

"끔찍해." 그녀가 말했다. "그건 우리가 아냐."

"어쩌면 그럴지도. 우리는 선천적으로 재앙을 타고 났어."

그들이 살던 두 건물은 건물 아래 눅눅한 굴 속에서 합쳐지는 두 개의 계단에 의해 거대한 지하실 피난처로 연결되어 있었다. 그 공간을 빙 둘러서 조리된 음식과 식재료가 채워진 십여 대의 냉장고와 냉동고가 있고, 그 사이 사이에 자전거가 끼워져 있었다. 선반들은 깡통과 쌀, 밀가루, 설탕의 무게에 눌려 아래로 처져 있었다. 그리고 커다란 채소 절임용 냄비가 각각의 냉장고 위쪽 공간에 빼빽하게 들어가 있었다.

전쟁이 시작되자, 할머니들은 의자와 베개, 선명한 색깔의 마루 깔개, 푹신한 누빔이불, 보송보송한 담요를 끌고 내려왔다. 큰 찻

주전자와 접시, 컵을 가져와, 식사나 차, 주사위놀이나 흡연을 할 수 있도록 만반의 태세를 갖추었다. 주민들 가운데 십대는 실라와 캄란을 포함해 다섯 명이었다. 이 둘은 그중에서 가장 어리고 가장 호기심이 많았으며 따라서 가장 요주의 대상이었다. 최초의 적색경보 사이렌이 울리는 동안, 가족들이 파이프 담배와 주전자를 앞에 두고 초조해 하면서 주사위 놀이를 하고 베개를 늘어놓고 난방장치에 대한 의견을 교환할 때, 그 둘은 작은 지하 저장실로 이어지는 터널을 발견했다. 저장실의 바위벽 안쪽에는 치즈며 건조식품, 다진 허브 주머니가 놓여 있는 선반과 닫힌 문, 그리고 두 명의 도망자에게 충분한 공간이 있었다.

그 이후로 적색경보 사이렌이 울릴 때마다, 아버지들이 체스를 두고 할머니들이 외설적인 농담을 하며 차를 1,000잔이나 마시는 사이에 그 둘은 틈틈이 그 저장소로 갔다.

"우리를 구해준 게 뭐였는지 기억나?" 캄란이 물었다.

"필라델피아." 미제 크림치즈는 귀했다. 배급 쿠폰이 있어도, 사람들은 항상 치즈를 두고 싸웠고 암시장으로 달려가기도 했다. 대부분의 저녁 시간에 특별한 치즈를 구하러 갔던 용감한 부모들이 고개를 푹 숙인 채 래핑 카우, 또는 더 심하면 평범한 이란 페타 치즈 상자를 들고 들어오곤 했다. 캄란과 실라가 어머니들의 신발 굽 소리를 들었을 때, 실라는 옷을 제대로 다시 입을 시간도 없어서 부랴부랴 겉옷만 입고 브래지어(컵이나 와이어 없이 순전히 면으로만 만든 자기기만적인 것)는 캄란의 주머니 속에 쑤셔 넣었다. 그들은 머리칼을 정돈하고 멀찌감치 떨어져 서 있겠지만, 그래도 여전히 한 방에 단 둘이 있는 것이 발각될 터였다. 그래서 그들은 범죄를 저지를 필요가 있었다. 물론 나쁘긴 하지만 그들이 저지른 짓보다는 덜 나쁜 범죄를. 그래서 캄란은 이웃의 선반에서 귀한 필라델피아 치즈 한 상자를 움켜잡고 종이 상자와 포일을 찢어낸 뒤 부드럽고 뽀얀 흰색 치즈를 한 입 깨물고는 실라에게 던져 주었다. "맙소사, 정말 맛있어." 그녀가 중얼거리고 있는데, 어머니들이 걸어 들어와 훔친 치즈를 보고는 소리치기 시작했다.

"얘들 좀 봐! 맙소사! 이런 짐승들." 어머니들이 말했다.

저녁 내내 빌고 또 빌었다. 치즈의 주인은 자애로웠다. 제발 그만두세요. 애들일 뿐이잖아요. 캄란의 아버지는 쿠폰과 현금으로 치즈 값의 세 배를 주겠다고 제안했고, 그들은 남은 치즈를 크래커에 올려 나눠 먹었다. 천방지축 아이들. 아무도 그들이 거기서 다른 짓을 하고 있었으리라고 생각하지 않았고, 그래서 그들은 각각 열네 살과 열다섯 살이 될 때까지 그 짓을 하고 또 했다. 실라의 검은 눈썹이 가늘어지고 그녀의 입술은 도톰하게 부풀어 올랐으며, 캄란의 다리가 길어져서 엄마들은 그런 아들을 둔 것을 부러워하기 시작했다. 그 시절에는 누구도 성에 대해 말하지 않았다. 대중매체는 소년들의 성적 충동을 전쟁에 쏟아붓게 하려 했고, 소녀들의 성적 충동을 천으로 덮어 꺼버리려 했다. 그러나 청춘들은 잡지와 사진과 교육을 밀반입했고, 도시 전체에 퍼져 있는 지하 저장실과 식료품 창고는 독학한 십대들의 노력으로 바스락거리고 쨍

그랑거렸다.

사이렌이 적색경보를 울리고 지하실로 달려가는 가족들의 소란스러운 소리가 거리를 메울 때마다, 실라와 캄란은 함께 지하 저장실로 갔다. 그리고 경보가 한두 단계 낮아져서 이웃들이 안도의 한숨을 쉴 때마다, 그들은 베개를 치며 사담 후세인이 배짱 좋게 한 번만 더 미사일 위협을 해주기를 간절하게 바랐다. 그들은 적색경보를 기다렸다. 두려움과 욕망이 합쳐져서 이상하고 상상할 수 없는 배합이 될 때까지. 브래지어에 와이어가 달리고 그것이 더 이상 주머니에 들어가지 않게 될 때까지. 훔친 치즈가 훔친 담배가 되고, 그다음 할머니의 밀주나 아편 차가 되고, 그다음 그런 것들이 더 이상 구실로 통하지 않을 때까지(그 한 쌍이 너무 아름답고 교활했기 때문에, 그리고 아직 우유처럼 하얗고 빵 칼의 톱니처럼 가지런한 치아를 금방이라도 양고기 다리에 찔러 넣을 것 같은 눈빛으로 서로를 바라보았기 때문에).

4월 말, 캄란은 오래된 키아로스타미◆ DVD를 찾았고, 그들은 함께 《체리 향기》를 보았다. 캄란이 실라에게 물었다. 그곳을 마음에 떠올리면서도 왜 기억하기는 싫어하냐고.

그녀가 말했다. 그녀의 어머니는 몇 달 동안 실라의 모든 체모를 검사했고, 그녀와 짜고 눈썹을 뽑도록 도와준 것을 후회했다고. 그

◆ 1997년 칸 영화제 황금종려상을 수상한 《체리 향기》를 연출한 이란의 영화감독.

녀의 부모가 그녀를 전문가에게 끌고 가서 처녀막을 다시 꿰매달
라고 했고, 전문가가 수술을 두 번 해야 하는 일이 없도록 결혼 직
전까지 기다릴 것을 조언한 후에야 포기했다고. "치욕스러운 해였
어. 그때 우리는 대학 진학을 위해 떠났지."

"미안해." 그가 말하고는 그녀의 손을 잡았다. "그건 공정하지
않았어. 모든 모욕은 다 당신에게 쏟아졌지."

아침에 캄란은 누신을 식료품점에 데려갔다. "난 아무것도 만지
지 않을 거야, 아빠."

실라는 BBC 뉴스를 들었다. 프랑스 국경이 봉쇄되었다. 당장은
이곳이 집이었다. 유럽 전역에서 봉쇄조치는 4월 내내, 어쩌면 5월
까지도 지속될 것이다. 그들은 시야를 방해하는 테이프 없이, 예
쁜 창문으로 들어오는 자몽 빛 석양을 더 많이 볼 것이다. 곧 유리
창 너머로 나무에서 봄의 잎들이 돋아날 것이다. 그러나 실라는 다
시는, 한동안은 밖에 나가지 않을 것이다. 아직 소년에 불과한 프
랑스 경비병이 총을 들고 어슬렁거리며 신분증을 달라고 고함치는
동안은.

그녀는 오랫동안 카펫 위에 앉아, 미사일 공격을 파티로 만들어
아이들의 기억을 바꿔놓은 할머니들을 생각했다. 어쩌면 그들은
아이들에게 역경과 전쟁에 대해 준비시키고, 아이들의 본능을 억
누르고, 모든 감각을 그 반대되는 감각과 융합시키려는 의도였으
리라. 그녀의 소녀 시절 눈썹은 다시 자라고 있었다. 그녀는 체리의
맛과 어린 시절의 노래와 대혼란 속에서 훔친 든든한 식사를 갈망

했다. 실라는 바닥에서 일어나 집주인의 퀴퀴한 담요를 넣어둔 벽
장 문을 열었다. 그 악취, 또 다른 시대의 치욕들이 공기를 오염시
켰다. 그녀는 캄란에게 문자메시지를 보낸 뒤, 베개 한 무더기와
레드와인 반 병, 크래커, 책 한 권을 챙겨 햇빛이 누그러지기를 기
다리러 지하실로 달려갔다.

내 남동생의 결혼식

라일라 랄라미

THAT TIME AT MY BROTHER'S WEDDING
BY LAILA LALAMI

……올해는 남동생이 결혼 발표를 하는 바람에
일찍 오게 된 거죠.
벌써 네 번째 결혼이랍니다.

라일라 랄라미
모로코 출신의 미국 작가. 2006년 소설집 《희망과 다른 위험한 일들(Hope and Other Dangerous Pursuits)》로 데뷔한 이래, 꾸준한 작품 활동을 해왔다. 2019년에 발표한 《다른 미국인들(The Other Americans)》로 아랍 아메리칸 북어워드를 수상했다.

길을 잃으신 것 같네요. 혹시 미국 영사 사무소를 찾으시나요? 당신의 모자와 배낭, 그리고 가슴에 꼭 끌어안고 계시는 여권으로 짐작할 수 있었어요. 카사블랑카에서는 좀도둑이 위험이 될 수 있는 건 사실이지만, 공항은 안전한 건물이라고 제가 보장하죠. 누구라도 당신의 서류를 가져가지 않을 거예요. 자, 앉으세요. 물론 좀 떨어져서 앉아야겠죠. 우리 둘 다 규칙을 알고 있으니까요. 편하게 계세요. 두어 시간쯤 있어야 영사관 직원이 도착할 텐데, 그 후에도 테이블을 준비하고 탑승객들에게 출국 허가를 시작할 때까지 시간이 한참 걸릴 거예요.

제가 얼마나 여기서 기다린 줄 아세요? 안타깝지만 꽤 오래됐어요. 이 본국 송환 항공편은 미국 시민권자 전용인데, 공간이 허락하면 외국인 거주자도 탑승이 가능하답니다. 그런데 적어도 지난 2주 동안은 공간이 허락하지 않은 모양이에요. 그런 요청을 할 때마다 항상 똑같은 대답을 들었거든요. "죄송합니다, 벤사이드 님, 항공편이 만석입니다"라고요. 탕헤르에 있는 공항을 시도해볼까도 생각했지만, 열차 운행이 끝난 데다 어차피 그곳이 여기보다 대기 인원이 더 많을 것 같았어요. 영사관 직원들은 계속 참고 기다리라고만 하네요. 다음번에는 운이 더 좋을 거라고요.

사실 제가 3월에 이곳에 오게 된 건 순전히 운이었어요. 저는 아이들을 가르치는 일을 해서 보통은 방학 기간인 여름에 가족을 방문하는데, 올해는 남동생이 결혼 발표를 하는 바람에 일찍 오게 된 거죠. 벌써 네 번째 결혼이랍니다. 상상이 가시나요? 순전히 제가 참석을 거부할 것에 대비해, 동생은 봄 방학 중간에 딱 맞춰서 예식 일정을 잡았죠. 그럼에도 저는 탐조 동호회 회원들과 텍사스에 갈 계획이어서 참석할 수 없다고 말했어요. 하지만 동생은 항상 내게 죄책감을 느끼게 만드는 재주가 있었고, 어머니가 나를 보면 얼마나 좋아할지, 어머니가 얼마나 늙었는지, 어머니와 함께하는 시간을 만들기 위해 얼마나 노력해야 하는지를 거론했어요. 거기에 대고 차마 싫다고 말할 수는 없더군요.

하지만 여전히 나는 계획에 차질이 생긴 것이 실망스러웠고, 그래서 이곳으로부터 북쪽으로 225킬로미터 거리에 있는 메르자 제르가로 짧은 여행을 계획했죠. 혹시 그곳에 가보셨나요? 이런, 언젠가 꼭 한번 가보세요. 그곳은 갯벌 석호인데, 다양하고 인상적인 조류 종들이 서식하는 람사르 지정 습지거든요. 그곳에서 섭금류와 올빼미, 그리고 운이 좋으면 이 계절에 이 지역을 이동하는 홍

학과 마블드덕도 보고 싶었어요.

물론 그 전에 결혼식을 겪어내야 했죠. 동생의 행복한 모습을 보고 싶지 않은 건 아니에요. 이해하실지 모르지만, 그냥 동생은 여자 취향이 형편없어요. 하나같이 젊고 순진하고 자기를 경외하는 여자들만 데려오죠. 언제나 사돈집에 부채를 안겨주는 성대한 예식에서, 동생은 마치 패션 잡지를 위해 포즈를 취하는 것처럼 새 아내의 옆에 서곤 했어요. 제 역할은 볼품없는 누나로서 살짝 초점에서 벗어난 배경에 서서 가족의 그림을 완성하는 거였죠.

저는 그 역할을 충분히 자주 수행했기 때문에, 예식에 도착했을 때 제 몫을 할 준비가 되어 있었어요. 이번에는 손님이 백 명쯤 참석했더군요. 동생의 기준으로는 소박한 인원이었지만, 그래도 돌아다니며 사람들에게 소개를 받고 축하와 덕담을 교환하는 데 충분히 긴 시간이 걸릴 만한 숫자였죠. 신부의 부모는 궁금한 게 많았어요. "캘리포니아에 사십니까?" 신부의 아버지가 제게 물었어요.

"예, 버클리요." 제가 대답했죠.

"무엇을 가르치시나요?"

"컴퓨터 공학이요." 어머니가 제 대신 대답했어요. 어머니에게는 그것이 자랑거리인 것 같아요. 애초에는 제가 화가가 되고 싶다고 말했었기 때문이죠. 어머니는 화가라는 직업이 영 현실적이지 못하다고 생각하셨거든요.

신부 아버지의 눈이 커졌고, 그 소문이 근처에 서 있는 고모와 삼촌, 사촌들에게로 퍼지며, 여기저기서 소곤대는 소리가 들렸죠. 캘리포니아 버클리래. 누군가 속삭였어요. 하지만 신부는 별 감흥이 없었고, 한없이 동정어린 눈으로 저를 보더니 말하더군요. "사는 게 얼마나 힘드실까요." 꽥꽥거리는 목소리였어요. 남동생은 신부 옆에 서서 동의의 의미로 고개를 끄덕였어요.

"무슨 뜻이죠?" 내가 물었죠.

"그렇게 멀리 사시는 거 말이에요." 저는 속으로 생각했죠. 당신이 친애하는 내 동생과 한번 살아보면, 과연 누구의 삶이 더 힘든지 곧 알게 될 거야.

하지만 신부의 관심은 이미 다른 곳에 쏠려 있었어요. "저기 사진사들이 오네요." 그녀가 말했죠.

우리는 카메라 앞에서 포즈를 취했어요. 신랑과 신부, 가족과 친지들이 다른 배열로 섰죠. 저는 두꺼운 카프탄드레스 대신 민소매 드레스를 입었는데도 열감이 밀려오는 걸 느꼈어요. 호르몬제를 찾기 위해 핸드백을 뒤지고 있는데, 신부가 제게 프레임 밖으로 빠지라는 신호를 보내더군요. "이제 모로코 사람들만 찍어요"라면서.

도대체 믿을 수 있겠어요? 제가 따끔하게 한마디 하려는데, 남동생이 끼어들더군요. 자신의 새 아내가 나쁜 뜻이 있어서 그러는 게 아니라, 내 드레스 색깔이 그녀의 카프탄드레스와 맞지 않기 때문이라나요. 동생은 나를 다시 프레임 안으로 끌고 들어와서는 사진을 찍기 위해 표백한 듯 새하얀 치아를 내보이며 활짝 웃었죠.

하지만 저는 동생이 그 상황에 별로 마음을 썼다고는 생각하지 않아요. 동생은 마음 깊은 곳에 저에 대한 원망을 품고 있거든요. 저는 열여덟 살에 집을 떠났고 자신은 우리가 성장한 집에서 어머니를 돌보며 살고 있기 때문이죠. 동생이 2~3년마다 아내를 갈아치우는 대신 저처럼 독신으로 살았다면, 우리 사이의 상황은 지금과 달라졌을지도 모르죠.

이렇게 정신없는 와중에 저는 약 먹는 걸 깜빡했어요. 사진사의 조명 속에 몇 분 더 서 있다가 갑자기 어지러움을 느꼈고, 몸을 가누려고 신부의 옷자락을 붙잡은 채 쓰러지고 말았죠. 의식을 잃기 전에 제가 마지막으로 들은 소리는 천이 바닥으로 떨어지며 펄럭이는 소리였어요.

다음 날 석호에서 배를 탈 생각에 잔뜩 들떠서 메르자 제르가 여행을 준비하다가 모로코가 국경을 폐쇄하고 있다는 소식을 들었어요. 그래서 출국하는 항공편 좌석을 구하려고 부랴부랴 이곳에 왔지만 아직까지 행운이 없네요. 얘기하다 보니 저기 영사관 직원들이 오네요. 저 푸른 셔츠를 입은 젊은 남자를 알아요. 이틀 전에도 여기 있었거든요. 벌써 이쪽으로 오고 있네요. 당신이 손에 들고 있는 푸른 여권을 알아본 게 분명해요. 어서 가보세요. 어쩌면 그쪽에서 또 뵐 수도 있겠죠.

죽음의 시간, 시간의 죽음

줄리언 푸크스

THE TIME OF DEATH, THE DEATH OF TIME
BY JULIÁN FUKS

1,001명의 사망자는 1,001일의 밤과 같았다.
그것은 1,000건의 죽음과 한 건의 죽음이었고
무한한 죽음에 하나를 더한 것이었다.

줄리언 푸크스

브라질의 언론인 겸 소설가다. 2004년 《알베르토, 율리시스, 캐롤리나와 나의 파편들 (Fragmentos de Alberto, Ulisses, Carolina e eu)》로 데뷔했고, 《저항(A Resistência)》(2016), 《점령 (A Ocupação)》 등을 펴냈다.

그리고 그때 새벽의 첫 햇살과 정오의 현기증 나는 햇빛 사이의 특정할 수 없는 어떤 순간, 시간이 더 이상 의미를 지니기를 멈추었다. 팡파르도, 어떤 소리도, 이례적인 무언가를 알리기 위한 시끄러운 소음도 없었다. 당신은 어쩌면 시계가 마비되고 달력이 뒤죽박죽이 되고 밤낮이 뒤섞이고 하늘이 회색으로 물드는 것 따위를 상상할지 모르지만, 그런 것은 없었다. 의미가 제거된 시간은 집단적인 사건이었지만, 그럼에도 절대적으로 사적인 사건이었다. 그것은 무기력과 무관심, 이상하고 심각한 일종의 허탈감 말고는 아무것도 촉발하지 않았다.

시간의 비존재가 무한한 시간 속에 억류된 각각의 가정과 각각의 개인에게 영향을 미치는 다양한 방식은 상상하기 힘들다. 어떤 이들은 사소한 일들의 속도를 높여서 자동화된 행동으로 적막함을 가리고, 끊임없이 손을 씻고, 집요하게 거실과 주방과 욕실을 청소했다. 또 어떤 이들은 무기력이 육신을 장악하는 것을 막지 못하고, 관성적이고 무력하게 소파에 뻗은 채 순전히 비극의 수학으로 채워진 늘 똑같은 뉴스에 막연한 관심을 기울이고 있었다. 어떤 시간의 유물은 측정하는 것이 여전히 가능했는데, 그것은 분이나 시간, 요일이 아닌 TV 화면의 누적 사망자 수를 통해서였다.

나는 창가에서 모든 것을 지켜보고 시선을 통해 이웃 아파트들 사이를 방랑하며 풍경이 나에게 제공한 틈새들 속의 삶으로 기분 전환을 했다. 시간의 죽음이 일어난 바로 그 순간, 내 기억이 정확하다면 나는 해먹에 누워 아무도 없는 텅 빈 거리를 멍하니 내다보고 있었다. 이전 순간과 다음 순간에서 벗어난 그 순간이 그것의 무의미함 속에 불멸화되며 점점 무게를 불리고 있는 것을 느꼈다. 몸집을 부풀려 거대해진 현재의 형상이 과거를 가리고 미래 전체를 보이지 않게 막아버린 것 같았다. 아주 최근의 나날들, 자유롭고 아무 문제도 없던 화창한 나날들조차 이제 망각되기 직전의 향수 어린 먼 기억들로만 존재하는 것 같았다. 미래에 대해 말하자면, 그것은 너무도 불확실해서 스스로를 완전하게 무효화하여 내가 품은 어떤 계획, 내가 갈망하는 어떤 사랑, 내가 쓰고 싶은 어떤 책도 어리석은 것으로 만들었다. 시간의 마비는 집과 몸을 동시에 점령하여 다리와 팔, 손, 그리고 존재에 부동성이라는 짐을 지웠다.

그날, 또는 다른 어느 날, 브라질은 사망자 수를 1,001명으로 집계했다. 나는 그 수치의 상징성이 시간의 고장에 일조했으며, 심지어 치명적인 시곗바늘을 도둑질하여 최종적 측정 단위를 고갈시켰다고 생각한다. 1,001명의 사망자는 1,001일의 밤과 같았다. 그것은 1,000건의 죽음과 한 건의 죽음이었고, 무한한 죽음에 하나를 더한 것이었다. 그것은 무한한 죽음이었다. 끝없이 계속되는 한 순간, 살아 있으면서 죽음의 즉흥성을 경험하는 것이 가능하다는 사실을 인구 전체가 발견하고 있었다. 시간의 밖에 있는 자신을 발견하기 위해 꼭 고통과 불행을 경험해야 하는 것은 아니며, 고통과 행복에 대한 절박함이면 충분하다는 사실, 그리고 시간적 질서 전체가 무너지기 위해서는 이런 절박함이 광범위하고 일반적인 것이 되는 것만으로 충분하다는 사실을.

그런 다음 더 이상 측정이 불가능해지고 모든 것이 당혹스럽고 두렵고 지루해졌을 때, 나는 곧 기회주의자들이 나타났음을 알아차렸다. 시간의 부재를 틈타 옛날 시간을 만들어내려는 자들 말이다. 조금씩 모든 것이 단일한 순간으로 동화되는 와중에도 신문에서 가장 흔히 보이는 얼굴들은 불길한 모습을 띠기 시작했고, 그들의 목소리는 어두워졌으며 표정은 점점 더 다른 시대의 표정들을 닮아갔다. 가까이서 보면, 국가의 최고위층 권력자들에게서 거의 기괴하다고 표현할 만한 다른 시간의 이미지를 볼 수 있었다. 정장 속에 숨겨진 제복의 윤곽, 구두의 그림자에 가려진 군화, 손에 들린 야경봉만큼 긴 펜.

그들의 몸동작이나 옷차림을 살펴보는 것보다 그들의 이야기를 듣는 것이 더 큰 절망을 초래할 수 있었다. 그들의 발언은 언제나

기이하고 폭력적인 다른 발언의 메아리였다. 그들의 이야기는 사망자 수와 예방 조치를 깔보고 과학적 연구를 부정하고 팬데믹을 뿌리 뽑을 수 있는 만병통치약을 설파하는 것으로 시작했다. 그런 다음 어떤 결과가 따르건 일을 재개해야 할 필요성과 생산성을 향한 열망, 임금을 삭감하고 숲을 파괴하여 경작을 위한 땅을 만들어야 할 필요성으로 넘어갔다. 그들의 이야기는 항상 반기를 드는 목소리에 대한 박해와 비판자와 반체제인사들에 대한 직접적인 공격, 그리고 정적들을 모두 공산주의자와 테러리스트, 불순분자로 몰며 당장 퇴치해야 한다는 촉구로 끝났다.

그들이 조용할 때는, 침묵 이상의 무언가가 있었다. 그날, 또는 다른 어느 날, 내 안에서 폐소공포증과 밖으로 나가고 싶은 억제할 수 없는 충동이 갑자기 시작되었다. 그동안 내가 스스로를 가두었던 아파트를 떠나고 싶은 욕구. 부지불식간에 내가 수동적으로 나 자신을 포함시켜버린 집단적 무기력에서 탈피하고 싶은 욕구. 나는 거리를 빠르게 걷는 느낌을 기억한다. 내 발걸음이 어떻게 초(秒)들을 만들어내고 시간의 맥박을 복원시켜 다시 존재하게 만드는 것 같았는지를. 또한 텅 빈 거리와 기분 나쁘게 길어진 그림자 속에서 어떤 적대감을 느꼈던 것을 기억한다. 마치 어느 모퉁이에서 어둡고 아주 오래된 무언가가 나를 공격할 수도 있을 것 같은 느낌을. 그럼에도 나는 누군가의 얼굴을 보기를 갈망했다. 누구라도 좋으니 내가 아닌 누군가, 내가 모르는 낯선 누군가의 얼굴을. 그저 마스크나 창문에 가려지지 않은 인간의 얼굴이면 충분했다.

비록 의식적인 목적지는 아니었지만, 부모님의 집 앞에 도착했을 때 나는 별로 놀라지 않았다. 나는 코트 소매로 보호한 손으로 벨을 누르고는 권장 거리를 유지하기 위해 몇 걸음 뒤로 물러섰다. 부모님이 서두르지 않고, 접이식 의자를 하나씩 겨드랑이에 낀 채 밖으로 나와서 보도에서 2~3미터 떨어진 앞마당에 의자를 배치했다. 마치 이 만남이 전혀 특별한 일이 아닌 것처럼, 그들의 움직임에는 거의 평온함에 가까운 침착함이 있었다. 그들은 이처럼 평온한 존재임에도 한때 반체제인사였고 불순분자였으며 다른 시대의 독재에 맞서 떨쳐 일어났던 비밀 투사였다. 그들은 이제 남들보다 더 질병에 취약한 사람들이지만, 그럼에도 여전히 저항한다. 그들은 나의 두려움을 모른 척하며 조용히 생존한다.

우리가 그날 무슨 얘기를 나누었는지 기억나지 않지만, 세월이 한참 흐른 지금 나는 두 사람이 내 눈앞에서 만들어낸 그림을 생생하게 기억한다. 세월에 의해 주름진 창백한 얼굴, 그리고 배경에 깔린 나의 어린 시절 집과 행복하게 방치된 채 세월에 의해 얼룩진 벽들, 지붕 위로 보이는 우리가 함께 심은 나무의 우듬지를. 시간은 이 집에서 살고 있었고, 그저 그곳에 있는 것만으로 나로 하여금 무수히 많은 사건의 사슬 속에서 시간은 계속 달릴 거라고 믿게 하기에 충분했다. 언젠가 시간은 우리를 통치하는 의뭉한 사람들을 지워낼 것이고 우리 부모님도 지워낼 것이고 나 또한 지워낼 거라고, 그리고 시간은 거리를 따라 광장을 따라 도시 전체를, 미래 전체를 이끌고 달려갈 거라고 말이다. 그런 생각 속에 어떤

어지럽고 끔직한 측면이 있었을지 모르지만, 어쩐 일인지 그 순간
은 시간의 확실성이 나에게 유일한 평화를 주었다.

PRUDENT GIRLS
BY RIVERS SOLOMON

때로는 살인은 꼭 필요한 것이며,
예전의 삶에 휘둘리는 것은 분별없는 행동이다.

리버스 솔로몬

미국의 소설가. 2018년 SF 소설 《무정한 유령들(An Unkindness of Ghosts)》을 시작으로,
《더 딥(The Deep)》(2020), 《슬픔의 땅(Sorrowland)》(2021) 등을 출간하며 활발하게 활동하
고 있다.

봉쇄조치 전에도 제루샤는 어차피 사람들이 다니는 곳에 가지 않았다. 볼링장이 있긴 했지만 그곳 주인이 맥주 판매 면허를 가지고 있어서 제루샤에게는 출입금지 구역이었고, 그곳을 제외하면 텍사스, 캐도에는 할 만한 것이 많지 않았다.

엠바카데로에는 H-E-B 슈퍼마켓과 조안 패브릭, 자동차 판매 대리점, 허비 로비가 있고, 측면 도로 바로 옆에 칠리스, 로잘리타스, 베스트 웨스턴이 있었다. 곰 인형과 풍선들이 문제의 장소를 표시하고 있는, 로렌스 테이트가 경찰의 총에 맞은 대로변 상가에는 월마트, 로스 드레스 포 레스, 스타벅스가 있고, 그곳에서 길을 따라 내려가면 총포상 겸 사격연습장이 있었다. 도서관에 대해 말하자면, 제루샤는 절대 가지 않았다. 안내 데스크에서 일하는 여자가 공식적인 대출 한도가 열 권인데도 흑인과 멕시코 출신 사람들에게는 한 번에 두 권 이상 대출해주지 않았기 때문이다. "네가 감당할 수 있는 것 이상을 가져가지 않는 게 좋아. 안 그러면 괜히 내지도 못할 연체료가 부과될 테니까. 일단 두 권으로 시작하고, 이 책들을 제때 반납할 수 있다는 걸 증명하도록 해."

시 경계에서 8킬로미터 떨어진 캐도 크릭 여성 교도소는 시 행정구역의 일부로 간주되지 않았는데, 제루샤로서는 안타까운 일이었다. 그녀의 어머니가 13년 형을 선고받고 그곳에서 9년째 복역 중이기 때문이다. 그곳은 이 지역에서 유일하게 의미 있는 장소였다. 제루샤가 일단 엄마를 탈옥시키면, 캐도는 다시 찾을 일이 없어질 터였다.

KBCY 뉴스 프로 진행자들이 채널4에서 격리 절차를 심각하게 설명하는 것을 지켜보는 사람이라면 누구도 자신들이 많은 것을 놓치고 있다고 생각하지 못할 것이다.

"제루샤, 그 소음 좀 꺼라." 부엌 테이블에 앉아 있던 리타 외이모할머니가 소리쳤다. 그녀는 〈마티스 판사〉*가 한 시간 뒤에 시작되기를 기다리며 매일 하는 암호풀이 퍼즐을 하고 있었다. "난 왜 사람들이 이런 조치들을 중요하다고 생각하는지 통 모르겠더라. 어차피 사람들의 운명을 결정하는 건 하느님인데 말이야. 애벗 주지사가 TV 생방송에서 회개라도 한다면, 그자가 무슨 말을 하는지 보려고 내가 시간을 낼지도 모르지. 그 무엇도 아마겟돈을 막을 수는 없어."

◆ 리얼리티 법정 TV쇼.

그러나 〈잠언〉 22장 3절은 슬기로운 자는 재앙을 보면 숨어 피하여도 어리석은 자는 나가다가 해를 받는다고 했다. 리타 외이모할머니는 바이러스로 죽어가는 사람들에 대해 걱정하는 마음이 없었을까? 찰스 삼촌은 만성 폐색성 폐질환이 있었고, 윌마 이모는 루프스와 당뇨를 앓았다. 리타 외이모할머니 본인도 혈액 투석을 했다.

무엇보다 마스크도, 손 소독제도 없이 밀집된 시설에 갇혀 있는 제루샤의 엄마가 있었다. 그녀가 천식과 간염과 HIV를 지닌 채 살아간다는 사실을 고려하지 않더라도 충분히 안 좋은 상황이었다.

리타 할머니는 자신의 조카딸이 죽기를 바라는 걸까? 어쩌면 그럴지도. 제루샤의 엄마는 배교자였고, 리타에게 그것은 죽음보다 나빴다.

제루샤는 분별 있는 소녀였고, 그래서 이런 생각들을 입 밖에 내지 않았다. 성서에서 칭찬하는 슬기로운 사람처럼, 그녀는 외이모할머니라는 위험을 피했다. 이 세상에서는 자신에게 해를 끼칠 사람에게 스스로를 숨기는 법을 아는 소녀가 자신이 자유롭다고 생각하고 적에게 그것을 과시하는 소녀보다 더 많은 자유를 가진 것이다.

"그것 좀 끄라고 했잖니. 제루샤."

제루샤는 음 소거 버튼을 누르고 자막 방송을 켰다. 퍼즐에 몰두한 리타 할머니는 그녀가 실제로는 TV를 끄지 않았다는 사실을 눈치채지 못할 터였다.

"그래도 내일 엄마를 면회할 수 있을 거라고 생각하세요?" 제루샤가 물었다.

리타 할머니가 낸 끙 소리는 긍정도 부정도 아니었다. 눈을 암호 퍼즐에 고정한 채 머그잔에서 페퍼민트 차를 조금씩 홀쩍이며, 그녀는 '나만의 휴식 시간' 모드에 들어가 있었다. 하루 중에 그녀가 '제루샤의 광대짓' 때문에 성가시지 않은 시간이다.

"인터넷으로 찾아보면 되겠죠, 뭐." 제루샤가 넌지시 말했다. 위험한 불장난이었지만, 의도적인 것이었다. 그녀가 리타 할머니가 탐탁해하지 않는 말이나 행동을 하지 않는다면, 할머니는 그녀에게 뭔가 꿍꿍이가 있다고 생각할 게 뻔했다. 게다가 종손녀보다 우위에 설 수 있는 것이 그녀에게 목적의식을 갖게 해주었다. 그것을 굳이 빼앗을 이유가 없었다. 이제 곧 그녀는 그런 작은 즐거움조차 누리지 못하게 될 테니까.

리타 할머니가 미간을 좁히고 볼펜으로 테이블을 톡톡 두드렸다. "인터넷까지 끌어들일 거 없다. 내가 내일 아침에 행정 감찰관에게 직통 전화를 걸어서 면회가 가능한지 알아보마."

리타 할머니가 그런 일을 할 리 없지만, 그건 중요하지 않았다. 어차피 제루샤는 내일 버스를 타고 엄마를 보러 갈 생각이 없으니까. 그때 즈음이면 두 사람이 이미 멀리 떠났을 테니까.

캐도 크릭 여자 교도소의 교도관 마이클 피어스가 아내의 머리를 둔기로 내리쳐 살해했을 때, 그는 누군가 보고 있다는 것을 몰랐다. 딸들은 조부모의 오두막집에 머물고 있었고, 그의 개 샌드 듄은 뒷마당에 있었다. 그것은 계획된 폭행이 아니었지만, 누구라 도 금지된 행동을 저지르기 전에 그러는 것처럼 그는 체포될 확률 을 계산했다. 격리 상황이기 때문에 사람들은 마이클의 아내가 없 다는 것을 몇 주 이상 눈치채지 못할 것이고, 그러면 효과적인 은 폐를 계획할 시간을 벌 수 있었다. 그는 우연치 않게 완벽한 살인 을 하게 되었다고 생각했다.

피어스 교도관이 분별 있는 사람이었다면, 아내가 야간 수업을 시작하기 위해 14개월 전에 그에게 보여준 육아도우미 후보 세 명 에 대한 서류철을 진지하게 살펴보았을 것이다. 제루샤의 추천서 를 검토하고 뭔가 좀 부족하다는 것을 발견했을 것이다. 그녀에게 좋은 추천서가 없어서가 아니라, 그녀가 상대에게 무엇을 얻어낼 수 있다고 판단하느냐에 따라 사람마다 임금을 다르게 청구한다 는 사실을 고객에게 숨기려 했기 때문이었다. 그것을 눈치챘다면 그는 제시 타일러나 이사벨 에머슨을 선택했을 것이다. 그 둘은 제 루샤처럼 절도 혐의를 받은 다음부터 고객의 집에 몰래 카메라를 설치하지 않았으니까.

그러나 마이클은 아내가 마닐라지 서류철에 꼼꼼하게 모아둔 정 보를 보여줬을 때, ESPN에서 보고 있던 포커 경기의 볼륨을 올리 고 이렇게 말했다. "뭔지 모르지만, 이거 끝나면 물어봐줄래?"

그의 아내는 여호와의 증인이라고 소문난 소녀를 선택했다. 여 호와의 증인은 사교라고 들었고, 그녀는 사람들이 모르몬교 소녀들을 일부다처제 결혼으로부터 구출하는 TV 프로그램에서 본 것처럼 그 소녀의 탈출을 돕는 것에 대한 판타지를 가지고 있었기 때문이다.

게다가 딸들이 그처럼 소박한 옷차림의 소녀와 시간을 보낸다면 좋을 것 같았다. 문란한 여자들이 입는 쓰레기 같은 옷차림은 사양이었다. 절대. 착하고 지각 있는 여자들은 착하고 지각 있게 옷을 입는 법.

그가 더 나은 남자였다면, 그를 위해 1년 넘게 일하고 있는 이 육아도우미와 한두 번쯤은 이야기를 나누었을 것이다. 그랬다면 그녀는 그에게 마음이 약해졌을 것이고 모든 것에 대해 관대했을 텐데, 그는 그렇게 하지 않았다. 그는 그녀의 이름조차 몰랐다. 뭔가 성서의 느낌이 나는 이름인데, 하고 교도관은 생각했다. 그는 그녀를 그저 흑인 소녀로만 알았다.

아내와 싸움을 시작하게 된 것도 바로 이 문제 때문이었다. 제루샤가 봉쇄조치에 앞서 마지막으로 월급봉투를 받으러 왔었다. 그녀가 떠난 뒤, 교도관은 아내에게 반쯤 농담으로 물었다. "왜 흑인들은 전부 엉덩이와 가슴이 스트리퍼처럼 생긴 거지? 걔 나이가 몇이지? 열다섯? 열여섯? 영 자연스럽지가 않아." 그가 마치 '대체 세상이 어떻게 돌아가는 건지. 세상이 어떻게 된 거야? 캐도가 옛날엔 이렇지 않았는데'라고 말하는 듯한 표정으로 고개를 저었다.

"그렇게 말하면 안 되지, 마이클. 그건 그 사람들도 어쩔 수 없는 문제잖아." 그의 아내가 말했다. 그것은 항상 그녀에게 중요한 문제였다.

"그냥 그렇다는 거야. 그런데 당신은 그 애가 착한 소녀인 척, 독실한 교인인 척하는 걸 전부 믿는 거야?" 언젠가 그는 자신을 보고 있는 제루샤를 보았다. 그렇다. 그도 그녀를 보았다. 그렇다, 그는 그녀가 몸을 움직이는 방식에서 은밀한 유혹을 보았다.

"다른 애를 고용하길 바랐다면, 애초에 서류철을 잘 봤어야지. 당신이 원한다면 지금이라도 해고할게."

"그 애를 해고해야 한다는 말이 아니잖아. 호들갑 좀 떨지 마. 그리고 무슨 서류철 말이야? 지금 무슨 얘기를 하고 있는 거야?"

그녀는 고개를 저었다. "서류철 말이야, 마이클."

그의 아내는 항상 질투심이 많았고 그가 자신에게 관심을 기울이지 않는다고 불평했지만, 사실은 그녀가 말하고 싶은 흥미로운 것이 있다면 그에게도 흥미로운 무언가가 있는 것뿐이다.

그러더니 그녀는 남편이 그 여자아이와 잠자리를 갖기를 원한다고 비난했다. 그건 말도 안 되는, 정말 말도 안 되는 소리였다. 그에게 몸을 들이댄 건 그녀였다. 만일 그가 그녀를 취했다면, (그렇다, 그가 그랬다고 인정했다.) 그건 원하고 안 원하고의 문제가 아니라 무분별한 도발의 문제였다.

그의 아내가 그를 밀치며 변태라고 말했다. 그건 그 자체로 언어폭력이었다.

협박은 교도소 시스템 자체와 같았다. 약간의 피를 흘리지 않고 거기에서 빠져나올 방법은 없었다. 낯선 이가 당신에게 익명으로 동영상을 보냈는데 그 동영상에 당신이 아내를 살해하는 장면이 담겨있다면, 그 낯선 이의 요구를 들어주는 수밖에 없다.

어느 정도까지는. 피어스 교도관은 로첼 헤이즈의 탈출을 기획할 생각이었다. 그러나 로첼 헤이즈를 미행하여 협박자가 모습을 드러내면 자신이 직접 끝장낼 셈이었다.

...

제루샤는 식탁에 쿨에이드와 연어 크로켓, 인스턴트 으깬 감자, 깍지콩, 크루아상을 차렸다. "참, 이것 봐라." 리타 할머니가 말했다.

"여분으로 얼려놓은 것도 있어요."

"지난 몇 주 동안 음식을 산더미처럼 하더구나. 밖에 있는 냉동실이 아주 터지겠어. 바이러스 때문에 겁을 집어먹은 게냐?" 리타 할머니가 물었다.

제루샤가 두루마리 휴지를 가져와 식탁 가운데에 놓았다. "전 겁 먹지 않았어요. 여호와께서 신도들에게 베푸시는 거죠. 평화의 날이 가까이 오고 있어요." 그녀가 말했다.

"전적으로 동의한다. 오늘 밤 축복의 기도를 네가 할 테냐? 아니면 내가 할까?"

제루샤는 두 사람이 함께 나눌 마지막 식사를 위해 리타 할머니 맞은편에 앉았다. "제가 할게요." 그녀가 말했다. 리타 할머니의 기도는 길게 늘어지는 경향이 있었다. "여호와여, 저희 앞에 있는 풍요로움에 감사합니다. 우리 몸에 자양분이 되도록 은총을 내려주시옵소서. 예수님의 이름으로 기도하나이다, 아멘."

"아멘."

제루샤는 오늘 밤 가져갈 요량으로 저녁 식사 2인분을 쿨러에 미리 싸두었다. 그것은 그녀의 어머니가 거의 10년 만에 처음으로 맛보는 진짜 음식이 될 터였다. 견과류와 과일, 생수, 크래커, 빵, 조미한 참치 팩도 옆에 챙겨두었다. 상점들은 텅 비었지만, 제루샤 안의 '증인'은 그녀로 하여금 항상 대비하도록 만들었다.

"너 오늘은 꽤 조용하구나." 리타 할머니가 말했다.

제루샤는 으깬 감자를 두 번째로 떠서 개인 접시에 담았다. "그냥 생각하고 있었어요."

"뭐에 대해?"

"세상의 종말이요." 제루샤가 말했다. 리타 할머니와 이곳에서 사는 삶의 끝을 의미하는 말이었다. "엄마는 내가 태어났을 때, 내가 엄마가 살아온 세계의 종말을 예고했다고 했어요. 하지만 그게 좋았대요. 엄마가 여호와를 떠난 이유는 나였대요."

리타 할머니의 포크와 나이프가 접시에서 쨍그랑거렸다. "수치스럽구나."

딸이 태어난 날, 머리를 빡빡 밀어버린 엄마의 사진이 있다. 그녀는 모든 것을 단절하고픈 충동에 휩싸였다고 제루샤에게 말했다. 어쩌면 호르몬 때문일지도 모르지만, 제루샤가 태어나는 것을 보며 예전 삶을 파괴하지 않고 새로운 삶을 시작할 수 없다는 것을 깨달았다. 로첼은 남편과 이혼했고 여호와의 증인을 떠났고 레즈비언이 되었다. 그리고 제루샤의 아버지가 어린 딸을 찾으러 오자, 그의 심장을 쏴버렸다.

때로는 살인은 꼭 필요한 것이며, 예전의 삶에 휘둘리는 것은 분별없는 행동이다. 이런 것들을 숙고해야 한다. 죽음까지 포함하여 새로운 삶이 들어올 수 있게 해야 한다.

저녁을 먹은 뒤 리타 할머니가 거실에서 〈제퍼디!〉를 보고 있는 동안, 제루샤는 마지막으로 가방을 점검했다. 팬티 열 장과 브래지어 다섯 장, 러닝셔츠 다섯 장, 블라우스 세 장, 스커트 세 장, 양말 열네 켤레, 치약, 칫솔, 치실, 구강청결제, 체취제거제, 성경책, 출생증명서, 그리고 총 한 자루가 있었다.

그녀는 여행 가방을 끌고 후아레스 스트리트로, 그리고 이어서 엠바카데로로 가서, 한때 비디오게임 판매점이었지만 4년 동안 판자로 막아놓은 상점 건물을 지나쳤다. 또 1980년대에 백인 청소년들의 트럭에 매달려 질질 끌려다니다가 사망한 남자를 기리기 위해 일부 흑인 엄마들이 기금을 조성해 설치한 듀이 제임스 기념 벤치를 지나쳤다. 도시는 허물어져가고 있었고, 누런색, 갈색 잡초가 아스팔트에서 솟아났다. 벽에서는 페인트가 조각조각 벗겨지고 있었다. 폐교되기 전에 캐도 초등학교는 건물 본체에 곰팡이가 득실거려서 학생들이 트레일러로 옮겨졌다. 땅을 팔려는 광고를 게시한 옥외 광고판은 12월부터 칠이 벗겨져서 이제 전화번호의 마지막 두 자리만 보였다. 이렇게 볼썽사나운 장소에도 나름의 미덕이 있었다. 그것을 더 이상 관리가 불가능하다는 것을 깨달으면 보내주기가 쉽기 때문이다.

아침에 종손녀가 사라진 것을 발견하고, 리타는 그동안 두 사람이 남모르게 불화했었나 하는 의문이 들었다. 하지만 제루샤와 그녀의 외이모할머니는 항상 한 가지 본질적인 진실에는 동의했다. 그들 주변의 모든 것이 허물어질 필요가 있다는 것이었다. 우리가 필요한 것을 하려는 의지만 있다면 새로운 세상은 올 것이다.

제루샤의 어머니는 전화상으로 지시받은 대로 급수탑에서 딸을 만났다. "여기까지 내내 걸어왔니?" 그녀가 물었다.

14킬로미터였지만, 제루샤는 실용적인 신을 신었다. "그자가 따라오든?"

"딱 엄마가 말한 대로. 저기야. 봐. 라이트가 꺼져 있어." 그녀가 속삭이며 도로에서 10미터 위쪽 지점을 가리켰다. 긁어 부스럼 만들지 말고 현 상태 그대로 놔두라는 말이 있지만, 그렇게 할 수 없는 사람들이 있다. 여기서 현 상태란 시체 한 구만 있는 상태다. 그는 회색빛 3월의 안개 자욱한 어둠 속에서 그녀가 다가오는 것을 보지 못했다.

제루샤는 손에 권총을 들고 그를 향해 걸어갔다. 그녀에게 그런 짓을 한 남자를 도저히 참아줄 수 없었다. 오늘 밤은 엄마의 구원이자, 그녀 자신의 구원이었다.

현명한 사람이 하는 것처럼, 그녀는 적의 눈을 피해 살금살금

옆걸음으로 다가갔다. 그리고 가차 없이 방아쇠를 당겼다. 제루샤
는 그녀 자신의 아마겟돈을 일으켰으며, 그것이 좋았다.

기원 이야기

매튜 베이커

ORIGIN STORY
BY MATTHEW BAKER

일주일 동안 매일 밤 가족들은 거실에 둘러앉아
아이스크림을 한 숟갈씩 먹으며 박탈감을 느꼈다.

매튜 베이커

미국의 소설가. 단편소설집 《하이브리드 생물(Hybrid Creatures)》(2018), 《왜 미국에 오는
가(Why Visit America)》(2020) 등을 펴냈다.

배급제와 절망 속에서도 위대함이 피어오를 수 있다! 19세기 전시 해상봉쇄 중에 루이지애나에서, 20세기 충격적인 경제 불황 중에 일본에서, 또는 21세기 전 세계적인 팬데믹 동안 바로 여기 디트로이트에 있는 아담한 분홍색 주택에서. 생각해보면 놀랍지만 그 몇 개월 동안 그 집에서 펼쳐진 온갖 드라마에도 불구하고, 훗날 그 모든 것은 그 하나의 사건에 의해 가려졌다.

"내가 획기적인 방법을 찾았다." 베벌리가 분홍색 나이트가운 차림으로 거실로 이어지는 문가에 나타나서 선언했다.

봉쇄조치 때문에 가족 전체가 그 집으로 모였다. 베벌리의 자식들과 손주들, 증손주들, 스칸디나비아에서 온 누군가의 교환학생. 베벌리의 집이 가장 작았지만, 그녀는 봉쇄 기간 동안 다른 어디에도 가기를 거부했고, 그래서 가족이 그녀에게 와서 소파와 안락의자, 손님방에 있는 여분의 침대에서 잠을 잤다. 지하실에 있는 에

어매트리스에서도 잤다. 베벌리는 고등학교 교육을 받은 90세 미망인이었다. 심술 맞은 데다 남의 험담을 입에 달고 살며, 가끔은 꾸며낸 것이 분명한 시시콜콜한 추문으로 이야기를 윤색하곤 했지만, 가족들은 모두 그녀에게 깊은 애정을 가지고 있었다. 딱 한 사람, 엘리만 빼고 말이다. 코에 피어싱을 하고 몸에 문신을 새긴 엘리는 대학교 신입생이었다. 엘리가 어렸을 때는 두 사람이 서로를 좋아했지만 엘리가 커가면서 관계가 틀어져서, 여러 해 동안 엘리와 베벌리는 거의 말도 섞지 않았다. 나머지 가족이 이들의 불화가 큰 문제라고 느끼는 이유는 두 사람이 한때는 무척 가까워서 가족 모임이 있을 때마다 항상 꼭 붙어 있던 사이였기 때문이다. 봉쇄 기간 동안 두 사람은 깨어 있는 시간 내내 같은 공간에 살면서 주방이며 세탁기, 심지어 세심한 주의가 필요한 변기가 있는 욕실까지 공유해야 했으니 불화는 계속 심화될 뿐이었다. 엘리는 특히 아이스크림에 분개하는 것처럼 보였다. 냉동실 공간은 한정되어 있는데, 슈퍼마켓은 공급 부족에 시달렸다. 비축한 물품이 금세 바닥나는 것을 피하기 위해, 베벌리는 엄격한 배급제를 도입했다. 하루에 배급되는 아이스크림의 양이 박해서, 밤에 1인당 한 숟가락이 고작이었다. 그렇게 하지 않으면 아이스크림이 즉시 바닥나서 아예 없어질 테니, 불만 있는 사람이 한 명 있긴 했지만 나머지 가족은 이 방법을 최선의 해결책으로 받아들였다. 일주일 동안 매일 밤 가족들은 거실에 둘러앉아 아이스크림을 한 숟갈씩 먹으며 박탈감을 느꼈다. 엘리는 자신이 이런 상황에서 얼마나 좌절감을 느끼는지에 대해 특히 목소리를 높였다. 그런데 지금 가족들은 베벌리가 손에 그릇을 들고 문가에 서 있는 것을 보았다.

"대체 그게 뭔데요?" 엘리가 물었다.

"혁신이지." 베벌리가 말했다.

그릇에는 잘게 부순 얼음 더미 위에 아이스크림이 한 숟갈 얹혀 있었고, 그 위에 또 잘게 부순 얼음이 뿌려져 있었다. 베벌리는 냉동실에서 얼음 조각을 비닐봉지에 넣은 다음 고무망치로 두들겨서 얼음을 부쉈다고 설명했다. 그녀는 이것이 상황을 완전히 바꿔놓을 묘안이라고 했다.

"제발 농담이라고 말해주세요." 엘리가 말했다.

"이제 우리 모두 가득 찬 그릇을 받을 수 있잖니." 베벌리가 말했다.

"이 세상에 물에 희석된 아이스크림을 먹고 싶어 하는 사람은 없어요." 엘리가 넌더리를 내며 말했다.

"저는 기꺼이 시도해보겠습니다." 교환학생이 말했다.

"난 이걸 아이스아이스크림이라고 부르기로 했어." 베벌리가 말했다.

"아이스아이스크림." 교환학생이 경이로운 듯 따라 말했다.

"할머니가 지을 수 있는 가장 멍청한 이름이네요." 엘리가 말했다.

"사실 뭐라고 부를지 결정하는 데 많은 시간을 들였지."

"'아이스'를 두 번 말하는 건 중복이에요." 엘리가 말했다.

솔직히 가족 대부분이 이름을 기억하지 못한 그 교환학생은 영어 사용자들이 아이스크림이라고 부르는 것에 실제 얼음 조각이 들어가 있지 않다는 점에서 '아이스'의 반복은 사실 구문론적으로 가치 있는 역할을 할 수 있다고 말함으로써 달인급 영어 능력을 과시했다.

"내 평생 이것만큼 싫은 건 없었어요." 엘리가 말했다.

그날 베벌리는 발을 질질 끌고 주방과 거실을 오가며 모두를 위해 아이스아이스크림을 만들었다. 가족 중 누구도 물로 희석된 아이스크림을 먹어야 하는 상황이 달갑지 않았지만, 어쨌거나 그릇에 담겨 있는 양이 더 많다는 것의 매력은 부인할 수 없었다. 나머지 봉쇄 기간 동안, 그 가족은 매일 밤 거실에서 함께 아이스크림을 먹었고, 아이스크림과 잘게 부순 얼음 조각을 조심스럽게 따로 떠먹으려 애썼다. 엘리만은 한사코 거부했다. 시도조차 하지 않았다. 그녀는 휑한 그릇 한가운데 덩그러니 놓여 있는 한 숟갈의 아이스크림을 그냥 먹었다. 다 먹고 나면 나머지 가족이 아이스아이스크림을 한 입 한 입 음미하는 동안 카펫만 노려보곤 했다.

"사실 이것도 나름대로 매력이 있어." 어느 날 밤, 베벌리가 한 숟갈을 삼킨 뒤 진지하게 말했다.

거실 맞은편에서 엘리가 경멸스럽다는 듯이 코웃음을 쳤다.

베벌리는 봉쇄령이 해제되고 한 달 뒤 잠을 자다가 숨을 거뒀다. 수십 년이 지난 뒤에야 그 가족은 치커리 커피와 현미차에 대해 알게 되었다. 봉쇄 기간 중에 배급제가 실시되었던 19세기 루이지애나에서 사람들은 양을 불리기 위해 치커리 뿌리를 커피에 섞어

먹기 시작했지만, 전쟁이 끝날 무렵에는 그 맛에 길들여져서 치커리 커피는 오늘날까지 그곳에서 인기가 있다. 경제 불황 중에 역시 배급제가 실시되었던 20세기 일본에서도 사람들은 역시 양을 불리기 위해 볶은 쌀을 차에 섞어 먹기 시작했지만, 경기가 회복되었을 무렵 그 맛에 길들여져서 현미차는 오늘날까지 그곳에서 인기가 좋다. 그 가족 중에 치커리 커피나 현미차를 맛이라도 본 사람은 아무도 없었지만, 그들은 그런 사례들과 연결된 것만 같은 강한 느낌을 받게 되었다. 아이스아이스크림으로 똑같은 현상이 일어났기 때문이다. 팬데믹 이후에도 그 가족은 아이스아이스크림을 계속 먹었다. 처음에는 향수 때문에 어쩌다 한 번씩, 그러다가 일상적으로. 그러다가 놀랍게도 결국 그것을 그냥 아이스크림보다 정말로 더 좋아하게 되었다. 아이스크림 속에 점점이 박힌 얼음 결정들의 신기하게 깔끄러운 질감. 아이스크림 속 얼음 조각의 기분 좋게 매끈거리는 느낌. 녹아가는 아이스크림이 얼음 때문에 빛 속에서 반짝반짝 빛나던 모습. 마침내 이 발명품은 가족의 친구와 동료와 학교 친구들에게, 그리고 그들을 통해 전혀 모르는 사람들에게도 소개되었다. 어느 여름날 그 옛날 동네에 있는 한 카페에서 아이스아이스크림을 메뉴에 추가했고, 다음 해 여름에는 강가에서 아이스아이스크림을 파는 노점들이 생겼다. 한 지역 뉴스 프로그램은 아이스아이스크림을 처음으로 먹어보는 여행객들에 대한 기사를 다루었다. 한 신문 기사에서는 주지사가 아이스아이스크림을 문화적 보물이라고 칭했다. 그 가족은 이 모든 것을 경험하며 경외감을 느꼈다. 베벌리는 90년을 살았고, 솔직히 말하면 생애 마지막 10년에 접어들었을 무렵에는 가족들이 그녀를 유물처럼 생각하게 되었다. 그녀 자신도 마치 인생의 큰 사건들이 이제는 다 지나간 것처럼 말하곤 했다. 그러나 그녀가 오래오래 기억될 일을 한 것은 바로 그때, 그녀가 분홍 슬리퍼와 같은 색 나이트가운 차림으로 배터리 부족으로 삑삑대는 보청기를 낀 채 집안을 돌아다녔던 인생 말년이었다.

그러나 이 전설 같은 이야기 전체에서 가장 큰 놀라운 부분은 가족이 집을 떠나기 직전에 일어난 사건이었다. 봉쇄조치가 해제된 날, 베벌리는 엘리를 보내기 전에 주방 의자에 앉아 아이스아이스크림을 먹을 것을 강요했다. 엘리는 잔뜩 찌푸린 얼굴로 한 숟갈 한 숟갈 입에 떠 넣었고, 삼킬 때마다 인상을 쓰며 씹는 중간중간 얼음이 절대적으로 아이스크림의 맛을 망쳤다는 둥, 요리법의 역사에서 이보다 더 끔찍한 짓은 없었다는 둥, 그 개념 자체가 혐오스러워서 아마 하늘에서 천사가 울고 있을 거라는 둥, 자신은 여전히 그 이름이 멍청하다고 생각한다는 둥 이러쿵저러쿵 불평을 늘어놓았다. 엘리는 마침내 빈 그릇을 옆으로 치우면서, 알 수 없는 표정으로 자신을 응시하는 증조할머니를 보았다.

"뭐요?" 엘리가 말했다.

베벌리가 갑자기 한 손으로 이마를 짚고 대책 없다는 듯한 표정으로 웃기 시작했고, 엘리는 당혹스러워하며 미소 지었다.

"나는 못 속이지." 베벌리가 말했다.

"난 진지해요." 엘리가 우겼다.

베벌리는 너무 심하게 웃느라 어깨가 흔들려서 균형을 잡기 위해 조리대에 기대야 했고, 그녀가 마구 웃는 것을 본 엘리도 웃기 시작했다. 처음에는 웃음이 터져 나오는 것을 참아보려 했지만 애써 무표정을 유지하려는 긴장으로 입술이 파르르 떨리더니 급기야 두 손으로 얼굴을 가린 채 웃음을 터뜨리고 말았다.

"순전히 저랑 티격태격하려고 그런 걸 생각해내신 거죠?"

"난 그저 도움을 주려고 한 것뿐이다." 베벌리가 주장했다.

두 사람은 마치 무한 루프에 갇힌 것 같았다. 베벌리가 심하게 웃으면 엘리가 더 심하게 웃었고, 그러다가 마침내 두 사람 다 주방에서 몸을 웅크리고 눈물이 나도록 웃었다.

"대체 우리가 왜 웃고 있는 거지?" 베벌리가 말했다.

나중에 둘 중 누구도 무엇이 그리도 웃겼는지 설명할 수 없었다. 그러나 그 순간 그들 사이에 뭔가 응어리진 마음이 풀린 것 같았다. 심지어 엘리는 집 밖으로 나가면서 베벌리를 포옹하기까지 했다. 한 번의 마지막 포옹을.

성벽 앞에서

에시 에두잔

TO THE WALL
BY ESI EDUGYAN

우리는 몇 주 동안 말다툼을 했지만,
중국 시골 지역의 낯선 질감, 날씨와 음식이 주는 새로움이
우리 사이에 뭔가 변화를 가져왔다.

에시 에두잔

캐나다 소설가. 2004년 《새뮤얼 타인의 두 번째 삶(The Second Life of Samuel Tyne)》으로 데
뷔했다. 2011년 《하프─블러드 블루스(Half-Blood Blues)》로 맨부커상 후보에 올랐고, 길
러상(Giller Prize)을 수상했다. 최근작으로 《워싱턴 블랙(Washington Black)》(2018)이 있다.

팬데믹이 발생하기 4년 전, 나는 첫 남편 토마스와 함께 베이징 서쪽의 눈에 갇힌 산간 지역으로 여행을 갔었다.

리마 출신의 설치미술가였던 토마스는 당시 10세기 수도원을 재현하는 작업에 몰두하고 있었다. 토마스는 몇 해 전 들은 중세시대 프랑스의 한 수녀에 대한 이야기에 심취해 있었다. 어느 날 아침 그 수녀는 괴성을 지르며 깨어나서 그 후로 괴성을 멈출 수 없었다. 며칠 뒤 다른 수녀, 그리고 또 다른 수녀가 그녀의 뒤를 따랐고, 마침내 수도원 전체에 수녀들의 괴성 소리가 울려 퍼졌다. 그들은 지역 병사들의 무자비한 폭행 위협을 받고서야 조용해졌다. 내 생각에 토마스를 반응하게 만든 것은 이 여성들이 자신의 삶과 운명에 대해 선택권이 없었다는 사실 같다. 그들은 자신을 원하지도 지원해줄 수도 없는 부모에 의해 수녀원에 보내졌다. 괴성을 지르는 것은 그들이 할 수 있는 일종의 선택처럼 보였다. 어쨌든 토마스는 그 프로젝트와 씨름하고 있었다. 우리가 여행을 할 당시에 그는 그 작업을 마치지 못할 것 같다고 생각했고, 나도 마찬가지였다. 그때부터 이미 그는 뭔가를 상실한 것 같았다.

그러나 우리가 만리장성을 보러 간 날 아침의 시간들은 온전하고 훼손되지 않은 느낌이었다. 우리는 몇 주 동안 말다툼을 했지만, 중국 시골 지역의 낯선 질감, 날씨와 음식이 주는 새로움이 우리 사이에 뭔가 변화를 가져왔다. 우리가 관광객을 위한 출입구에 도착했을 때, 토마스는 갸름한 얼굴에 곧고 하얀 치아를 드러내며 활짝 웃었다.

돌길을 따라 늘어선 노점상들이 공중에 뿌연 입김을 내뿜으며 우리를 소리쳐 불렀다. 한 여인은 우리에게 옥을 매끈하게 깎아 만든 종이 누르개와 아른아른 빛나는 천 지갑, 붉은 끈으로 묶은 가짜 돈, 그리고 초소형 플라스틱 배가 마치 양쯔강을 따라 올라가는 것처럼 점성 액체 위에 둥둥 떠다니는 투명한 펜 따위를 열심히 권했다. 바람이 날카롭고 상쾌했으며, 도시에서는 맡지 못할 풀냄새에 가까운 냄새가 났다.

우리는 우리를 위에 있는 성곽 길로 실어다 줄 유리 케이블카에 올라탔다. 케이블카가 갑자기 흔들리며 협곡을 가로질러 밤의 강물처럼 검은 나무들 위로 올라가기 시작할 때, 우리는 잔뜩 긴장하며 웃었다. 잠시 뒤 마침내 우리는 장성 위로 올라와서 이마에 가벼운 냉기를 느끼며 좁고 긴 복도처럼 이어진 고대의 돌길을 걸었다. 공기에서 희미하게 금속 맛이 났다.

"아까 그 여자한테 뭔가를 살 걸 그랬나? 엄마 선물로?" 내가 말했다.

"가브리엘은 중국 담배를 원해." 토마스가 강한 바람 때문에 눈물이 고인 눈으로 말했다. "모르겠어. 외국 담배를 피우면 더 멋져 보이나."

"당신은 가브리엘에게 너무 매정해." 내가 말했다.

그 말을 하지 말았어야 하는 건데. 토마스가 말없이 나를 흘깃 쳐다보았다. 그는 요즘 자기 동생에 대해 말하는 걸 좋아하지 않았다. 그들 사이에는 가벼운 반감이 자리 잡고 있었는데, 우리가 결혼한 지 10년이 되었건만 어린 시절에 시작된 그 반감의 뿌리가 여전히 내게는 모호했다. 그리고 나중에 우리가 중국에서 돌아오고 나서 2년 뒤에 일어난 사고로 그런 상태는 더욱 악화되었다. 토마스가 조카를 차로 치어 숨지게 한 것이다. 아이는 겨우 세 살이었다. 그 무렵 토마스와 나는 불화의 시기에 접어들고 있었다. 토마스와 관련하여 내가 아는 사실들은 모두 공통의 친구를 통해 알게 된 것들이었다. 그 죽음은 그 무엇도 통과할 수 없는 장벽이었고, 그 사건과 관련된 사람들은 모두 길을 잃고 저 멀리 사라졌다.

그리고 그날, 그런 대화가 오간 뒤 몇 시간 내내, 우리 앞에는 저 멀리 아득한 안갯속으로 이어지는 구불구불한 돌길이 펼쳐졌다. 우리는 자줏빛 줄무늬가 나있는 돌들과 삭막한 하얀 바위, 그리고 그것이 얼마나 오래되고 근원적인 것인지를 강렬하게 느끼게 해주는 뿌연 회색 돌로 이루어진 구간을 걸었다. 우리는 편하게 말하고 웃었지만, 나는—아니, 우리 둘 다—조금 전 내가 한 말의 그림자를 느낄 수 있었다.

안개가 더 짙어졌고, 눈이 내리기 시작했다.

이제 떠날 때가 된 것 같았다. 우리는 유리 케이블카 입구를 향해 발걸음을 돌렸지만, 그곳을 찾을 수 없었다. 다른 길로 가보았으나 그 길 끝에는 망루가 있었다. 우리는 서로를 멀뚱멀뚱 쳐다보았다. 눈발이 굵어졌다.

우리 뒤로 갑자기 어떤 형체가 성큼성큼 지나쳐 갔다. 토마스가 그 남자를 소리쳐 불렀지만, 우리가 모퉁이를 돌았을 때는 그는 이미 사라지고 없었다.

오후가 되면서 점점 어두워졌다. 공기에 강한 흙냄새가 가득했다. 우리는 구불구불한 계단을 올랐다. 계단은 갑자기 어떤 장벽 앞에서 끝나는 층계참으로 이어졌다. 다른 쪽 계단을 내려가 보니 견고한 벽이 나왔다. 어떤 길은 아무 곳으로도 이어지지 않은 것처럼 보였고, 우리는 그 길을 따라가는 것을 포기했다. 추위 때문에 손끝이 아렸다. 그 순간 나는 베이징을 상상했다. 우리 호텔 근처에 있는 활기 넘치는 식당들, 차량들의 배기가스와 튀긴 고기 냄새가 섞인 공기, 그리고 햇빛을 받은 꽃들과 보도에 하얀 촛농처럼 떨어진 꽃잎들을.

"에셔의 그림 속에 들어와 있는 것 같군." 토마스가 이상하게 들뜬 목소리로 외쳤다.

나도 미소 지었지만 몸은 떨고 있었다. 바람이 귓가에서 높은 휘파람 소리를 냈고, 속눈썹 위로 눈이 응고되어 눈을 깜빡이기 힘들었다.

그때 검은 머리 여인 두 명이 나타났다. 그들의 발치에는 여러 개의 통이 놓여 있었다. 나는 토마스의 얼굴에서 살짝 실망한 기색을 보고 좀 의아했다. 내가 몸짓을 섞어가며 우리가 길을 잃었음을 설명하기 시작했다. 그들은 젖은 주름살이 반짝이는 무표정한 얼굴로 얘기를 들었다. 그러더니 한 명이 토마스 쪽을 보고 만다린어로 수줍게 뭔가를 말하며 늙은 손을 들어 그의 머리에 맺힌 얼음 부스러기를 털어냈다. 그는 소년처럼 웃으며 즐거워했다.

다른 여인이 발치에 있는 통에서 김이 모락모락 나는 차가 담긴 스티로폼 컵 두 개를 꺼냈다. 그녀가 언제 차를 컵에 부었는지, 어떻게 그 추운 날 그 높은 산 속에서 물을 따뜻하게 유지할 수 있었는지, 나로서는 알 수 없었다. 그러나 토마스는 대단히 공손하게 컵을 받았다. 나는 손을 저어 사양했다.

여인들은 몸짓으로 그들의 뒤쪽을 가리켰다. 그리고 바로 거기에 케이블카가 있었다. 최근에 보수한 것 같은 유리 돔들이 탁 트인 검은 계곡 위에서 흔들리고 있었다.

토마스는 깜짝 놀라서 탄성을 냈다. 케이블카를 향해 걸어가며 그는 그 여인의 손바닥이 머리에 닿았을 때의 느낌에 대해, 너무도 가벼운 무게와 거친 피부에 대해 놀라워하며 말했다.

그러나 차를 몰고 베이징으로 돌아오는 동안 우리는 거의 말이 없었다. 새삼스러운 침묵이 이상하게 느껴졌다. 토마스는 행복한 순간에 항상 수다스러웠지만, 지금은 마치 뭔가를 상실한 것처럼 공허해 보였다. 호텔에 도착했을 때, 나는 토마스의 긴장된 입매에서 그가 내가 이해할 수 없는 어떤 이유로 여전히 힘들어하고 있다는 것을 알 수 있었다. 나는 부드럽게 그의 손을 잡았다. 그도 내 손을 꼭 쥐었다. 마치 우리의 삶이 어디로 향하고 있는지 아는 것처럼, 마치 그 모든 참사가 이미 일어난 것처럼. 그때도 온 세상에 불이 꺼지고 있었다.

열린 도시 바르셀로나

존 레이

BARCELONA: OPEN CITY BY JOHN WRAY

갑자기 이 모든 것이 중요하지 않게 되었다.
이제 도시 전체가 일시 해고된 상태였고,
(······) 사비의 삶이 모두의 삶이 되었다.

존 레이

미국 소설가. 데뷔작 《잠의 오른손(The Right Hand of Sleep)》(2001)이 《뉴욕타임스》의 주목할 만한 책으로 선정되고, 파이팅 작가상을 수상했다. 《로우보이》(2008), 《신의 선물(Godsend)》(2018) 등의 작품을 썼다.

＊

통행금지 첫날 사비의 운이 방향을 바꾸었다. 그는 한 달 동안 실업 상태였다고 했다. 무방비 상태의 힘없는 할머니들에게 전화로 주택 보험을 판매하는 일자리에서 해고된 것이다. 그리고 그날 이래로 그는 끝없는 자유낙하 중이었다. 그러나 봉쇄가 모든 것을 바꿔놓았다. 하룻밤 사이에 사람들은 그에게 새로운 일자리를 찾았는지, 그렇지 않다면 어째서 찾지 못했는지, 다음 달 집세를 대체 어떻게 낼 생각인지 따위를 더 이상 묻지 않게 되었다. 그들은 다소 반사적으로 '코로나바이러스'를 탓했고, 덕분에 그는 자신이 사실은 지각을 했고 입에 음식을 가득 넣은 채 전화로 가입 권유를 했고 미쳐버리지 않기 위해 고객에게 얼빠진 소리를 했다는 사실을 설명해야 하는 곤란한 상황을 모면했다. 갑자기 이 모든 것이 중요하지 않게 되었다. 이제 도시 전체가 일시 해고된 상태였고, 도시 전체가 반쯤 미쳐 있었으며, 도시 전체가 당장 밖으로 뛰쳐나가서 라람블라 거리를 정처 없이 걷다가 캄캄한 상점 쇼윈도 너머로 사실은 별로 사고 싶지도 않은 물건들을 애절한 눈으로 멍하니 바라보기를 간절히 갈망했다. 사비의 삶이 모두의 삶이 되었다.

희한하게도 정작 사비 자신은 봉쇄에도 불구하고 콘테사와 셰포 덕분에 앞서 말한 모든 것들을 여전히 할 수 있었다. 봉쇄 전에는 아침에 한 번, 저녁을 먹은 뒤에 한 번 개들을 밖으로 데리고 나갔다. 특히 세 살배기 라사압소 견종인 셰포는 호안 미로 공원에서 날마다 15분씩 산책 시간을 갖지 못하면 난리가 났다. 하지만 요즘은 산책 횟수가 하루에 세 번, 네 번, 가끔은 예닐곱 번이 되었다. 사비는 이것을 마침내 자신의 우울증이 사라진 징후로 받아들였다. 물론 산책 자체가 그 이유 중 하나인 거야 의심의 여지가 없지만, 여기에는 보다 실존적인 이유도 있었다. 개를 산책시키는 것은 제도를 악용하고 틀을 부수고 신을 비웃는 느낌을 주었다. 봉쇄 6일차에 접어들면서, 허가증 없이 거리를 돌아다니는 사람은 동네 사람들은 물론이고 경찰에게 들볶임을 당해야 했다. 그러나 개의 경우는 대형견이건 소형견이건 순종이건 잡종이건 마을을 자유롭게 활보하는 것이 허락되었다. 사비가 이런 상황에서 사업 가능성을 보기까지 그리 오랜 시간이 걸리지 않았다. 비참한 취업 기록에도 불구하고, 그는 항상 자신에게 사업가 기질이 있다고 생각했다.

사비는 바로 다음 날 사람들에게—처음에는 자신이 살고 있는 프랑코 시대의 거대한 아파트 단지 주민들에게, 그런 다음 동네 친구와 지인들에게—두 시간 단위로 부과되는 얼마간의 요금을 받고 '여행'을 위해 셰포와 콘데사를 빌려주겠다는 소문을 냈다. 반응은 즉각적이었다. 사실은 동료 시민들의 뜨거운 반응에 사비는 오히려 불안감을 느꼈다. 그는 일종의 심사 과정이 필요할 것임을 깨달았다. 따지고 보면 그는 그냥 거리의 포주가 아니지 않은가. 사비는 자신의 개를 깊이 사랑했다. 그리고 다른 한편으로, 집세도 꼭 필요했다.

그는 그날 밤 파란색 볼펜 한 자루와 포스트잇 한 뭉치를 챙겨서 책상 앞에 앉아 공식 계획서를 작성했다. 1단계는 이메일 또는 문자 교환이었다. 최소 여섯 건의 메시지가 필요했다. 2단계는 30분 이상의 직접 면담으로, 개를 산책시킬 때나 사비의 집 거실에서 진행될 것이었다. 셰포가 조금이라도 망설이는 기색을 보이면 계약은 결렬이었다(콘데사의 경우는 몇 초 내로 그야말로 아무 무릎에나 뛰어들기 때문에 성격 감별사로서 신뢰할 수 없었다). 절대 예외는 없었다.

그리고 깊은 숙고 끝에 보다 엄정한 기준을 적용하기 위하여, 가장 최근 선거에서 인민당에 투표했거나 담배를 피우거나 근시 또는 간질이 있거나 지팡이를 짚고 다니는 사람에게는 자신의 개를 산책시킬 자격을 주지 않기로 결심했다. 그는 자신이 가치 있는 서비스를 제공하고 있는 것임을 스스로에게 상기시켰다. 품위 있고 법을 준수하는 시민들은 어머니의 집이나 여자친구의 집, 또는 경마장을 방문할 수 있어서 좋고, 그의 개들은 운동을 할 수 있어서 좋고, 자신은 빚더미에서 벗어날 수 있어서 좋은 일이었다. 전반적으로 그것은 사비에게 혁신적이고 효율적이고 사회적 의식이 있는 사업 모델로 보였다. 첫 번째 고객 후보—셰포가 1분도 못 되어 거부한—를 심사할 무렵에는 자신이 마치 바르셀로나의 일론 머스크라도 된 기분이었다.

첫날 찾아온 많은 고객은 각양각색이었다. 당뇨병에 걸린 고모님을 만나러 사리아에 가야 한다는, 카푸친 수도회 수도사의 모자처럼 완벽하게 둥근 모양으로 머리가 벗겨진 독실해 보이는 남자. '영적 세계의 도움'을 얻기 위해 개가 꼭 필요하다는 테니스화를 신은 관록 있는 아주머니. 이번에는 이유를 말하지 않겠다는 역시 수도사처럼 보이는 남자. 마지막으로 자유를 이용해 전처를 염탐하려는 사비의 옛 직장 동료 파우스토 몬토야도 있었다. 사비는 두 명의 후보자를 탈락시켰다. 한 명은 국민당에 투표했기 때문이고(게다가 흡연자였다), 다른 한 명은 세계 경제를 극심하게 악화시키고 카탈루냐 사람들을 수백 명씩 죽게 만들고 있는 질병을 '코비'라고 불렀기 때문이다. 공교롭게도 코비는 1992년 바르셀로나 올림픽의 마스코트였다. 사비는 그 남자를 배웅할 때 자신이 완벽하게 온당한 일을 하는 거라고 느꼈다.

마리오나는 사비가 사업을 시작한 지 이틀 만인 봉쇄 10일째 되는 날, 그가 보통 첫 마리화나를 피우는 시간에 그의 삶 속으로 들어왔다. 사비가 카푸친 수도사와 거래를 마무리 짓고 있는 순간 (그는 팬데믹 기간 내에 하루에 두 번씩 시계처럼 규칙적으로 찾아오겠다는 의도를 분명하게 보여주었다), 그녀는 아파트 문을 쾅쾅 두드렸고 마치 10년 동안 서로 알고 지낸 사이인 것처럼 한 마디 설명도 없이 사비를 지나쳐 불쑥 안으로 들어왔다. 한동안 식전 마리화나 흡입을 줄이려 나름 노력해온 사비는 그런 상황이 얼떨떨했다. 사비는 그녀에게 앉으라고 권했다. 한편으로는 시간을 벌기 위해, 다른 한편으로는 자신보다 적어도 5센티미터는 큰 그녀에게 벌써부터 압도되는 느낌이 적잖이 들었기 때문이었다. 그는 금이 간 레알 마드리드 컵—레알 마드리드를 온 마음으로 싫어했음에도—에 수돗물을 따라서 그녀에게 건네고는 더듬거리며 표준적인 면담을 진행했다. 자신이 일론 머스크 같다는 느낌은 점점 더 줄어들었다. 심사를 받는 쪽은 자신의 소파베드 위에 다리를 꼬고 앉아 있는 여자가 아니라 자신이 아닌가 하는 의구심마저 들기 시작했다. 사비의 뇌에서 윤리적 문제를 담당하는 조금은 황폐해진 부분이 따끔거리기 시작했다. 그는 뭐라고 딱 꼬집어 말할 수 없는 이유로, 어쩌면 자신이 막 시작한 사업이 사실은 자랑스러워할 만한 것이 아닐 수도 있다는 가능성을 처음으로 받아들였다. 그녀가 딱히 직접적인 말로 문제를 제기한 건 아니었지만, 그녀의 기본적인 행태와 분위기가 사비로 하여금 스스로를 하찮게 느끼게 만들었다. 그것은 이 벤처 사업이 그가 이 방에 있는 유일한 이유라는 그의 도덕적 확신에도 도움이 되지 않았다.

"지난 선거에 어디에 투표하셨습니까?"

"대체 그게 이것과 무슨 상관이죠?"

"사실 아무 상관없죠. 저는 다만, 아시다시피, 좀 더 깊이 있게……"

"민중연합후보당." 그녀가 딱 잘라 말했다. "제 별자리는 황소자리예요. 1분에 50타를 치고요. 마늘 알레르기가 있죠."

그녀의 농담에 사비는 비로소 안도의 웃음을 지을 수 있었다. 물론 그녀는 민중연합후보당을 찍었을 것이다. 그처럼 완벽한 누군가가 어떻게 다른 정당을 찍을 수 있겠는가? "권력을 민중에게." 그가 쭈뼛쭈뼛 주먹을 들고 중얼거렸다. 이제 보니 손마디 두 개에 머스터드 얼룩이 묻어 있었다. "카탈루냐는 카탈루냐 사람들에게—"

"그리고 코로나19는 아무에게도." 그녀가 활짝 웃었다. "어쩌면 우리 집주인만 빼고."

"그거참 멋진 정서로군요. 더 없이 동감입니다." 그가 숨을 들이쉬었다. "딱 한 가지만 더 묻겠습니다."

"아 다행이네요."

"개를 어디에 쓸 생각인지 말씀해 주시겠습니까?"

그녀가 그를 보며 눈을 깜빡였다. "네?"

자존감이 아주 없지는 않은 상태로, 사비는 순전히 개를 위해서 모든 고객이 개를 데려가는 동기가 무엇인지 알고 싶다고 설명했다.

"동기 같은 건 없어요."

"하지만 분명 무슨 이유가—"

"물론 이유야 있죠." 그녀는 사비가 약간 둔하다는 듯한 눈빛으로 그를 보았다. "저는 개를 좋아해요."

그 말이 사비를 입 다물게 했다. 그는 그녀에게 목줄 두 개와 건물 카드키를 건넸고, 그녀는 가버렸다. 그녀가 셰포와 콘테사를 데려다 놓고 돌아간 후(정확히 말하면 두 시간 후)에야, 그는 그녀에게 신원 확인을 요구하지 않았다는 사실을 깨달았다.

마리오나가 말하자면 미소가 예쁘고 별로 경건하지 않은 버전의 카푸친 수도사처럼 다음 날도 다시 찾아오기를 기대하는 것은 무리였지만, 그럼에도 사비는 우울해졌다. 그냥 일에 집중하는 것 외에 지금 할 수 있는 게 없었다. 영업 3일차, 봉쇄 11일차에는 동물병원에서 일한 경험이 있다고 주장하지만 콘테사의 하네스를 채우는 방법도 모르는 십대 소녀 두 명과 마치 살찐 보급판 체게바라처럼 수염이 듬성듬성 자란 사비가 사는 건물의 관리인, 그리고 대금을 현물로 지불한 세 명 이상의 마약 거래상이 찾아왔다. 카푸친 수도사는 두 번 찾아와서 옅은 장미 향수 냄새를 풍기는 밀봉한 파란색 봉투에 20유로를 넣어 지불했는데, 사비는 그 냄새에 이유 없이 격한 짜증이 밀려왔다. 사비는 나름 신랄하게 비꼬는 목소리로 사리아에 사는 당뇨 환자 고모님은 어떠시냐고 물었다. 카푸친 수도사는 그의 말을 무시했다.

하루가 가고, 이틀, 나흘, 일주일이 갔다. 콘테사와 셰포는 지금까지 이처럼 운동을 많이 해본 적이 없었고, 철저한 심사를 받은 그의 고객들은 개들에게 잘해주는 것처럼 보였다. 그리고 그때, 그가 모든 희망을 접은 지 한참 뒤인 봉쇄 22일 차에, 마리오나가 돌아왔다. 그녀는 이번에는 마스크를 쓰고 있었다. 파자마를 잘라 만든 것처럼 보이는 마스크였다. 그러나 페이즐리 문양의 실크 천 위로 보이는 그녀의 눈은 의심할 나위 없이 지난번 방문 때보다 훨씬 더 유혹적이었다. 그것을 본 순간, 사비는 몇 주 간의 고뇌와 지루함 속에서 탄생한 좌절감의 정체를 깨달았다. 그는 초대도 받지 않고, 불쑥 그녀를 따라나섰다. 굳이 어떤 구실을 궁리하려 애쓰지도 않았다. 그녀 역시 그런 그에게 이의를 제기하지 않았다. 마리오나는 콘테사를, 사비는 셰포를 산책시키며, 두 사람은 라람블라 거리를 따라 카탈루냐 광장으로 천천히 걸었다. 그들이 핀토르 포르투니 거리 모퉁이에 있는 판자로 막아놓은 작은 전자제품 매장 옆 공중화장실을 지나칠 때, 사비는 팬데믹이 시작된 이래로 한 번도 느끼지 못한 느낌을 갖게 되었다. 미래에 어떤 일이 생길지 알고 있다는 느낌이었다.

그녀는 폼페우파브라 대학에서 지역사회 조직화로 학위를 따기 위해 공부하는 대학원생이었다. 사비는 그런 학위가 있다는 사실조차 몰랐다. 그녀는 부촌인 페드랄베스에서 자랐지만, 그건 순전히 그녀의 아버지가 와인 라벨 표시와 관련된 합법과 불법의 경계에 선 어떤 일을 하는 부유한 노인의 정원사로 일했기 때문이었다. 사비는 그녀의 입 모양이 정확히 기억나지 않았지만―그녀는 엄격하게 마스크를 쓰고 있었는데 그런 모습조차 매력적이었다―, 사랑스럽다고 생각하지 않을 이유가 없었다. 그들의 외출의 정점이자 격리 로맨스의 진정한 개시 시간은 그들이 다름 아닌 카푸친 수도사를 발견했을 때였다. 그는 분명 불쌍한 고모님의 아파트가 있다

는 사리아 쪽이 아닌 다른 방향으로, 전혀 다른 한 쌍의 개를 산책
시키며 걷고 있었다.

그로부터 일주일 내에 마리오나는 사비의 집에서 함께 격리 생
활을 하면서, 그의 마리화나를 피우고 기본적으로 그의 사업을 운
영하고 있었다. 그녀는 그에게 너무 똑똑하거나, 아니면 적어도 너
무 고기능적이었다. 그것은 마법 같은 시간이었다. 당신이 지금 예
상하고 있을 방식으로도 그랬지만, 또한 뭔가 불안감을 주는 방식
으로도 그랬다. 왜냐하면 그것이 너무 꿈같고 너무 사실 같지 않
아서 온전히 믿기 힘들었기 때문이다. 그러나 이번에도 사비는 요
즘은 모든 게 그렇게 느껴지지 않느냐고 스스로에게 상기시켰다.
그와 세상 모든 사람이 알고 있는 것처럼, 삶은 하룻밤 사이에 공
상과학 소설과 비슷한 것으로 바뀌었다. 이런 상황에서 뭔들 믿기
쉽겠는가?

사비는 그가 자신의 봉쇄 우화라고 부르는 이 이야기를 지난 5월
에 가상의 모히토를 앞에 두고 줌 통화를 하며 내게 말했다. 바르
셀로나의 봉쇄조치는 해제되었고, 그는 예전의 자신, 침울한 실업
자, 마리화나를 피울 때의 그 방식, 자신의 우화를 만족스러운 결
말로 이끌어 가기에는 약간 너무 몽롱한 그로 돌아갔다. 마리오나
와의 일은 '순리대로 끝났다'고 그는 설명했다. 하지만 그는 불평하
지 않았다. 그녀와의 잠자리는 굉장했고, 그는 지역사회 조직화에
대해 많은 것을 배웠으며, 그녀는 그의 요리를 진심으로 맛있게 먹
었다. 그러나 마침내 규제가 풀리고 모두가 다시 자유롭게 돌아다

닐 수 있게 되자, 그의 사업도 그의 관계도 연기처럼 사라져갔다. 초현실적인 6주 동안 그와 마리오나에게는 뭔가 공통점이 있었다. 그런데 갑자기 그렇지 않게 된 것이다. 그 같은 일들은 항상 일어났다. 특히 전쟁이나 전염병, 기아의 시기에는. 그럼에도 어쩌면 그들에게 기회가 있었을지도 모른다고 사비는 주장했다. 그들이 진정한 가정을 꾸리고 정착하고 어쩌면 애들도 두어 명 낳을 수 있었을 거라고. 봉쇄조치만 해제되지 않았다면 말이다.

우리에게 주어진 40분간의 무료 통화 시간이 끝나가고 있었고, 나는 얼마 남지 않은 시간을 가엾은 사비의 기운을 북돋기 위해 쓰려고 애썼다. 나는 어떤 일이 생길지 모르는 일이라고 지적했다. 바르셀로나는 다시 열린 도시가 되었다. 미래에 또 어떤 일이 생길지 어떻게 알겠는가?

"나도 계속 그렇게 생각하고 있었어." 사비가 조금 기운을 내며 말했다. "네가 전화했을 때 뉴스를 보고 있었어. 이번 가을에 2차 파동이 올지도 모른다는……"

한 가지
에드위지 당티카

ONE → THING
BY EDWIDGE DANTICAT

"당신을 보기 위해, 당신을 위해,
당신과 함께 싸우기 위해
난 어떤 옷을 입어야 하지?"

에드위지 당티카

아이티 출신의 미국 작가. 1994년 《숨, 눈, 기억(Breath, Eyes, Memory)》으로 데뷔했고, 《뼈들의 농사(The Farming of Bones)》(1998), 《듀 브레이커(The Dew Breaker)》(2004), 《안에 있는 모든 것(Everything Inside)》(2019) 등 다수의 소설과 소설집을 발표했다.

그녀는 동굴과 바위와 광물 꿈을 꾸고 있다. 동굴에 집착하는 그는 꿈속에서도 동굴 바닥에서 올라오는 기둥처럼 생긴 석순을 건드리면 그것이 죽을 수 있다고 말한다. 그녀가 웃으며 어쩌면 사람들이 더 이상 동굴에 살지 않는 이유 중 하나가 그것 때문일지도 모르겠다고 말한다. 그가 그녀의 말을 지적하며 말한다. "브루클린에서는 아닐지 몰라도 다른 곳에서는 동굴에 사는 사람들도 있어. 날씨 때문에 어쩔 수 없이, 어쩌면 허리케인이 닥쳤을 때나 끝나고 난 뒤. 아니면 전쟁 중에. 숨거나 보호를 위해서 말이야."

그는 숨 막히는 동굴이 있다고 그녀를 일깨운다(물론 이제 그는 '숨 막히는'이라는 특정한 단어를 더 이상 사용하지 않겠지만). 그는 아마 꼭 보고 싶은 질투가 날 만큼 아름다운 백만 년 된 동굴, 2킬로미터 가까이 뻗어 있는 웅덩이와 협곡과 수갱과 심지어 폭포까지 있고, 대리석 아치나 투명 석고나 얼음 진주나 반딧불이 따위에서 나오는 색들이 폭발하는, 너무나 인상적이어서 그 아름다움에 눈동자가 타들어갈 것 같은 동굴이 있다고 말할 것이다.

그는 더 이상 이런 식으로 말할 수 없다. 마치 자신이 지구과학과 환경과학을 가르치는 고등학교 상급반 학생들을 위해 교실을 가득 채울만한 열정을 만들어내려는 것처럼, 한 마디 한 마디 내뱉을 때마다 흥분으로 몸이 떨리고 자기도 모르게 주먹이 올라가고 머리를 좌우로 흔들면서 말할 수 없다. 그는 병세가 뚜렷해지기 전에도, 집에서 말할 때 문장이 짧아지고 딱딱 끊어지곤 했었다. 그의 말소리는 자신이 태어나서부터 들어온 언어가 서서히 빠져나가면서 외국어로 짤막짤막하게 말하는 새로 이민 온 사촌들의 말소리처럼 들렸다.

올여름 그들은 양가 부모님의 고향인 아이티섬 남쪽에 있는 그녀의 어머니가 태어난 마을 근처의 크고 작은 동굴로 여행을 갈 계획이었다.

"동굴 중 하나는 당신과 이름이 같아." 그들이 결혼선물 리스트 웹사이트를 통해 그 여행을 위한 신혼여행 자금을 모금하기로 결정했을 때 그가 말했다.

그녀와 마찬가지로 그 동굴은 간호사이자 군인이었던 마리-잔 라마르티니에르에서 이름을 따왔다. 아이티 혁명 당시 남편과 함께 프랑스 군대에 맞서 싸우기 위해 남자 옷을 입었던 여인이다.

"당신을 보기 위해, 당신을 위해, 당신과 함께 싸우기 위해 난 어떤 옷을 입어야 하지?" 그녀가 지금 묻는다. "의사가 되어야 하나? 아니면 사제? 무신론자인 당신이 사제를 받아들일까 싶지만, 혹시 당신이 깨어나서 개종을 청할지도 모르니까 말이야."

질주하듯 몰아치는 그의 가쁜 숨소리의 기억이 그녀를 흔들어 깨운다. 최근에 찾아온 공포들의 위계에서 지금 그녀를 가장 두렵게 하는 것은 그의 침묵이나 몇 시간 동안 이어지는 산소호흡기의 헐떡이는 리듬이 아니라 교대근무조가 바뀌고 누군가 그의 귀 옆에 놓인 전화에 대고 말하는 순간이다. 전화기 저편에서 지친 여자의 목소리. 빠르게 극적으로 오르락내리락하는 억양에서 아카펠라 그룹의 메조소프라노가 연상되는 목소리. 그 목소리가 의도적으로 톤을 올려 말한다. "안녕하세요? 레이의 일생의 사랑이신가요?"

어떻게 아냐고 그녀는 묻고 싶다. 물론 그들은 환자들을 구별하고 개별화하기 위해 소소한 세부 사항을 서로가 읽을 수 있도록 아이패드나 노트패드에 메모해 둔다. 아마 야간 당직 간호사가 그녀의 말을 알아들었나 보다. 아마도 그 간호사는 마리—잔이 울먹이며 외친 "이 사람 이름은 레이몬드지만, 우린 그냥 레이라고 불러요. 이 사람은 내 일생의 사랑이에요."라는 말을 정확하게 받아 적었으리라.

"두 분이 간밤에 어떤 얘기를 나누셨나요?" 주간 간호사가 묻는다. 마리—잔은 간호사에게 이따가 오전에, 그리고 아마도 오후에, 그리고 어쩌면 오늘 밤에도 그에게 얘기할 수 있도록 전화기를 충전해달라고 상기시키기 전에, 대체로 저음의 갈라진 목소리로 졸린 듯이 대답한다. "동굴이요. 우린 동굴 얘기를 했어요."

그들이 항상 동굴 얘기만 했던 건 아니었다. 새로 온 과학 교사의 오리엔테이션부터 신년 전야에 그의 부모님 소유의 플랫부시 애비뉴 레스토랑에서 결혼식을 올리기까지 4개월의 연애 기간 동안, 그들은 여행에 대한 좀 더 일반적인 이야기를 나누었다. 따지고 보면 이것은 그들의 직업이 가진 한 가지 이점이었다. 버킷리스트 항목을 하나씩 지워나갈 여름 방학이 있다는 건 굉장한 행운이었다. 그는 그들이 계획한 여행을 이미 다녀온 것처럼 묘사하기를 좋아했다. 그는 증기 기관차를 타고 잠비아의 로우어 잠베치 국립공원의 강 협곡과 빅토리아 폭포 다리 사이를 건너고 싶어 했고, 아이를 갖기 전에 마추픽추를 오르고 갈라파고스에서 펭귄과 수영을 하고 유리로 만든 이글루에서 오로라를 바라보기를 희망했다. 그러나 그보다 먼저, 그동안 미뤄둔 그녀와 이름이 같은 동굴로의 신혼여행을 떠나야 했다.

간호사와의 통화를 마치자마자, 그녀는 차를 몰고 병원으로 가서 본관 건물을 한 바퀴 도는 상상을 한다. 정문 옆에 서 있는 풍나무 아래 주차를 한다. 평소라면 이 길은 방문객들이 병원의 미로 속에서 길을 찾기 전에 진료 접수를 하는 로비로 통하는 곳이다. 바로 전날 그녀는 그 건물의 반대편에 있는 응급실 구역에 그를 내려주었다. 우주복 같은 옷을 입은 두 사람이 그를 휠체어에 태워 안으로 데려갔다. 그때까지는 그가 아직 스스로 호흡할 수 있었고, 고개를 돌려 그녀가 있는 방향으로 손까지 흔들 수 있었다. 그것은 잘 가라는 인사의 손짓이 아니었다. 그는 뿌옇게 김 서린 잠자리 안경에 가려진 가지색 눈으로 마스크 뒤에서 이렇게 말하는 것 같았다. 어서 가, 당신 뒤에 사람들이 길게 줄 서 있어.

그녀는 이제 그가 병원 어디에, 몇 층, 몇 호실에 있을지 궁금해진다. 야간 간호사는 말해주려 하지 않는다. 어쩌면 그래서 그녀와 다른 사람들이 건물로 쳐들어와 사랑하는 사람들의 손을 잡으러 해당 층으로 몰려가지 않는 것이리라. 간호사는 자신들이 그를 잘 보살피고 있다고 말한다.

"알아요. 여러분들이 할 수 있는 최선을 다하고 계신 걸 압니다." 그녀가 그가 말했음직한 방식으로 말한다.

그녀는 오늘밤 전화로 그가 제일 좋아하는 니나 시몬의 곡을 또 틀어줘야겠다고 생각한다. 간밤에 그녀는 〈바람이 거칠어요(Wild Is the Wind)〉를 열여섯 번 틀어줬다. 그들이 결혼생활을 해온 16주를 위하여. 결혼식 날 하객들은 일종의 장난을 기대하고 있었다. 그들이 애절한 재즈곡에 맞춰 첫 번째 춤을 추다가 갑자기 음악이 힙합 풍으로 바뀌며 그가 형편없는 브레이크 댄스를 선보이는 그런 것 말이다. 그러나 그들은 그 실황 녹음 곡 전체가 연주되는 7분 내내 서로 뺨을 맞대고 춤을 추었다. "그대 내게 입맞춰주세요. 당신의 입맞춤으로 나의 삶은 시작됩니다. 당신은 내게 봄날이에요. 나의 모든 것이죠. 당신이 삶 자체라는 걸 모르나요?"

간호사에게 다시 전화를 걸어 그에게 당장 그 곡을 들려주게 해달라고 부탁할 수도 있지만, 낮 시간에는 병동이 너무 바쁘고 소란스러울 수 있다. 끊이지 않는 분주한 움직임과 삑삑거리는 기기들에 노랫말과 선율이 모두 덮여버릴 것이다. 어차피 밤은 그의 악몽과 그녀의 악몽을 조금이라도 덜어줄 뭔가가 가장 필요할 수 있는 시간이다.

그녀가 자기도 모르게 꾸벅꾸벅 졸고 있는데 전화벨이 울린다. 그녀는 눈에서 눈곱을 떼며 침대 위 노란 이불의 접힌 부분에서 전화기를 낚아채듯 집어 든다. 부모님 아파트에서 항상 틀어놓는 라디오에서 울려나오는 크레올어◆ 뉴스가 들리고, 그들은 그녀가 배달해준 식료품에 대해 고맙다고 말한다. 남편은 좀 어떠냐고 묻자 그녀는 대답한다. "똑같아."

그녀는 그의 부모님에게서 전화를 받고 혹시 그날 밤 그들도 그에게 전화할 생각이 있는지 묻는다. 그들은 옛날이야기가 됐든 또는 가족의 일화가 됐든, 그에게 이야기를 들려주고 그가 어렸을 때 사랑하고 보물처럼 여겼던 것들을 상기시켜줄 수 있을 것이다.

"레이에게 우리에게로 돌아올 이유를 주라는 말이구나." 그의 어머니가 마리-잔이 말하려고 애쓰는 것을 요약한다.

"그게 순전히 레이의 의지에 달려 있는 문제는 아니잖아?" 그의 아버지가 끼어든다. 그의 목소리는 멀리 들린다. 아내의 휴대전화 스피커에 대고 말하는 게 아니라, 마치 증축한 건물의 다른 방에서 말하는 것처럼.

"나는 그 애가 우리에게 돌아오기를 원한다는 걸 알아." 그녀의 시어머니가 말한다. "우리가 항상 기도하고 있고, 그 애는 돌아올 거야."

◆ 카리브 지역에서 사용되는 프랑스어와 현지어가 융합된 언어.

그의 아버지가 그녀에게 장례식이 있는데, '쓰러진' 좋은 친구들의 장례식이라며 그것을 온라인으로 볼 수 있도록 도와줄 수 있는지 묻는다. '쓰러진'이라는 단어를 하도 무미건조하게 말해서, 마리-잔은 처음에는 친구들이 욕조나 계단에서 미끄러졌다는 얘기로 착각한다.

"링크와 패스워드를 받아 놨다." 시어머니가 말한다. 그녀는 마리-잔에게 문자메시지로 링크와 패스워드를 사용설명서와 함께 보낸다. 마리-잔은 어찌어찌해서 전화통화를 통해 그들이 노트북 컴퓨터로 장례식 조문객 그룹에 합류하게 하는 데 성공한다. 전화를 끊기 전 마리-잔은 시어머니가 시아버지에게 묻는 소리를 듣는다. "보이는 거 확실해요?"

마리-잔은 링크를 이용해 장례식에 연결한다. 장례식이 진행되는 예배당 천장 한 귀퉁이에서 카메라가 녹화를 하는 것으로 보인다. 3일 간격으로 사망한 45년차 부부의 합동 장례식이었다. 그들은 그녀의 결혼식에도 참석했고, 신혼여행 자금으로 200달러를 부조했다. 그들은 시어머니의 가장 오랜 친구들에 속했다. 죽은 부부의 세 딸과 사위, 나이가 제일 많은 네 명의 손주가 거대한 장기판의 각기 다른 사각형처럼 보이는 곳에 배치된 의자에 앉아 있다. 두 개의 관은 똑같은 자주색 벨벳 천에 덮여 있다. 마리-잔은 장례절차가 시작되기 전에 손가락으로 화면을 쓸어 민다.

그녀와 같은 이름을 가진 동굴은 길이가 4.8킬로미터에 백만 년 이상 된 동굴이다. 담갈색 바닥의 첫 번째 공간은 2층 높이라고 그가 말했었다.

더 안쪽으로 들어가면 성모마리아와 웨딩 케이크처럼 생긴 종유석들이 있는 공간들이 보인다. 탐험가들이 '심연'이라 이름 붙인 동굴에서 가장 깊고 어두운 공간으로 들어가면 자기 심장박동의 울림을 들을 수 있다.

어쩌면 오늘 밤 그녀는 그가 동굴에 대해 말해준 모든 것들을 그에게 다시 말해줄 것이다. 그리고 그에게 상기시켜줄 것이다. 그들이 만난 지 얼마 되지 않았을 때 그녀가 그에게 너무 빨리 '빠지는 것'을 주저하는 기색을 보이자, 그가 그녀에게 자신에 대해 온전히 집중할 수 있는 한 가지, 다른 모든 것을 잊게 만드는 한 가지를 한 번에 하나씩 꼽아달라고 말했던 것을. 오늘 그 한 가지는 동굴이다. 내일은 니나 시몬일 수 있다. 또다시. 다음 날은 자신이 좋아하는 뭔가에 대해 말할 때 고개를 까닥이는 모습, 또는 그녀가 꺼벙한 안경 너머의 눈을 들여다보면 그의 다음 움직임을 예측할 수 있었던 것일지도 모른다.

또다시 전화벨이 울리고, 그녀는 자신이 무엇을 하고 있는지 인식하기도 전에 본능적으로 전화기로 손을 뻗는다. 조금 전 애써 낙천적인 목소리를 내려 했던 똑같은 간호사가 이제 조심스럽게 단어를 골라가며 말한다.

"전에 말씀드리려 했었는데요." 간호사가 말한다. "남편분이 입원 서류에 보호자 분계 남긴 듯한 말이 있습니다. 혹시 들으셨는지요."

더 심각한 발표가 뒤따르기를 기다리며, 마리-잔은 다시 말해야 할 만큼 낮은 목소리로 "아니요"라고 대답한다.

"제가 읽어드릴까요?" 간호사가 묻는다.

마리-잔은 의도적으로 시간을 끌며 멈칫거린다. 혹시 다른 소식이 있다면, 당분간 그 순간을 미루기 위해. 무슨 말이 되었든, 그것을 낯선 사람의 목소리로 듣고 싶지는 않다.

그 정도는 안다. 그녀는 직접 그것을 읽고 싶다. 그가 직접 말해준다면 더욱 좋겠지만.

"사진을 찍어서 이메일로 보내드릴 수도 있습니다." 간호사가 말한다. "이미 찍어놨어요."

"그렇게 해주세요." 마리-잔이 대답한다.

휴대전화에 이메일 알림이 뜰 때, 그녀는 읽기도 전에 그것이 어떤 내용일지 안다. 레이는 백지에 썼다. MJ, Wild Is the Wind.

떨리는 손으로 다급하게 필기체로 긁적인 것처럼 보였다. "MJ"는 줄 맞춰 써졌지만, 나머지는 점점 아래로 내려가며 크기도 작아지고 형태도 불분명해져서, 마지막 단어가 'Wing'이 아니라고 100퍼센트 확신할 수 없을 정도다.

언젠가 그가 마리-잔 동굴 안에서는 소리가 무게를 가지고 이동하며 가장 약한 카르스트 정도는 금이 가게 만들 수 있을 만큼 강력한 파장을 일으킨다고 말한 것이 떠오른다. 그녀는 자신이 이 동굴의 가장 깊은 '심연'에 서서, 결혼식 때 춤을 추는 동안 그가 자신의 귀에 대고 속삭였던 말을 다시 한번 듣는 상상을 한다. MJ, 한 가지. 지금 우리의 한 가지는 바로 이거야.

감사의 글

이 책은 《뉴욕타임스》의 한 호로 시작되었다. 다른 모든 호, 특히 팬데믹이 시작된 이래로 원격으로 제작된 다른 호들과 마찬가지로, 그것은 순전히 잡지사 직원들 전체의 노고와 헌신 덕분에 가능했다. 특히 우리는 케이틀린 로퍼와 클레어 구티에레즈, 실라 글레이저, 레이철 윌리, 게일 비슬러, 케이트 라뤼, 벤 그랜제넷, 블레이크 윌슨, 크리스토퍼 콕스, 딘 로빈슨, 닛서 아베베, 로브 호어버거, 마크 잰놋, 로렌 매카시의 공로를 인정하고 싶다. 《데카메론》을 상기시키는 글로 프로젝트의 출발점을 제공한 리브카 갈첸과 라이노타이프 일러스트로 프로젝트를 완성시켜준 소피 홀링턴에게도 감사를 보낸다. 우리는 또한 지원과 비전을 제공해준 스크리브너 출판사의 낸 그레이엄과 카라 왓슨과 《뉴욕타임스》에서 도서 개발을 담당하는 캐롤린 큐, 이 책의 판권과 관련한 실무를 대행해준 거너트 컴퍼니의 세스 피쉬맨에게도 감사를 표한다. 그리고 무엇보다 우리는 이 선집을 위해 작품을 기고해줌으로써 변화된 세계에서 우리의 위치를 이해하는 데 크고 작은 방식으로 도움을 준 35명의 작가와 번역가들에게 감사와 찬사를 표현하고 싶다.

옮긴이 **정해영**

성균관대학교 불어불문학과와 이화여자대학교 통역대학원을 졸업하고, 현재 전문번역가로 활동하고 있다. 역서로는 인문여행 도서인 〈세계를 읽다〉 시리즈의 프랑스, 터키, 핀란드, 인도, 일본, 타이완 편을 비롯해 인문교양서 《반자본주의》《하버드 문학 강의》《이 폐허를 응시하라》《판데믹: 바이러스의 위협》《회계는 어떻게 역사를 지배해왔는가》《번역의 일》《페미니스트 99》 등, 소설 《리버보이》《더 미러》《빌리 엘리어트》《멍때리기》《올드 오스트레일리아》《비틀보이》, SF 앤솔로지 《곰과 함께》, 에세이 《길 위에서 하버드까지》 등이 있다.

데카메론 프로젝트
팬데믹 시대를 건너는 29개의 이야기

초판 1쇄　2021년 6월 30일

지은이 | 마거릿 애트우드 외 28인
옮긴이 | 정해영

발행인 | 문태진
본부장 | 서금선
책임편집 | 박은영　　　편집 4팀 | 박은영 허문선

기획편집팀 | 한성수 임은선 송현경 박지영 김다혜　　　저작권팀 | 정선주
마케팅팀 | 김동준 이재성 문무현 김혜민 김은지 정지연　　　디자인팀 | 김현철
경영지원팀 | 노강희 윤현성 정헌준 조샘 최지은 김기현
강연팀 | 장진항 조은빛 강유정 신유리

펴낸곳 | ㈜인플루엔셜
출판신고 | 2012년 5월 18일 제300-2012-1043호
주소 | (06619) 서울특별시 서초구 서초대로 398 BNK디지털타워 11층
전화 | 02)720-1034(기획편집) 02)720-1027(마케팅) 02)720-1042(강연섭외)
팩스 | 02)720-1043　전자우편 | books@influential.co.kr
홈페이지 | www.influential.co.kr

한국어판 출판권 ⓒ ㈜인플루엔셜, 2021

ISBN　979-11-91056-83-9　(03840)